Manfred Jurgensen

Über Günter Grass

MANFRED JURGENSEN

Über Günter Grass

Untersuchungen zur sprachbildlichen Rollenfunktion

FRANCKE VERLAG BERN
UND MÜNCHEN

Keith Leopold
gewidmet

ISBN 3-7720-1079-2

Einleitung

Wer über einen deutschen Gegenwartsautor schreibt, hüte sich vor dem Anspruch einer letzten gültigen Interpretation, vor Prognosen über den weiteren Werdegang des Werkes, vor den Versuchungen, auf von geschäftstüchtigen Verlegern aufgebauschten modischen Wellen mitzuschwimmen. Wer über einen so außerordentlich erfolgreichen deutschen Gegenwartsautor wie Günter Grass schreibt, wird gefaßt sein müssen auf widersprüchliche Erwartungen, die ihrerseits nur die gegensätzlichen Ursachen seines Erfolges in der Bundesrepublik reflektieren. Gewiß ist Grass heute längst nicht mehr die umstrittene literarische Figur, die er Ende der fünfziger und Anfang der sechziger Jahre, zu Zeiten also der *Blechtrommel* und der Novelle *Katz und Maus,* ohne Zweifel in der Bundesrepublik Deutschland gewesen ist. Die Ziesel-Affäre, die sich fast ein Jahrzehnt lang einer traurigen Berühmtheit brüsten konnte, ist aus der heutigen Sicht kaum noch ärgerlich, allenfalls komisch. Das Phänomen Grass hat an der Breite seines Spektrums, aber auch an Intensivität zugenommen. Es umfaßt nicht nur den (berechtigten) Weltruhm des Schriftstellers, sondern, in nicht minderem Maße und in unmittelbarer Weise mit ihm verkoppelt, den politischen Moralisten, der seine Stimme zu Ereignissen innerhalb und außerhalb der Bundesrepublik Deutschland erhebt und mit Autorität Mißstände anprangert, vor Fehlentwicklungen warnt und zu Hoffnungen berechtigt. Wer Grass' Reden und öffentliche Auseinandersetzungen der letzten Jahre verfolgt hat, weiß, daß etwas für die deutsche Literatur durchaus Ungewöhnliches eingetreten ist. Der Schriftsteller greift ein in den demokratischen Meinungsprozeß, steigt herab in die politische Arena – und versteht diese Haltung als selbstverständlich. Das politische Engagement, das für Grass mit dem erstmaligen Eingreifen in den Bundestagswahlkampf 1965 begann, hat die literarische Kontroverse über seine Danzig-Trilogie bald in den Hintergrund treten lassen. Seine Profilierung als sozialdemokratischer Begründer von Bürgerinitiativen, seine Deutschland- und gesellschaftspolitischen Vorstellungen, die er landauf, landab in zahllosen Reden verkündete, führten zu einer nicht minder spektakulären Polemik auf beiden Seiten. Fast ein Jahrzehnt später läßt sich sagen, daß die »recht kontinuierliche und beharrliche Arbeit gegenüber einem zähen Stoff« insgesamt erfolgreich gewesen ist. Grass versteht seine politische Arbeit als Aufklärung, als einen Beitrag zum demokratischen Selbstverständnis. Dabei ist zu bemerken, daß seine jüngsten Äußerungen und Stellungnahmen kaum noch der Sozialdemokratischen Partei gelten, von der er sich im Sinne eines engen wahlkämpferischen Engagements immer mehr zu entfernen scheint, ohne freilich seine grundsätzlichen politischen Überzeugungen verändert zu haben. Um so nachhaltiger setzt er sich gegen eine Verfolgung Intellektueller in der UdSSR, Griechenland, CSSR, Chile und anderswo ein. Viele Bundesbürger, die seine Bücher nicht oder nur mit Abneigung gelesen haben, nehmen den Schriftwechsel, den Grass mit dem Botschafter der Bundesrepublik in Moskau in der Form eines Offenen Briefes geführt hat, interessiert und meist zustimmend zur Kenntnis. Grass wird sich des Beifalls von falscher Seite nicht erwehren können, indes charakterisiert die jetzige Lage den Wandel seiner öffentlichen Rolle in der Bundesrepublik sehr deutlich. Das einstige Enfant terrible der deutschen Literatur hat sich zur moralpolitischen Persönlichkeit gemausert. Ihm ist es in hohem Maße zuzurechnen, daß andere deutsche Schriftsteller wie Siegfried Lenz, Heinrich Böll, Max von der Grün und Paul Schallück in ähnlicher Weise moralpolitische Parteiergreifung bekundet haben (ohne ordentliches Mitglied einer politischen Partei gewesen zu sein).

Was Grass in seiner Sammlung politischer Schriften »das Selbstverständliche« genannt hat, ist für einen deutschen Autor, das weiß auch er, so selbstverständlich nicht. In diesem Begriff kennzeichnet sich ein moralischer Appell. Der Leser von Grass' literarischen Werken hat erfahren, daß ihre Bildersprache einen argumentativen Grundzug besitzt. In ihrem appellativen Charakter gibt sich die Gestaltung selbstverständlich. Schuld und Verrat, die immer wiederkehrenden Themen des Schriftstellers Grass, gelangen in scheinbarer Leichtigkeit und provokativer Verspieltheit zur Darstellung. Mit dieser närrischen Fiktion kommt er jedoch dem Schrecken bei. Die Appellstruktur seiner sprachbildlichen Gestaltung ergibt sich aus der Rollenform seines Ausdrucks. Georg Just hat in seiner Arbeit *Darstellung und Appell in der »Blechtrommel« von Günter Grass* (Frankfurt am Main 1972) das Verhältnis von Darstellungsästhetik und Wirkungsästhetik wissenschaftlich präzis belegt. In den folgenden Ausführungen soll es weniger akademisch darum gehen, die Einheit des Gestaltungsverfahrens im Gesamtwerk aufzuzeigen, die

Verbindung zwischen den literarischen und politischen Schriften herzustellen und das werktheoretische Selbstverständnis des Autors nachzuweisen. Im Gegensatz zur weitverbreiteten Kritik wird hier die Auffassung vertreten, daß es keinen Bruch in der Entwicklung des Schriftstellers Günter Grass gibt. Auch die vielgeschmähten Theaterstücke können nicht als Zeugnis einer falschen Gattungswahl abgetan werden. Mehr noch als bei anderen Autoren muß die Auseinandersetzung mit Grass bei der Sprache beginnen. Erkennt man die besondere Bildfunktionalität seiner Sprache, den formgebenden Charakter seines Sprachbildes, bestimmen sich Gedicht, Roman und Theaterstück nach dieser Eigenschaft. Der ehemalige Bildhauer und Graphiker Grass kennzeichnet die Fiktion durch Form, und seine sprachlich-stoffliche Form ist das Bild. Der Erzählvorgang selbst wird erst als Bild möglich. Es soll versucht werden, Wesen und Funktion der Grass'schen Bildersprache zu analysieren, sie aus des Autors eigenen werktheoretischen Aufsätzen ergänzend zu charakterisieren und besonders in den bisher vernachlässigten Theaterstücken und Gedichten zu demonstrieren. Ihre moralische Appellstruktur mag andeuten helfen, wie eng der Schriftsteller mit dem Politiker Grass verwandt ist. Er, der von Enzensberger und anderen fatalerweise als Bürgerschreck bezeichnet wurde, appelliert an eben diese Bürger mit moralischem Anspruch, demonstriert, daß Kunst und Moral oder Politik und Moral keine Gegensätze sind.

Wenn die folgenden Untersuchungen einer systematischen Einführung in die Gesamterscheinung Günter Grass dienen möchten, so doch nur als eine von vielen möglichen Deutungsverfahren. (Über die unterschiedlichen Interpretationsansätze bei der Auseinandersetzung mit diesem Autor informiert der 1973 im Francke Verlag erschienene Anthologieband *Grass: Kritik – Thesen – Analysen.*) Der ständige Rückbezug auf die werktheoretischen Essays bestimmt die Art der hier verfolgten Auslegung. Das Bestreben, eine möglichst geschlossene Charakterisierung des Gesamtwerks vorzulegen, stand im Vordergrund dieser Betrachtung.

Aus Gründen der Übersicht wurde auf jeden wissenschaftlichen Apparat verzichtet. Sämtliche Zitate sind für den Leser leicht zugänglich. Sie beschränken sich mit ganz wenigen Ausnahmen auf Primärliteratur und sind den gängigen, jeweils letzten Ausgaben der Grass-Werke entnommen. Die Aufsätze »Der Inhalt als Widerstand« und »Das Gelegenheitsgedicht oder – es ist immer noch, frei nach Picasso, verboten, mit dem Piloten zu sprechen«, zuerst in den *Akzenten,* Heft 4 (1957), S. 229–235, und Heft 1 (1961), S. 8–11, erschienen, sind heute am bequemsten im Sammelband der LCB-Editionen *Über meinen Lehrer Döblin und andere Vorträge* nachzulesen (Berlin 1968). Der Essay *Die Ballerina,* der im Herbst 1956 von Günter Grass für Walter Höllerer niedergeschrieben und in den (damals) von Höllerer und Bender gemeinsam herausgegebenen *Akzenten,* Heft 6 (1956), S. 531–539, erstmals veröffentlicht wurde, erschien im Oktober 1963 als Einzelausgabe bei der Friedenauer Presse, Berlin. Wiederholter Bezug wurde genommen auf Heinz Ludwig Arnolds Gespräch mit Grass und dem Aufsatz von Joachim Kaiser über die Theaterstücke des Günter Grass, die beide im *TEXT + KRITIK*-Band 1/1a (Neuausgabe München 1971) erschienen sind. Erwähnt sei außerdem der Band von Theodor Wieser: *Günter Grass. Ausgewählte Texte, Abbildungen, Faksimiles, Bio-Bibliographie,* Neuwied und Berlin 1968, in dem einige Zeichnungen und Bronzen abgebildet sind, auf die in den Ausführungen gelegentlich Bezug genommen wird. Eine nützliche Bibliographie enthält der Band von W. J. Schwarz, *Der Erzähler Günter Grass,* Bern und München 1969 (^{2}1971).

Die Arbeit entstand im Jahre 1973, das der Autor als Stipendiat der Alexander-von-Humboldt-Stiftung an der Technischen Universität Hannover verbrachte. Herrn Professor Dr. Hans Mayer sei gedankt für nützliche Kritik. Die Deutsche Oper Berlin und die Städtischen Bühnen Essen waren bei der Beschaffung von Belegmaterial behilflich.

Hannover-Herrenhausen Oktober 1973

Entstehung und Entwicklung des Werkes

Obwohl der Sammelband *Die Vorzüge der Windhühner* aus dem Jahre 1956 noch manche Unsicherheit erster lyrischer Versuche erkennen läßt, überwiegt bereits der Eindruck einer geschlossenen Form originärer Darstellungslogik. In dem sich 1959 anschließenden Romanerstling *Die Blechtrommel* gestaltet Grass mit formal sprachbildlichen Stilmitteln auch inhaltlich eine bewußt künstliche Handlungs- und Erzählkomposition. 1957, ein Jahr nach Erscheinen des ersten Lyrikbandes, findet auf der Frankfurter Studentenbühne die Uraufführung des Stücks *Hochwasser* und im Stadttheater Essen die Premiere des Balletts *Stoffreste* statt. Beide Themen sind nicht zufällig: »Hochwasser« lautet bereits ein Gedicht der ersten Sammlung; »Stoffreste« tänzerischer Bewegung gibt sich deutlich als werktheoretisches Gestaltungsprinzip zu erkennen. Noch einmal folgt 1958 einem Theaterstück, diesmal *Onkel Onkel* an den Städtischen Bühnen Köln, die Erstaufführung eines Balletts: *Fünf Köche,* 1959 in Aix-les-Bains und Bonn. Koch und Köchin bestätigen sich als zentrales Motiv des Gesamtwerks. »Die schwarze Köchin« und »Köche und Löffel« sind nicht nur die schon im Titel angesprochenen lyrischen Kinderreimbilder der zweiten Gedichtsammlung *Gleisdreieck,* die im folgenden Jahr 1960 erscheint. 1962 findet außerdem die Uraufführung des dem Ballett komplementär zugedachten und nachgeschriebenen Theaterstücks *Die bösen Köche* im Schillertheater Berlin statt. Der Roman *Die Blechtrommel* endet seinerseits mit einem Triumphgedicht der »schwarzen Köchin«.

Im Erscheinungsjahr der *Blechtrommel* gehen zwei weitere Theaterstücke, *Beritten hin und zurück* in Frankfurt und Hamburg und *Noch zehn Minuten bis Buffalo* in Berlin, über die Bühne. Dem zweiten Gedichtband *Gleisdreieck* schließt sich 1961 die Novelle *Katz und Maus* an. Die in der Lyrik praktizierte Konzentration bildsyntaktischer Logik übt einen zunehmend starken Einfluß auf den Stil der Prosa und des Theaters aus. Bezeichnenderweise folgt eine Periode der theoretischen Besinnung, des Überdenkens, der Revision. 1963 sieht nicht nur die Publikation des wichtigsten Aufsatzes zur eigenen Werktheorie, *Die Ballerina;* zugleich erscheint eine neue Version des Stücks *Hochwasser.* Zwei Jahre darauf schließt sich eine Neufassung von *Onkel Onkel* an. Dazwischen veröffentlicht Grass einen weiteren Beitrag zur Werktheorie, Überlegungen und Vorarbeiten zu seinem »deutschen Trauerspiel« *Die Plebejer proben den Aufstand.* Der 1964 gedruckte Aufsatz »Die Vor- und Nachgeschichte der Tragödie des Coriolanus von Livius und Plutarch über Shakespeare bis zu Brecht und mir« veranschaulicht die Bedeutung, die Werktheorie und Bearbeitung für Günter Grass haben, besonders deutlich.

Die theoretische Auseinandersetzung mit der eigenen Sprachgestaltung findet unter dem direkten Einfluß des Theaters und Balletts statt. Auf der Bühne vergegenständlicht Grass in Bild und Bewegung einen sich selbst reflektierenden Bewußtseinsprozeß. Theaterspiel und Ballett werden zur demonstrativen Vorführung sprachbildlicher Darstellungsprinzipien. Inszenierung und Choreographie verfügen über einen von der Grass'schen Sprachgestaltung her gesehen theoretischen Anschauungscharakter. Ist die Studie *Die Ballerina* eine theoretische Inszenierung, so sind die Theaterspiele und Ballette inszenierte Theorie einer grundsätzlich bildlichen Gestaltungskraft. Nichtsdestoweniger verfügen sie angesichts ihres demonstrativen Vorstellungscharakters über eine durchaus wesenseigene Dramaturgie. Die Veranschaulichung dieses neuen sprachlichen Ausdrucksprinzips auf der Bühne muß freilich zur bewußten Verfremdung gattungshafter Illusionserwartungen führen. Es kann somit kaum überraschen, daß Günter Grass gerade mit seinen Theaterstücken in weiten Kreisen auf Unverständnis und Widerstand gestoßen ist.

1963 erscheint der zweite große Roman von Grass, die *Hundejahre.* Es ist das bislang anspruchsvollste und trotz erheblicher Mängel wichtigste Werk seines Autors. Das Buch beschließt eine mit der *Blechtrommel* und *Katz und Maus* als solche konzipierte Trilogie. Auf dem Roman *Hundejahre* basieren die unter dem Titel *Goldmäulchen* zusammengefaßten Diskussionsszenen, die im folgenden Jahr im Münchner Werkraumtheater zur Aufführung gelangen. Noch das Ballett *Die Vogelscheuchen* aus dem Jahre 1970 rührt aus dieser Quelle. Grass legt sich weder inhaltlich noch stilistisch auf eine Gattungsform fest. Er befindet sich ständig auf der Suche nach gegenständlichen Formen seiner reflektierenden Einbildungskraft. Im Gestaltungsprinzip seines Werkes, in den simultan aufgestellten werktheoretischen Überlegungen äußert sich nicht nur eine künstlerische Selbstkritik. Das Bild, das Grass wie eine Sprachskulptur formt, ist von Anfang an Ausdruck gesellschaftlichen Bewußtseins.

Trotzdem zeugt 1966 das »deutsche Trauerspiel« *Die Plebejer proben den Aufstand* – nach einem Jahr der Wahlreisen und Wahlreden für die SPD – von der zunehmenden Politisierung des Werkes. Entsprechend entwickelt sich das (werk)theoretische Selbstverständnis des Autors. Mehr als zuvor lösen sich die Grenzen zwischen dem Schriftsteller und dem Bürger Günter Grass auf. Der zu dieser Zeit entstandene Aufsatz »Vom mangelnden Selbstvertrauen der schreibenden Hofnarren unter Berücksichtigung nicht vorhandener Höfe« sucht die staatsbürgerliche Funktion des zeitgenössischen Schriftstellers in der Bundesrepublik näher zu bestimmen. Er ist eine im April 1966 in Princeton gehaltene politische Rede, wenn auch keine Wahlrede im engeren Sinne für die Sozialdemokratische Partei. Das Erscheinen des dritten Gedichtbandes *Ausgefragt* im Jahre 1967 bestätigt den andauernden Prozeß und den umfassenden Charakter dieses politischen Bewußtwerdens. Mit ihm hat Grass seine Lyrik, Prosa und Theaterspiele zu einem entscheidenden Wendepunkt gebracht.

Auch die theoretischen Schriften unterliegen solcher fortlaufenden Entwicklung. An die Stelle einer zunächst noch vorwiegend ästhetischen Werktheorie tritt nun das staatsbürgerlich »Selbstverständliche«. Wie schon 1965 steht das Jahr 1968 erneut im Zeichen politischer Schriften. Auch Inhalt und Stil der parallel geschriebenen Werke *Davor* und *Örtlich betäubt* werden durch das gesellschaftspolitische Engagement ihres Autors bestimmt. Ein weiteres Mal ergänzen sich Theaterstück und Roman, hier mit einer Deutlichkeit, wie man sie sonst nur bei Max Frisch anzutreffen pflegt.

Die (für Grass) neue Form des historisch-fiktiven Tagebuchs unterstreicht die bekenntnishafte Integration literarischer und politischer »Selbst-Verständlichkeit«. *Aus dem Tagebuch einer Schnecke* vereinigt alle Gattungen (einschließlich der Theorie) zu einer geschlossenen Ausdrucksform künstlerischen und gesellschaftspolitischen Selbstbewußtseins. Als grundsätzlich dramatisch kennzeichnet sich die erzählerische Ausgangssituation, der Dialog mit den Kindern. Wie in seinem vorangegangenen Gedichtband läßt sich Grass hier »ausfragen«. Dabei steht er sich selber Rede und Antwort. So erweist sich das Dramatische in keinem Widerspruch zur Reflexion (eine Erkenntnis, die für das Stück *Davor* von besonderer Bedeutung ist); fiktive Selbstbefragung wird zum Stilmittel der Selbstkritik. Der »Roman« des Tagebuchs ist die Geschichte der Verfolgung Danziger Juden. Als gattungsgemäße Lyrik schließlich weisen sich über ein Dutzend Gedichte aus, die dem Text organisch einverleibt werden. Das *Tagebuch einer Schnecke* mündet in eine werktheoretische Auseinandersetzung über die künstlerische Gestaltung eines gesellschaftspolitischen Bewußtseinsprozesses.

Wesen und Funktion des Bildes

Die Grass'sche Einbildungskraft äußert sich am unmittelbarsten in der Lyrik. Noch immer ist das Lyrische für den deutschen Leser betont ein Empfindungsmoment, oft im Kontrast zum Argumentativen und überhaupt zum gegenständlichen Denken. Nichts von dem gilt für die Lyrik des Günter Grass. Heinrich Vormweg schrieb über die Besonderheit dieser Gedichte: »Sie berufen sich aufs Konkrete mit all seinen Widersprüchen, ohne Vorurteil und mißtrauisch gegenüber dem Ich. Schon darin sind sie, selbst im Vergleich mit der lyrischen Produktion in der Bundesrepublik in den letzten zwanzig Jahren, als Gedichte in deutscher Sprache außergewöhnlich.« Grass verfügt über jene Eigenschaft, die Goethe gegenständliches Denken genannt hat. Er verleiht der Bildhaftigkeit des Gedankens demonstrativen Charakter. In seiner Lyrik erscheint diese bildliche Gedankensprache in reinster, das heißt: konzentriertester Form. Bereits im Titel des ersten Bandes *Die Vorzüge der Windhühner* kommt deutlich zum Ausdruck, daß die Bildersprache der Grass'schen Lyrik einen argumentativen Grundzug besitzt.

Mit herkömmlicher Metaphorik haben diese Bilder wenig gemein. Wo das Bild nicht länger zur bloßen Illustration verunmündigt wird, wo es nicht nur willkürlicher Gefühlsausdruck einer subjektiven Sensibilität bleibt, gewinnt seine sprachliche und gedankliche Eigenständigkeit den Wert einer objektiven Mitteilung. Es erhält eine kommunikative Gesetzmäßigkeit. Indem das Bild zur Sprache wird, verfügt es über seine eigene Logik der Aussage. An die Stelle einer metaphorischen Wie-Abhängigkeit tritt eine verbindliche Bildkommunikation. Das Bild dient nicht mehr der Veranschaulichung einer gedanklichen Aussage, sondern orientiert sich an einer ihm immanenten Wesenslogik: es gibt sich selber als Gedankenaussage zu erkennen. Diese durchaus eigenständige Sprache – freilich nicht im Sinne eines L'art pour l'art – läßt sich am deutlichsten in den Gedichten verfolgen. Sie gibt sich aber auch in den Romanen, Theaterstücken, politischen und werktheoretischen Schriften zu erkennen. Immer erweist sich die sprachliche Bildfolge als intellektuell gegenständlich.

Ausdruck und Gestaltung eines Bildes sind für Grass spätestens im Jahre 1948 zum zentralen künstlerischen Problem geworden, als der damals Einundzwanzigjährige nach einer Steinmetzlehre Schüler der Bildhauer- und Malklasse der Kunstakademie Düsseldorf wird. Trotz des dritten Preises in einem Lyrik-Wettbewerb des Süddeutschen Rundfunks, den Grass 1954 erhält, liegt das Hauptgewicht der Jahre 1948 bis 1956 auf dem Gebiet der Skulptur und Graphik. 1952 geht Grass zu Professor Hartung an die Kunstakademie Berlin. In den folgenden drei Jahren kommt es zu verschiedenen Ausstellungen in Stuttgart, Berlin-Tempelhof und Bremen. Wiederholt hat Grass selbst den großen Einfluß der Bildhauerei und Graphik auf seine Arbeit als Schriftsteller hervorgehoben. »... ich habe«, bemerkt er, »von der Arbeitsweise des Bildhauers, das fällt mir immer mehr auf, sehr viel übernommen für das Schreiben.« Deutlich informiert Grass, »daß oft am Anfang eines Gedichts die Zeichnung steht und sich aus der Zeichnung der erste Wortansatz ergibt oder umgekehrt ...« Biographisch geht die Arbeit am gehauenen und gezeichneten Bild der sprachbildlichen Darstellung voran. Obwohl Grass später die Bildhauerei gänzlich aufgibt, behält er beim Schreiben ein durch sie beeinflußtes Gestaltungsverfahren bei. Als Graphiker bleibt er weiterhin aktiv, vor allem seine den Gedichtbänden und Romanen beigegebenen Zeichnungen belegen ihre ausdrückliche Einbeziehung in den Prozeß einer literarischen Bildgestaltung.

Für die Theorie und Praxis dieser Einbildungskraft erweist sich ein weiterer biographischer Umstand von kaum zu überschätzender Bedeutung. Im Jahre 1954 heiratet Grass die Schweizer Tänzerin Anna Margaretha Schwarz. Wie intensiv sich ihre künstlerische Zusammenarbeit seit den Pariser Jahren gestaltet hat, läßt sich im von Anna Grass für die Deutsche Oper Berlin verfaßten Aufsatz über »Die 13jährige Vorgeschichte der Vogelscheuchen« nachlesen. Unter dem Einfluß der künstlerischen Tätigkeit seiner Frau gewinnt das Ballett für Günter Grass zunehmend die Bedeutung einer werktheoretischen Widerspiegelung der eigenen literarischen Einbildungskraft. Er entdeckt, daß die inszenierte Bildkonstruktion des Balletts in Grundzügen Wesen und Funktion seiner sprachlichen Bilder veranschaulicht. Im Gegensatz zur Oper oder zum Schauspiel entfaltet sich das Ballett ohne Exposition. Die Choreographie vergegenwärtigt weder einen epischen noch einen dramatischen Handlungsverlauf. Der Tanz stellt Bezüge zwischen Bild- und Figurkonstruktionen her, die sich an einer wesenseigenen Präsenz und immanenten Gegenständlichkeit orientieren. Auch der Schriftsteller Grass gestaltet ein sprachbildliches Bezugsverhältnis, das gegenständlich konstruiert ist. In seinem werktheoretischen Essay *Die Ballerina* vergleicht er diese sprachliche Ausdrucksform mit den tänzerischen Bewegungen der klassischen Ballerina, die unter Ausklammerung einer nur subjektiven Empfindung die Schönheit und Logik eigenständiger Formen verwirklicht.

(a) Die Ballerina

Da im Zentrum seines gesamten Schaffens das Bild steht, ist es kaum zufällig, daß Grass für die theoretische Auseinandersetzung mit dem eigenen Werk die Form einer Bildbeschreibung wählt. Der Aufsatz *Die Ballerina* vereinigt als Bildbeschreibung Biographisches und Werktheorie. In ihm versucht Grass, die Logik seiner Bildersprache analysierend zu beschreiben. Die künstlerische Selbstbetrachtung beginnt bewußt persönlich in der Art eines Erlebnisberichts: »In der Wohnung eines Restaurateurs fand ich einige Stiche, welche Szenen in der Manier der Commedia dell'arte, pantomimische Schaustellungen, allerlei allegorischen Bühnenzauber illustrierten. Von einem dieser Bildchen soll hier die Rede sein.« Es handelt sich um ein Bild, das die Begegnung zwischen Ballerina und Dichter zum Thema hat. Grass bedient sich der Betrachtung des Bildes noch als Bild. Die zum Zwecke einer Darstellung seiner Bildtheorie aufgestellte Bildbeschreibung läßt ihn selber Teil des Bildes werden. Nachdem die Musenballerina ihn wieder verlassen hat, »wird er schreiben, der Dichter, auf jenem Stich«. Im Verlaufe seiner Beschreibung spricht Grass von der »Intimität dieser Begegnung zwischen Poet und Muse«. Die Ballerina wird ihm zur Personifizierung des dichterischen Impulses.

Als bildliche Vergegenwärtigung der formalen Sprachgestaltung besitzt sie für Grass die Bedeutung einer demonstrativen Werktheorie. Die Begegnung mit der ballerinahaften Muse ist für ihn eine Konfrontation mit der eigenen Einbildungskraft. Eine solche Reflexion bricht sich wesensgemäß nur als Bild. Die Musenmanifestation wird zur »Erscheinung«, ihre Nachwirkungen spiegeln sich als »Zeichen« wider. Das Bild wird zum Zeichen seines Selbstbezuges. Grass' Bildersprache erweist sich durch ihre Form als Ausdruck dieses Bezugsverhältnisses der Dinge zu sich selber. In der Terminologie des Aufsatzes sucht sie den Tanz der Musenballerina, den »sprödkühlen Raum aus ihrer Bewegung entworfen« zu gestalten. Grass beabsichtigt, seinen Sprachbildern tänzerische Eigenschaften zu verleihen. »Der Dichter«, heißt es im Essay, »wird zum springenden, tanzenden Troubadour.« Sein Tanz entsteht aus dem Bezug total eigenständiger Dinge zu sich selber. Das gestaltete Verhältnis ergibt einen »Augenblick künstlichster Darbietung«. Zur Verdeutlichung sei hier ein Beispiel aus dem Band *Die Vorzüge der Windhühner* angeführt:

Die bösen Schuhe

Die Schönheit steht –
und oben im Applaus
gerinnt das Lächeln, Milch
in bloßen Schalen,
Gewittern ausgesetzt und der Zitrone,
zerdrückt mit Schwermut, fünf verbrauchten Fingern,
doch ohne Absicht, Aussicht auf Erfolg.

Ein Ausflug junger Mädchen im April,
mit Hälsen, die an Zugluft leiden.
Nun abgeschnitten diese Köpfe,
nur Säulen bleiben, die Akropolis.
Geflüchtet sind die Hüte, Kapitäle,
ein abgestanden Bier, – die Schönheit dauert
in spitzen Schuhen, relevé.

So langsam springt das Glück,
den Sonntagsjägern deutlich.
Mit weißen Händen, so zerbrochnen Blumen,
daß man die Mühe, Kolophonium riecht.
Und Schweiß aus unentdeckten Höhlen,
und Tränen, Hysterie vorm Spiegel, –
danach, in der gemütlichen Garderobe.

Nein, unerträglich ohne dich, Tabak,
ist dieser Blick in die gestellte Szene.

Denn was sich beugt, und ausläuft, eine Uhr,
sich dreht und oben wimmeln Augen,
doch leergelöffelt, ohne Freundlichkeit,
den Vorglanz Nachher und die Hoffnung auf: Bis gleich.
Nur wieder Stand, die angewärmte Geste
die erst bei dreißig Grad zum port de bras gefriert.

Wer löst denn diese Haltung ab
und bricht der Venus unerlaubte,
der Arktis nachgelassne Beine?
Wer nimmt den krustig alten Füßen
die bösen, spitzen Schuhe ab
und sagt zur Arabesk vorm Sterben:
O sei doch barfuß, nackt und tot.

Die Künstlichkeit des bildsprachlichen Ausdrucks basiert nicht zuletzt auf der Ausklammerung der biographischen Dimension. Grass schreibt keine Bekenntnisliteratur. Die völlige Verdinglichung und in diesem Sinne die Objektivierung der subjektiven Erfahrung entspricht jener Gleichung, die er für die künstlerische Identität seiner Ballerina gültig macht: »Ihr Körper, ihr Requisit.« Der Körper als künstlerisches Ausdrucksmittel der Ballerina – seinerseits werktheoretisches Bild – wird von Grass als »Auswuchs« einer »auswärtsgedrehten Schönheit« bezeichnet. Im Tanz vergegenständlicht und vergegenwärtigt sich die Form. Der Verlust subjektiven Ausdrucks ermöglicht auch bei sprachlichen Bildfiguren eine objektive Dinghaftigkeit. Bissig hält Grass in seiner Betonung der bildfigürlichen Eigenständigkeit die werktheoretische Verbindung zwischen Ballerina und Dichter aufrecht: »Einsam zeichnet sie ihre Figuren und erreicht zwischen der dritten und vierten Pirouette jenen Grad der Verlassenheit, den selbst das deutscheste Dichterlein nicht erreicht.« Seine Literatur zeichnet bildliche Formbewegungen, Figuren, die als eigenständige »Erscheinungen« und »Zeichen« agieren, ohne zur ästhetizistischen Kunstsprache zu werden. Das Erzählbild Oskar aus der *Blechtrommel,* das Dingspiel der Novelle *Katz und Maus,* die Vogelscheuchen der *Hundejahre,* das Schneckenkonzept des *Tagebuch:* sie belegen die Aktualität und auch begriffliche Gegenständlichkeit der Grass'schen »Erscheinungen« und »Zeichen«.

Hand in Hand mit der Objektivierung des Biographischen geht die Vergegenständlichung des Historischen. Im Ballett erkennt Grass die Übersetzung zeitlicher in räumliche Elemente. Aus der Drehung wird ein Ort, aus der zeitlichen Bewegung eine räumliche Bestimmung. Den Tanz der (Bild)Ballerina definiert Grass als »sprödkühlen Raum aus ihrer Bewegung entworfen«. Er merkt an, daß »mit der Pirouette, dieser geschraubten, gekünstelten Abstraktion, die letztmögliche Drehung geglückt scheint, daß hier das Kunststück gezeigt wird«. Die Selbstdarstellung nicht des Individuums, sondern der Dinge kann allein durch die Gegenständlichkeit des künstlerischen Ausdrucks gewährleistet werden. Eine Objektivierung der subjektiven Einbildungskraft muß den Dingen die Schwere eines vorbelasteten Bezuges nehmen. Es gilt, die Form einer eigenständigen Beweglichkeit zu entdecken. Wie in der Skulptur begreift der Schriftsteller Grass das sprachliche Bild als Form des Ausdrucks. Für ihn ist es »Kunst weil nicht mehr Natur, weil hier die papierene Rose – wir kennen sie von den Schießbuden her – aller Vegetation voraus ist und niemals welken wird«. In seiner Lyrik sieht diese Rose als papierenes Sprachbild dann so aus:

Schwarzer Lack, des Kellners Rose,
blühte und die Pflastersteine
rieben Liebe, feines Pulver,
jener Hure im Kanister
die den Herrn für drei Liköre
ihr Benzin goß, sprach vom Flieder.
(»Unfall«)

In Theorie und Praxis erweist sich der nachhaltige Einfluß des Bildhauers, der die Natur durch die Kunst der vergegenständlichten Form zu gestalten sucht. Wie unmittelbar diese Darstellung in den Bewegungsprozeß einer sprachbildlichen Verdinglichung gehört, läßt sich besonders deutlich an den Bronzen *Fisch* aus dem Jahre 1956 und *Huhn* aus dem Jahre 1955 erkennen.

Die Kunst des Schriftstellers Grass entspricht in ihrer grundsätzlichen Ausdrucksform noch immer, wenn auch nicht mehr so stark wie in den früheren Werken, der »geschraubten, gekünstelten Abstraktion« des ballerinahaften Kunststücks. Sie verfügt über eine Bildersprache, die natürlichen Vorstellungen Gewalt antut, ihre Bezüge verleugnet und an ihre Stelle einen Formgegenstand setzt, der seine wesenseigene Identität schafft, die eine diesem Ausdruck gemäße Schönheit beinhaltet. Bei der Ballerina, die Grass zur Erläuterung seiner Werktheorie des Bildes anführt, ergibt sich eine unabhängige schwerelose »Schönheit ohne Vor- und Zunamen«: sie unterwirft sich den Regeln einer unnatürlichen Existenz, um mit der Schönheit der Natur formal zu wetteifern. »Ein zerquältes, zerdrücktes Fleisch versteckt sich in weißen, roten, gar silbernen Ballettschuhen. Die Füße der Ballerina sind häßlich zu nennen. Geschundene, offene Zehen, ein übergroßer Spann. Sie scheinen die wahren Opfer all dieser gültig gezeigten Schönheit zu sein.« Das Tänzerische der Grass'schen Sprachbilder rührt aus der Übersetzung zeitlicher Vorstellungen in räumliche Bewegungen. Der Bildhauer Grass spart die Zeit aus. Sie bleibt Rohmaterial, aus dem er die Form des Bildes durch Verdrängung des Stoffes gestaltet. Das Grass'sche Sprachbild ist eine Vergegenständlichung der historischen Erfahrung.

Das trifft nicht nur auf die Lyrik zu. Wo sich Grass in seinen Romanen mit geschichtlichen Themen auseinandersetzt, erweisen sich die zentralen Bilder – die immer auch die Struktur des Romans bestimmen – als geschichtliche Verdinglichung. Dabei sieht es gelegentlich so aus, als würden historische Ereignisse diesen Bildern unterworfen, die dann auch Ausdrucksformen einer gegenständlichen Kritik werden. Nur selten läßt sich Grass seine Bildersprache vom historischen Geschehen diktieren. Immer wenn es gilt, über die Vergangenheit zu berichten, wird die Zeit bildlich objektiviert, inhaltlich vergegenständlicht. Im Eingangskapitel der *Blechtrommel* beispielsweise erfüllen die Röcke der Großmutter die Funktion von Jahresringen. Ihre zeitliche Bedeutung wird durch den Hinweis unterstrichen, daß die Röcke »nach einem System« getragen wurden, »das die Reihenfolge ... von Tag zu Tag veränderte«. So werden sie unmißverständlich zum korrelativen Bild der Wochentage: »Der Sonntagsrock kam ihr montags eins näher.« Die Blechtrommel selbst weist sich als gegenständliches Bild des Erzählprinzips aus. Für den Erzähler Oskar genügt es, »täglich mein Blech sprechen zu lassen«. Ausdrücklich wird hervorgehoben, daß es die Trommel ist, die für ihn die Geschichte seiner Familie und seines Volkes erzählt. Historische Zeit wird als ein tänzerischer Bildrhythmus gestaltet, wobei das formale Requisit seinerseits eigenständiges Bild bleibt.

Nicht nur in diesem Roman verwandelt sich die zeitgeschichtliche Dimension zum raumdinglichen Bild. Die deutsche Geschichtstrilogie, die Grass mit der *Blechtrommel, Katz und Maus* und den *Hundejahren* geschrieben hat, wird durch eine leitmotivische Folge bildlicher Übersetzungen des historischen Zeitverlaufs – und damit erzählfunktionale Vergegenständlichung – zur geschlossenen Gestaltung einer Epoche. Sie verfügt über eine darstellerische Bildstruktur, die formal den Tanzbewegungen der werktheoretischen Ballerina gleicht. Ihre Bilder sind tänzerische Einheiten. In Wesen und Funktion deuten sie absichtsvoll auf das Ballett. Einige, wie Köche und Vogelscheuchen, sind dann ja auch zu Ballett-Titeln geworden. Zu beachten ist in diesem Zusammenhang die gezielte Gegenüberstellung der von Oskar getrommelten Erzählgestalten mit den marionettenhaften Figuren, die sein Pfleger Bruno aus Bindfäden knotet. »Der Gute scheint meine Erzählungen zu schätzen«, protokolliert Oskar zu Beginn der *Blechtrommel*, »denn sobald ich ihm etwas vorgelogen habe, zeigt er mir, um sich erkenntlich zu geben, sein neuestes Knotengebilde.« Über die formale Gestaltung dieser Figuren ist zu erfahren, daß Bruno »ordinäre Bindfäden ... zu vielschichtig verknorpelten Gespenstern« knotet. An der werktheoretischen Bedeutung der (wenn auch ironisierten) gegenseitigen Bestimmung von rollenhaftem Erzählen und vielschichtiger Dinghaftigkeit kann es keinen Zweifel geben. Der Pfleger (der übrigens Oskar mit dem für seinen Bericht notwendigen Papier versorgt) taucht seine Kunststücke »in Gips, läßt sie erstarren und spießt sie mit Stricknadeln, die auf Holzsöckelchen befestigt sind«. Deutlich sind diese Gebilde nicht nur ein Rückbezug auf Grass' Bildhauertätigkeit. Sie geben sich zugleich als Vorläufer des zentralen Vogelscheuchen-Motivs zu erkennen. Wie das in Zeichnung, Gedicht, Roman und Ballett ausgedrückte Zerrbild der Scheuche sind sie marionettenhafte Tanzfiguren, jene Formbilder also, auf die sich der werktheoretische Aufsatz *Die Ballerina* abschließend so programmatisch bezieht.

Die Verdinglichung geschichtlicher Begebenheiten zu Bewegungen konstruierter Erzählbilder entspricht den expositionslosen, präsenten Tanzfiguren, die die Ballerina mit ihrem Körper zeichnet. Wer sich wie die Ballerina selbst zum Gegenstande macht, verfügt über keine Geschichte, die sich nicht an diesem Gegenstand orientiert. Grass begreift das Ballett als vollkommene Vergegenständlichung ohne biographisches Interesse. Die Biographie der sich selbst verdinglichenden Ballerina ist »peinlich«; man möchte nicht wissen, »daß die Ballerina schon siebenundzwanzig ist, lispelt und keinen Blinddarm mehr hat«. Grass' Einbildungskraft entspringt naturgemäß den Erfahrungen seines Lebensbereichs, sie wird jedoch nie »peinlich« autobiographisch – auch im *Tagebuch einer Schnecke* nicht, wo sich die Vergegenständlichung bereits im Titel kundgibt und die biographischen Bezüge zum formbildlichen Rollenspiel werden.

Grass propagiert in seiner werktheoretischen Bildbeschreibung den eigenen schriftstellerischen Nachvollzug einer ballerinahaften Bildkonstruktion. Ausdrücklich und unmißverständlich verlangt er von seinem Dichter, dem Beispiel der Ballerina-Muse zu folgen, sich in einen bildbeweglichen Tänzer zu verwandeln. Dieser Appell an die eigene künstlerische Phantasie liest sich dann so: »*Der Dichter*, auf dem Stich etwas schmalbrüstig, wandelt sich gleichfalls, *wird zum springenden, tanzenden Troubadour*. In einem Pas de deux nimmt die Geschichte ihren weiteren Verlauf. Liebe, Trennung, Versuchung, Eifersucht und Tod. Einfach ist diese Handlung, bloßer Vorwand, die Ballerina in ihrer schwierigen Existenz, auf Spitzen tanzend, zu zeigen.« Handlung als »Vorwand«, »die letztmögliche Drehung« der Ballerina-Muse zu zeigen, trifft nicht nur auf die Theaterstücke, sondern auch auf die Romane des Günter Grass zu. Immer soll die sprachbildliche Gestaltung als Handlung oder Erzählung den Gesetzen einer gegenständlichen Einbildungskraft gehorchen. In der Terminologie seines *Ballerina*-Aufsatzes sucht Grass aus seinen Bildfiguren (die Köche und Vogelscheuchen auf dem Theater nicht weniger als die »vielschichtigen Knotengebilde« seiner Erzählgestalten von Oskar Matzerath bis zur »menschgewordenen Schnecke« des *Tagebuch*) »gleichstarke Formeln der tänzerischen Bewegung zu kristallisieren, welchen gleich dem Ballett alle Zufälligkeit abgeht«. Die Überwindung zufälliger Bewegungen ist eine formale Absage an chronistisch-dokumentarische Darstellungen der Zeit. Grass verabsolutiert die Form, um die Gesetzmäßigkeit zu erfassen. Die künstliche Gegenwärtigkeit des ballerinahaften Requisits – besonders deutlich in den Erzählerrollen der Danzig-Trilogie zu verfolgen – ist nicht Ausdruck eines Ästhetizismus, sondern die Vergegenständlichung der historischen Erfahrung. *Das Bild wird zur Puppe*. Die Grass'sche Bildersprache konkretisiert das Charakteristische einer Generation, einer Epoche, eines Geschichtserlebnisses, nicht das subjektiv Einmalige, Außergewöhnliche, Zufällige. Sie tut das in erster Linie durch formale Dinggestalten und Figuren vergegenständlichender Erzählfiktionen. Grass lehrt die Marionette eines formal vergegenständlichten Menschenbildes tanzen. Seine Sprachgestaltung erweist sich, wie es im *Ballerina*-Aufsatz heißt, als »große, ganz und gar künstliche Puppe«. Die werktheoretische Bildbeschreibung schließt mit der programmatischen Hoffnung: »Vielleicht werden sich beide vertragen und eine Ehe eingehen, die Marionette und die Ballerina. –« Die puppenhafte Verdinglichung der Geschichte konkretisiert Erfahrungen und Gedanken »zu vielschichtig verknorpelten Gespenstern«, wie es in der *Blechtrommel* über die marionettenhaften Knotengebilde des Pflegers Bruno heißt. Oder, in der Terminologie des *Ballerina*-Aufsatzes: Der Sprachbildhauer Grass schnitzt sich eine Marionette, deren vergegenständlichte Bewegungen formal eher dem Tanz der klassischen Ballerina als der subjektiven Ausdruckstänzerin entsprechen. Die verdinglichte Zerrperspektive ist dabei nicht als Willkürlich-Zufälliges, Außergewöhnlich-Einmaliges zu verstehen, sondern eher als in der Bildersprache konkretisierte Form der Kritik am Kollektivverhalten, auch einer ideologischen geschichtlichen Gesamtanschauung, als widerständliche Beinhaltung (wie Grass es nennt) der eigenen Vorstellung oder Erinnerung – gemäß dem in den *Hundejahren* verkündeten Leitsatz: »Die Vogelscheuche wird nach dem Bild des Menschen erschaffen.« Die puppenhafte Geschichtsfiktion bedeutet eine Vergegenständlichung der historischen Erfahrung; sie ist verfremdend und realistisch zugleich. Als Ballettmeister Haseloff erweitert Eddi Amsel seine jugendlichen Kunsttheorien um den Satz: »Alles, was sich ausstopfen läßt, gehört der Natur an: die Puppe etwa.« Damit wird die Absicht des »Figurenmachens«, und wohl keineswegs auf diesen einen Roman beschränkt, präzis formuliert. Die dialektische Kritik, die sich in solcher Formgestaltung kundgibt, wird am deutlichsten in der Ankündigung der Hauptfigur des Romans *Hundejahre*, »er, Amsel, habe vor, etwas Widerspruchsvolles zu tun: einen Riesenvogel werde er als Vogelscheuche erstehen lassen«. So wird man dem Wesen und der Funktion der Grass'schen Bildersprache am ehesten gerecht: indem man in ihr nicht nur eine Konkretisierung der geschichtlichen Erfahrung erkennt, sondern in dieser fiktiven Verpuppung zugleich eine Kritik an der Geschichte begreift.

(b) Die Puppe

Wie die Ballerina des werktheoretischen Aufsatzes wird die Erzählergestalt in den Romanen selbst puppenbildliches Ausdrucksrequisit.

Nicht nur die Trommel, auch der erzählende Trommler Oskar Matzerath muß als bildliche Verpuppung Grass'scher Prägung verstanden werden. Ähnlich verhält es sich mit der Erzählfigur Heini Pilenz in der Novelle *Katz und Maus*. Auch er verkörpert eine erzählformale Bildkonstruktion, die sich wiederum bereits im Titel manifestiert. Die tänzerische Figur, die Grass hier zeichnet, entsteht aus dem Verhältnis zwischen der puppenhaften Verdinglichung von Katz und Maus und dem sich aus der Geschichtsfiktion verpuppenden Erzähler Pilenz. Die an den formal verpuppten Ereignissen teilnehmende Erzählerfigur beschreibt »den sprödkühlen Raum aus ihrer Bewegung entworfen«, wenn sie gleich zu Beginn über das Verhältnis der eigenen Teilnahme am zu Berichtenden, der durch Verdinglichung einer Redensart Verpuppung von Handlung und Inhalt und der formalen Verfremdung des Erzählten erklärt: »Wir bildeten ein Dreieck.« Die sprachliche Figur des Erzählers erreicht gerade durch ihre Fiktion eine Vergegenwärtigung der Geschichte. In einem Appell der erzählerischen Selbstrechtfertigung, der sich an die Hauptgestalt seines Berichts, den »großen Mahlke«, richtet, bekennt Pilenz: »Ich aber, der ich Deine Maus einer und allen Katzen in den Blick brachte, muß nun schreiben. Selbst wären wir beide erfunden, ich müßte dennoch. Der uns erfand, von berufswegen, zwingt mich ...« Grass kennt keinen unproblematischen Erzählstil. In allen drei Teilen der Danzig-Trilogie wird der Akt des Erzählens jeweils zu Beginn des Buches näher gekennzeichnet. Immer wird dem Leser verdeutlicht, wie und warum eine Geschichte von wem erzählt wird. Dabei erweist sich, daß die Entstehung der Geschichte und die Position des Autors wesentliche Bestandteile ihrer Handlung sind. In der *Blechtrommel* läßt sich der Verpuppungsprozeß des Autors Grass zum Rollenerzähler Oskar leicht nachvollziehen. Wenn der Erzähler dort über zeitgenössische Romantheorien referiert, so handelt es sich unüberhörbar um die gereizt ironische Reaktion seines Autors: »Man kann sich modern geben, alle Zeiten, Entfernungen wegstreichen und hinterher verkünden oder verkünden lassen, man habe endlich und in letzter Stunde das Raum-Zeit-Problem gelöst.« Entsprechend deutlich äußert sich der Erzähler Heini Pilenz über die formalen Konstruktionen seiner Geschichte, die sich ausschließlich an dingsymbolischen Bezügen orientieren. Er gliedert sich bewußt ein in den Prozeß erzählter und erzählerischer Verpuppung. In den *Hundejahren* erscheint die Zeit bereits im Titel verdinglicht. Auch dieser Roman beginnt mit der Beschreibung einer problematischen, fiktiv konstruierten Erzählsituation. »Erzähl Du. Nein, erzählen Sie! Oder Du erzählst. Soll etwa der Schauspieler anfangen? Sollen die Scheuchen, alle durcheinander? ... Einer muß anfangen: Du oder Er oder Sie oder Ich ... Vor vielen vielen Sonnenuntergängen, lange bevor es uns gab, floß, ohne uns zu spiegeln, tagtäglich die Weichsel und mündete immerfort.« Auf der Suche nach einem Erzählprinzip, nach der verlorenen Zeit und nach dem Bild einer beweglichen Geschichte wird das unpersönliche Fließen der Weichsel zur mythologischen Verpuppung des Autors. Den werktheoretischen Aufsätzen gemäß beruht die formale Funktion des Erzählers auf der Ausklammerung des subjektiven Interesses, des Biographischen. Grass läßt keinen Zweifel an seinen Intentionen, wenn er über seine Haupterzählgestalt erklärt: »Bei Laune schreibt Brauxel seinen Namen wie Weichsel. Spieltrieb und Pedanterie diktieren und widersprechen sich nicht.«

Keineswegs zufällig findet die Danzig-Trilogie in der Choreographie eines sprachbildlichen Balletts ihren Höhepunkt und Abschluß. Der Haupterzähler Brauxel, der als Goldmäulchen alias Eduard Amsel wie Oskar Matzerath und Heini Pilenz zugleich handelnde Person der durch Sprachverpuppung zur Fiktion geformten Geschichte bleibt, wird (in der 102. Materniade) absichtsvoll als »Gottes Eintänzer« bezeichnet. Als Ballettmeister Goldmäulchen erzählt er dem im literarischen Gefolge von Dante und Vergil stehenden Blutsbruder Walter Matern »Vogelscheuchengeschichten«. Dessen Materniaden erweisen sich in werktheoretischer Terminologie als bildverdinglichte Geschichtsverpuppungen. Eduard Amsel und Walter Matern sind gegenständliche Fiktionen, ihre Erzählungen zerrperspektivische Bewegungen deutscher Geschichte. Ihr Besuch des Kalibergwerkes führt zur Konfrontation mit der eigenen Verpuppung der Geschichte. Die puppenhafte Verwandlung des geschichtlichen Menschenbildes in eine Hierarchie von Vogelscheuchen – hier wird die kritische Funktion der Grass'schen Bildersprache besonders deutlich – fügt sich ein in die literarisch verfremdete (und damit ironisierte) Kulisse einer geschichtsmythologischen Unterwelt und christkatholischen Vorstellung höllischer Verdammnis. Der Gang durch zweiunddreißig Firstenkammern (die Zahl der verschiedenen Höllenbereiche deutet unmißverständlich auf die ausgeschlagenen Zähne, die Eduard Amsel beim verräterischen Anschlag erleidet, und wirkt somit bereits als

Ausdruck der Schuld, einer Hierarchie des gewaltsamen Verrats) erweist sich als eine Konfrontation mit der bildlichen Verdinglichung menschlicher Eigenschaften und Geschichte. In der Terminologie des Aufsatzes *Die Ballerina* treffen dabei Marionette und Ballerina, Bildverpuppung und Erzählfigur aufeinander. Es kommt zu einem Ballett bildkonstruierter Vergegenwärtigungen, zur »geschraubten, gekünstelten Abstraktion« der Pirouette, zum »Kunststück« der »letztmöglichen Drehung«. Die Begegnung der Erzähl- und Handlungsgestalten Brauchsel und Matern mit dem Bild der einundzwanzigsten Firstenkammer beispielsweise schildert Grass wie folgt: »Hier finden sich die historischen Wendepunkte scheuchifiziert. Verunglimpft und dennoch dynamisch ereignet sich der Reihe nach und Jahreszahlen, Fensterstürze und Friedensschlüsse herbetend, die Geschichte in Scheuchengestalt.« Die Darstellung schließt mit der kritischen Akzentuierung, daß es sich bei dieser Vision einer höllischen Choreographie um bewegliche Vergegenwärtigungen deutscher Geschichte handelt: »Und am Ende spielen die Symphoniker in ihrer braunen Arbeitskluft etwas aus Götterdämmerung. Das paßt immer und geistert als Leit- und Mordmotiv durch die bildgewordene, in Vogelscheuchen auferstandene und die einundzwanzigste Firstenkammer füllende Geschichte.«

Vermittels seiner Aufteilung der Erzählerrollen demonstriert Grass noch einmal die bildfunktionale Selbstgestaltung seines Sprachstils. Er läßt sie zur gegenständlichen Geschichtsfiktion der Erzählfiguren werden. So wie in der werktheoretischen Bildbeschreibung *Die Ballerina* der Autor selbst Teil des Bildes bleibt, das es (dort) theoretisierend zu beschreiben gilt, so reflektiert Grass seine erzählerische Phantasie in der formalen Gespaltenheit der Erzählgestalten. In einem Prozeß, den er im Aufsatz die Wandlung »zum springenden, tanzenden Troubadour« nennt, zeichnen die ballerinahaften Erzählpuppen, die Marionetten des Autors Günter Grass, Geschichte als »eine der unnatürlichsten und damit formvollendetsten aller Künste«. Als bildfunktional verselbständigtes Erzählprinzip »vertragen sich Marionette und Ballerina«. Oskar Matzerath, Heini Pilenz und das Autorenkollektiv aus den *Hundejahren* sind ausnahmslos erzählerische Verpuppungen, Puppenfiguren, die ihrerseits eine Puppengeschichte als sprachbildliches Ballett choreographieren. Ihre bildfunktionale Darstellung geschichtlicher Ereignisse, die verdinglichte Perspektive ihrer Erzählerrolle entsprechen der formalen Gegenwärtigkeit, der gegenständlichen Bewegung, der konstruierten Drehung der Musen-Ballerina. Der Akt des Erzählens wird selbst zur Fiktion, eine Formgebung sprachbildlicher Verpuppung. Persönliche Erfahrung wird durch diese Verpuppung des Erzählers bewußt in Marionettenverhalten umgestaltet. Die kritisch darzustellende Begebenheit kann nur aus sprachbildlichem Stoff geformt werden. Erzählen heißt bei Grass, wie in aller großen Literatur, daß die Form zur Fiktion wird.

Auf die Bedeutung der Puppenfigur auch in der Lyrik muß nicht besonders hingewiesen werden. Im Band *Gleisdreieck* akzentuiert Grass durch zwei Bleistiftzeichnungen ihre prominente Stellung im Werk. Aber auch die Hühner, Krebse, Hände, Heuschrecken, Nonnen, Köche, Spinnen, Neunaugen und Vögel – Sprachbilder, die er immer wieder zeichnet – müssen als Bildpuppen erkannt werden. Grass gliedert die Zeichnung bewußt in seinen »Arbeitsprozeß« ein; er sieht ihre Verbindung in erster Linie zu den Bildern der Gedichte und zu »verengenden, reduzierenden Ausgangspunkten ... bei der Prosa«. Die bildliche Verpuppung in der Lyrik beschränkt sich nicht auf die wiederholten Rollengedichte der Puppengestalten Sanna *(Die Vorzüge der Windhühner)* und Nana *(Gleisdreieck). Alle* Sprachbilder des Lyrikers Grass sind als puppenhafte Vergegenständlichungen zu bezeichnen. Wo das Puppenbild eine gegenständliche Perspektive eröffnet, die das Kunststück der »Ballerina in ihrer schwierigen Existenz, auf Spitzen tanzend« in »letztmöglicher Drehung« zeigt, erreicht es jenen Grad »gleichstarker Formeln der tänzerischen Bewegung ..., welchen gleich dem Ballett alle Zufälligkeit abgeht«. Das autonom gegenständliche Puppenbild entspricht der »Begegnung zwischen Poet und Muse«, wie Grass sie in seiner Bildbeschreibung *Die Ballerina* darstellt. Die Verpuppung des Bildes wird zum Ausdruck einer Begegnung mit der »Muse«.

Auch in der Lyrik hat Grass seine werktheoretischen Vorstellungen nicht nur gattungsgemäß praktiziert, sondern auch thematisch zu veranschaulichen gesucht. Aufschluß über »die Intimität dieser Begegnung zwischen Poet und Muse« erteilt das für die Deutung der Grass'schen Bildersprache wohl wichtigste Gedicht »Diana – oder die Gegenstände«. Diana erfüllt dort die Rolle der ballerinahaften Muse. Über sie berichtet der Dichter:

Als sie mich traf,
traf ihr Gegenstand meine Seele,
die ihr wie ein Gegenstand ist.

Diana ist wie die Ballerina von beweglicher Gegenständlichkeit, eine Tänzerin, während die Einbildungskraft des Poeten, ohne von ihr getroffen worden zu sein, an natürlicher Schwerfälligkeit leidet:

Zumeist sind es ruhende Gegenstände,
an denen sich montags
mein Knie aufschlägt –

Sie aber mit ihrem Jagdschein,
läßt sich nur laufend
und zwischen Hunden fotografieren.

Allein das gegenständliche Bild also, das Beweglichkeit beinhaltet, kann den Dichter »zum springenden, tanzenden Troubadour« werden lassen. Unüberhörbar spricht hier der Bildhauer Grass, der sich auch als Schriftsteller an eine gegenständliche Gestaltung hält. Zugleich wird die Ballerina-Rolle seines Sprachbildes erneut formuliert. »Auch heute«, erklärt Grass, »entsteht kein Gedicht, wenn sich nicht hilfreich eine der Musen beugt.« Sein Spiel mit der Muse gibt sich selbst als Bild zu erkennen. Ausdrücklich bezieht er sich auf die bildliche Verpuppung der Natur:

Wenn sie ja sagt und trifft,
trifft sie die Gegenstände der Natur
aber auch ausgestopfte.

Erst durch solches »Treffen« entfaltet sich die gegenständliche Perspektive des Puppenbildes. Die »unnatürlichsten und damit formvollendetsten« Bewegungen existieren allein als gegenständliche Konstruktion. So wie der Körper der Ballerina künstlerisches Requisit ist, so *ist* der Gegenstand das Bild. An dem sinnlich konkreten Bezug der ballerinahaften Formbewegung seiner Bildersprache hält Grass fest. *Er besitzt ein grundsätzlich erotisches Verhältnis zu den Dingen.* (Unbegreiflich, daß ein Joachim Kaiser den erstaunlichen Satz schreiben konnte: »Günter Grass ist ein unerotischer Autor.« TEXT + KRITIK, 1/1a, S. 53.) Wo immer es zu einer Darlegung seines Arbeitsprozesses kommt, wird die erotische Anziehungskraft seiner Muse besonders stark akzentuiert. Die Jagdgöttin Diana, die mit ihrem Bogen nach ihm schießt, ist da keine Ausnahme.

Die Künstlichkeit der Grass'schen Bildersprache ist nicht intellektuellen Wesens. In Kunst, Geschichte und Natur wendet sich Grass gegen philosophische Abstraktionen und ideologisch ausgeklügelten, vorbestimmten Gedankeninhalt.

Immer lehnte ich es ab,
von einer schattenlosen Idee
meinen schattenwerfenden Körper verletzen zu lassen.

Seine gegenständliche Einbildungskraft erweist sich zugleich als ein moralisches Bekenntnis. Grass sieht in der Verdinglichung der Geschichte nicht nur eine ästhetische Theorie. Die Konkretisierung der historischen Erfahrung ist unübersehbar Ausdruck seines ethischen Engagements. Die gegenständliche Muse lehrt den Dichter moralische Verantwortung. In der intimen Anrede der letzten Strophe verweist Grass auf die sinnliche und moralische Haftbarkeit, die er von der künstlerischen Gestaltung erwartet:

Doch du, Diana,
mit deinem Bogen
bist mir gegenständlich und haftbar.

Der sprachbildliche Gegenstand bleibt haften und haftet für die Wahrheit seiner Wirklichkeit. Die Bildersprache soll als gegenständliches Denken und Gestalten *selbstverständlich* sein. Grass begreift künstlerisches und moralisches Selbstverständnis als eine untrennbare Identität. Aus dem Verständnis einer entsubjektivierten Phantasie ergibt sich eine ihr anheimgegebene gegenständliche Moral. Die Grass'sche Einbildungskraft gestaltet mit dem ästhetischen Ausdruck ein moralisches Engagement. Das zeigt sich besonders deutlich in der vielschichtigen Auseinandersetzung mit dem Wesen und der Funktion eines fiktiven Geschichtsbildes. Während Grass in den werktheoretischen Aufsätzen *Die Ballerina*, »Der Inhalt als Widerstand« und »Das Gelegenheitsgedicht« in erster Linie künstlerische Darstellungskriterien der Geschichte zu bestimmen sucht, geht es ihm in den politischen Schriften vor allem um das sozialhistorische Bewußtsein des deutschen Bürgers. Die Darstellung des Selbstverständlichen erweist sich in der Literatur wie in der Politik als kritische Konkretisierung eines geschichtlichen Menschenbildes.

Der Roman *Hundejahre* erscheint zwei Jahre vor den ersten Wahlreisen für die SPD. Grass nennt ihn zu Recht das politischste Buch der Danzig-Trilogie. Wie bei seinen Vorgängern handelt es sich um die Gestaltung deutscher Geschichte. Alle drei Bücher enden mit einer Darstellung der Gegenwart, wobei ihr in den *Hundejahren* absichtsvoll der breiteste Raum gelassen wird. Bezeichnend ist, *wie* Grass die historische deutsche Gegenwart schildert. In der *Blechtrommel* wird sie in der Form einer Heil- und Pflegeanstalt erfahren; in *Katz und Maus* beschränkt sich ihre Beschreibung auf einen Zirkus und ein Treffen der Ritterkreuzträger 1959 in Regensburg; in *Hundejahre* gilt ihr das gesamte dritte Buch, dessen »Materniaden« die Heimsuchung der deutschen Gegenwart schließlich als einen Gang durch die Hölle zeichnen. Clowns, Krüppel und Scheuchengestalten bevölkern das Bild dieser Gegenwart.

Angesichts der dargelegten Vergegenständlichung der Grass'schen Bildersprache muß die Arbeit des politischen Schriftstellers von besonderem Ausdruckscharakter geprägt sein. Die Frage stellt sich, wie es möglich sein wird für einen Schriftsteller, der sich durch eine im wesentlichen geschichtsverpuppende Einbildungskraft kennzeichnet, in Wort und Tat zur deutschen Gegenwart Stellung zu beziehen, politisch Partei zu ergreifen. Eine genauere Untersuchung der politischen Reden und Schriften von Günter Grass steht bislang noch aus. Die unter dem Titel *Über das Selbstverständliche* herausgegebene Sammlung seiner politischen Schriften gibt Auskunft über das Wesen dieser Parteiergreifung.

Erwartungsgemäß handelt es sich bei den politischen Reden und Aufsätzen um polemische Äußerungen ihres Autors, um so mehr, als Grass sich ja für eine Partei engagierte, die zu Beginn seiner Wahltätigkeit noch in der Opposition stand. Form und Funktion seiner Aussage kennzeichnet also die Kritik am politischen Status quo in der Bundesrepublik zu Beginn des Jahres 1965. Auch die politische Argumentation besteht im wesentlichen aus einer Folge gegenständlich-haftbarer Bilder, die als kritisches Ausdrucksmittel einen moralischen Anspruch formulieren. Im Sommer seiner ersten Wahlreisen erklärt Grass anläßlich einer Rede in Düsseldorf, daß »im Bild bleiben« für ihn »kritisch bleiben« bedeutet. Bildverpuppungen fungieren als formale und inhaltliche Vergegenwärtigung eines politischen

Selbstverständnisses. Immer sind sie argumentativ (wie im literarischen Werk), häufig polemisch. Der argumentativ gegenständliche Grundcharakter der politischen Bildsprache reizt zum Beifall oder zum Widerspruch. Individuelles und gesellschaftliches Selbstverständnis soll sich an der sprachbildlichen Verpuppung identifizieren. Da wird der Kommunismus als »weinrotes Plüschsofa mit seinen durchgesessenen Sprungfedern« definiert, die Vernunft als »diese Eckensteherin in unserem zur Zeit so hilflos regierten Land« allegorisiert. Der politische Inhalt ergibt sich aus der Verselbständigung des Bildes. Im folgenden Beispiel aus dem Jahre 1967 steht ein literarisches Motiv im Dienste allegorischer Bildkritik am politischen Status quo: »Die Resignation erinnert sich der vernachlässigten Schrebergärten: Candide geht um, klopft uns die Schulter und rät, das Gärtchen zu bestellen, dem eigenen Salat zu vertrauen und die Nase in Blumenkelche zu stecken.« Grass spricht von »Ressentiments, die in ... fruchtbarem Niemandsland fleißige Gärtner finden«. Er warnt davor, »Zimmerlinden und sonstige Rücksichtnahmen zu pflegen«. Aus der Anzeigenwelt übernommen scheint der Einfall: »Hübsch kleidet uns der weltweite Duft männlich gebrochener Melancholie.« Grass gesteht seinen Zuhörern: »Ich kann Ihnen keine schöngelockten Hoffnungen machen.« 1967 anläßlich der Landtagswahlen in Schleswig-Holstein variiert er »Beethovens Wut über den verlorenen Groschen« zur »Rede von der Wut über den verlorenen Milchpfennig«. Über politischen Radikalismus berichtet er ein Jahr später: »Heilslehren füllen Sprechblasen, das blubbert so vor sich hin.«

Diese Beispiele einer politischen Bildersprache verdeutlichen, daß der Wahlredner Grass vom Schriftsteller nicht zu trennen ist. Er selbst hat diese Verbindung zwischen dem literarischen Werk und der politischen Äußerung gerade angesichts der weitverbreiteten Verwunderung, die seine parteipolitische Tätigkeit auslöste, immer wieder hervorgehoben. Die politische Stellungnahme ist Ausdruck des eigenen Selbstverständnis und reiht sich somit dem vorangegangenen literarischen Werk harmonisch ein. Auch die Danzig-Trilogie ist ja der Versuch einer bildkritischen Selbstgestaltung gewesen, zugleich das Bemühen, stellvertretend den Weg zur deutschen Gegenwart zu finden. Zu Beginn seiner wahlpolitischen Tätigkeit, im Jahre 1965, stellt sich der politische Redner Grass seinen Zuhörern dementsprechend vor: »Wer spricht hier und zu wem? Jemand, der über Hundejahre berichtet hat, der der Schuld den Magen umstülpte und auf Trümmer- und Schrottplätzen nach Spuren der Scham gestochert hat. Jetzt sucht er neuen Stoff.« Ende 1970 nennt Grass den Roman *Hundejahre* sein bislang »politischstes« Buch. Die politischen Schriften erweisen sich durchaus als eine bruchlose Weiterentwicklung seiner literarischen Thematik.

Als wichtigen Beitrag des Schriftstellers in Sachen Gesellschaftspolitik begreift Grass dessen Fähigkeit, »den einzelnen, das Individuum, aus der Masse lösen und benennen« zu können. Seine eigene literarische Vorstellungskraft bleibt auch im politischen Bereich konkret und gegenständlich, das heißt: individuell. Ausdruck dieses spezifischen Bezuges ist ja gerade das sprachbildlich Haftbare in seinen Reden und Schriften. Grass schildert nicht nur allgemeine Wesenszüge eines politischen Phänomens, sondern bezieht sich mit der gleichen Bildersprache auf konkrete politische Ereignisse. Auch hierzu eine kleine Auswahl argumentativer Bilder.

Die Bildung der Großen Koalition sieht Grass als »Umbettung« der politischen Mächte in der Bundesrepublik. Dieser Vorgang »ging einerseits nicht ohne Knarren der Bettstatt, anderseits nicht ohne Schlafzimmergetuschel vonstatten«. Er fährt fort: »Was ich für eine ›miese Ehe‹ halte, wurde andernorts als ›Vernunftehe‹ gelobt; doch dem wird man hier wie dort zustimmen wollen: Eine ›Liebesheirat‹ ist es nicht gewesen.« An anderer Stelle spricht Grass, das Thema seines *Tagebuch einer Schnecke* vorwegnehmend, von der »melancholischen Koalition«, angesichts derer die FDP als eine »in Bratapfelmanier schrumpfende Partei« bezeichnet wird. In dieser konkreten politischen Situation wird für Grass »in Gesprächen ... das Wörtchen ›der linke Gewerkschaftsflügel‹ wie ein unfehlbarer Büchsenöffner benutzt«. Politische Richtungsäußerungen wie links, Mitte oder rechts, radikal, gemäßigt oder konservativ sieht er zu »Krücken« reduziert. Die Tätigkeiten des (damaligen) Finanzministers Strauß schildert Grass wie folgt: »Rechnungen, in denen ein gewisser Herr Strauß als Multiplikator Panik verbreitet, gehen rasch, allzu rasch auf.« Bundeskanzler Kiesinger wird als »die unheimlich gemütliche schwäbische Eisenbahn« ausgewiesen. Über dessen nationalsozialistische Vergangenheit stellt er das ironische Rezept auf: »Ein Achtel Schuldbekenntnis und sieben Achtel Bereitschaft, vergeben zu können (›wie ja auch wir vergeben unsern Schuldigern‹), mixen den süffigen und – ach – so bekömmlichen Cocktail.« Der von ihm unterstützten SPD rät er, die Große Koalition wieder aufzulösen, »bevor der Spaltpilz der CDU auf die SPD übergreift«. Unter Bezug auf die Mehrheitsverhältnisse dieser Koalition stellt Grass im Januar 1967 in Gelsenkirchen fest: »Der Proporz, eine rasch um sich greifende Viruskrankheit, wird sich bis in die kleinste Amtsstube schleichen.« Wenig später benutzt er in der gleichen Rede eine Variation des hier aufgestellten Bildes, wenn er erklärt: »das schöngeblümte Deckmäntelchen Proporz hat den Erreger des großen Zorns schon verhängt«. Die bildkritische Verurteilung der Berufung von Strauß zum Finanzminister lautet bündig: »Der Bock wurde zum Gärtner gekürt.« Über dessen politische Ambitionen heißt es im Märchenvokabular: »Nur sein Haarschnitt hat sich verändert; auch spricht er sanfter: der Strauß hat Kreide gefressen.« Den Zulauf der NPD charakterisiert er mit dem Bild: »Das wärmt ein Jahrzehnt lang die Ofenbank, springt plötzlich auf und will die Welt erlösen.« Das SPD-Präsidium wird ihm zum »quasi absurden Chor«, und über das Verhältnis der parteilichen Interessenvertretungen im Bundestag meint er: »Es wäre doch gelacht, wenn sie nicht allesamt den Deckel auf dieses Töpfchen fänden.«

Niemand wird den »literarischen« Stil solcher und ähnlicher Äußerungen zum konkreten politischen Zeitgeschehen in der Bundesrepublik leugnen können. Die Grass'schen Sprachbilder im Bereich der Politik ergeben sich zwanglos aus dem Charakter seines schriftstellerischen Werkes. Die Logik einer vergegenwärtigenden Gegenständlichkeit des argumentativen Bildes, das dem Gesagten Form und Inhalt verleiht, bleibt das wesentliche Kennzeichen auch des politischen Schriftstellers. Seine politische Einbildungskraft unterscheidet sich nur wenig von der literarischen Bildgestaltung. Zwischen den werktheoretischen Aufsätzen und den politischen Reden und Schriften besteht ein unverkennbarer Zusammenhang. Hier wie dort handelt es sich um eine Selbstanalyse (bei der wir gezeigt haben, daß die Theorie der eigenen Gestaltung keineswegs etwas mit ästhetizistischer Formverabsolutierung gemein hat), um die Suche nach einem Selbstverständnis.

Grass stellt seine politischen Schriften unter die Thematik des »Selbstverständlichen«. Auch in diesem Konzept fallen sprachbildliche Eigenständigkeit (selbst-verständlich) und die Argumentation eines moralischen Appells (selbstverständlich) zusammen. Der Begriff muß also in simultaner Vielschichtigkeit verstanden werden. Auf einer Stufe dient die politische Stellungnahme ohne Frage dem *eigenen Selbstverständnis.* Insofern sieht Grass also seine politischen Schriften als Fortsetzung der Danzig-Trilogie. Seine politische Zielsetzung beschreibt er als eine aufgeklärte Gesellschaft demokratischer Bürger und erklärt: »Das wäre ein Buch.« Nach eigenem Verständnis präsentiert er sich auch in der Politik als Schriftsteller. Verheißungsvoll verkündet eine frühe Rede: »Es liegen ›Demokratische Geschichten‹ in der Luft.« Seiner politischen Begeisterung verleiht er, besonders in den frühen Reden, literarischen Ausdruck. Demokratie nennt Grass »heilig nüchtern«. Nicht nur die Sprache Hölderlins soll sie bestimmen, auch der »amerikanische Kollege« Walt Whitman wird als Zeuge, Schutzpatron und Vorbild angerufen. Hatten nicht seine »den einzelnen und die Masse berührenden Gesänge ... den Vereinigten Staaten von Amerika eine poetische und bis heute gültige Verfassung gegeben«? Grass bezeichnet Whitman einen »Lincoln der Sprache«; in seinem Gefolge will auch er »die Demokratie besingen«. Diese hymnische Literarisierung des eigenen politischen Engagements tritt in den späteren Reden und Schriften immer mehr zurück. Sie ist jedoch für die Anfangsphase der Grass'schen Suche auch nach einem gesellschaftspolitischen Selbstverständnis durchaus charakteristisch.

Nach solchem Eintritt in die politische Aktivität wird deutlich, daß es Grass von Anfang an nicht nur um das eigene, sondern zugleich um *das politische Selbstverständnis des Schriftstellers allgemein* geht. Beides bleibt in der Identität seiner Person untrennbar verbunden. Der Text seiner politischen Schriften belegt deutlich diese Absicht. Grass weist sich berufsbezogen als »ein Geschichtenerzähler« aus, als »jemand, der immerzu sagt: Es war einmal«. Sein Offener Brief an Ludwig Erhard, veröffentlicht am 14. Februar 1965, setzt der vom Bundeskanzler vorausgesetzten »anonymen und irrealen Masse« die persönliche Erwiderung entgegen: »Ich antworte Ihnen als Bürger und Schriftsteller.« Um dieses Selbstverständnis geht es: das Bewußtsein der sich gegenseitig bestimmenden Verantwortung »als Bürger und Schriftsteller«. Die frühe Rede »Es steht zur Wahl« (Sommer 1965) enthält im selbstbewußten Stil des »Geschichtenerzählers« und Staatsbürgers vier »demokratische Wahlgeschichten«. Sie sind bewußt provokativ im Märchenton gehalten. In der Aggressivität eines neuen Selbstverständnis soll daran erinnert werden, daß hier ein Schriftsteller das politische Wort ergreift. »Es kommt jemand daher und hat einen verdächtigen Beruf. Er erzählt Geschichten.« Der

Autor Grass möchte demonstrieren, daß »auch ein Geschichtenerzähler« die Politik »beurteilen kann«. Im Einklang mit seinem werktheoretischen Selbstverständnis äußert sich die kritische Urteilsfähigkeit bei ihm in sprachbildlicher Vergegenständlichung. Sie wird geformt als moralisches Anliegen, ist argumentativer Appell und Konkretisierung. Bewußt wählt Grass auch für seine politische Betrachtungsweise die Perspektive des Märchens (eine formal verdinglichte Verzerrung) oder die sich verselbständigende Bildfunktionalität.

In der ebenfalls aus dem Sommer 1965 stammenden Rede »Loblied auf Willy« wendet sich Grass gegen den Anspruch Ludwig Erhards, ein populärer Volkskanzler zu sein, der sich einer »volklichen Gemeinschaft« verpflichtet fühlt. In Willy Brandts »immer wiederkehrender Redewendung ›Meine Freunde und ich ...‹« dagegen erkennt er »keine bloße Floskel, sondern die selbstbewußte Ankündigung eines politischen Stils, der die Ära der ›einsamen Beschlüsse‹ und ›Schicksalsberufungen‹ beenden wird«. Grass sieht darin *ein neues politisches Selbstverständnis,* an dessen konkret-individueller Verantwortung er ein gewandeltes staatsbürgerliches Bewußtsein demonstrieren will. Er ruft den einzelnen Bürger zur politischen Mitbestimmung und Mitverantwortung auf. Sein Engagement für die Sozialdemokratische Partei möchte in diesem Sinne ein Beispiel sein. So ist es zu verstehen, warum Brandts Äußerung »Das Gewissen der Sozialdemokratischen Partei schlägt nicht außerhalb dieser Partei« seinen »heftigen Widerspruch« erregt. Grass' Bekenntnis zu Willy Brandt hat den Charakter sowohl eines persönlichen als auch eines gesellschaftspolitischen, staatsbürgerlichen Selbstverständnisses. Da er sich nach eigener Aussage zunächst für den persönlich und politisch diffamierten Brandt eingesetzt hat, erweist sich auch diese demonstrative Haltung als moralischer Appell. Was nicht ausschließt, daß Grass eine wiederum sehr literarisch anmutende biographische Skizze jenes Mannes zeichnet, dem er sich in seinem sozialdemokratischen Selbstverständnis verpflichtet fühlt. »Ich stelle mir den Fünfzehnjährigen so vor: zu schnell gewachsen, robust, ziemlich vergrübelt. Auf dem Pausenhof beginnt die Politik. Auf der einen Seite: er alleine mit seinen frühreifen Argumenten. Ihm gegenüber: die Söhne der Bürger, noch zögernd, aber schon auf dem Weg in die Hitlerjugend. Die Trave riecht sommerlich. Lübecks Backsteingotik hält feinsinnig ironische Zwiesprache mit Thomas Mann.«

Die politische Rede mit dem Ernst Moritz Arndt entliehenen Titel

»Was ist des Deutschen Vaterland?« (Sommer 1965) steht erneut im Zeichen literarischer Anspielungen und Bekenntnisse. Grass greift die von Arndt gestellte Frage nach dem nationalen Selbstverständnis auf, um sie unter ironischem Bezug auf Autoren wie Peter Rühmkorf, Johannes Bobrowski, Ingeborg Bachmann, Karl May und Walt Whitman »literaturpolitisch« zu diskutieren. Er schließt seine Rede mit einer der Arndt-Hymne programmatisch entgegengehaltenen »Transatlantischen Elegie«, die er in New York, »jene Provinz deutscher Emigration erahnend«, geschrieben hat. Mit der Emigration wird, zumindest indirekt, erneut auf die Biographie Willy Brandts Bezug genommen. Die deutschen Emigranten des Jahres 1933 werden zu modernen Dostojewski-Gestalten; Grass nennt sie »die Beleidigten und Verbitterten«. Zu ihnen zählt er vor allem auch Alfred Döblin und Else Lasker-Schüler. Ähnlich wie bei der Identifizierung mit Willy Brandt steht die Pflege des literarischen Vorbilds Döblin (und Whitman) im engen Zusammenhang mit Grass' Suche nach einem nationalen und politischen Selbstverständnis des deutschen Schriftstellers. In der Düsseldorfer Wahlrede »Des Kaisers neue Kleider« (Sommer 1965), die zu den aufschlußreichsten politischen Schriften ihres Autors gehört, erhebt Grass denn auch den literarischen Anspruch, der Tradition deutscher Aufklärung anzugehören. Er erinnert daran, daß es eine deutsche Literatur gab, lange bevor eine deutsche Nation existierte. Sein nationales Selbstverständnis orientiert sich an einer literarischen Tradition. »Deutschland ist«, erinnert er, »hundert Jahre vor Bismarck, durch deutsche Schriftsteller und Philosophen, die den Geist der Aufklärung durch dieses Land wehen ließen, kraft der Sprache geeinigt worden.« Dieser Einflußnahme deutscher Schriftsteller auf die deutsche Politik fühlt er sich verpflichtet. Grass setzt die Sprache des Politikers die »einigende« Kraft der literarischen Sprache, den politischen Märchenmotiven des Wahlkampfes die gezielte Abwandlung eines literarischen Märchens entgegen. Im Wahljahr 1965, erklärt er, »irren wir ... in einem Wald gleichmäßig einfallsloser Wahlplakate ... gleich Hänsel und Gretel, tat- und weglos umher. Überall werden uns Knusperhäuschen versprochen. Im Märchentantenton werden uns Zufriedenheit und Sicherheit verheißen«. Diese politische Irreführung sucht er durch ein eigenes Märchen (»vom dicken Mann«, der zum erstenmal seine Stimme den Sozialdemokraten gibt) und eine auf Erhard zugeschneiderte Variation des Andersen-Märchens bloßzustellen. Das literarische Märchen wird in politischer Absicht verfremdet; seine Form wird vergegenständlicht, aktualisiert als zweckdienliches Ausdrucksmittel. Als Englands Königin die Bundesrepublik besucht und dabei der Eindruck erweckt wird, der Staatsbesuch gelte nur der CDU/CSU, glaubt Grass »Wochenschau und angebliche Dokumentarfilme zum tendenziösen Märchen zusammengeschnitten«. Es gilt, diesem verleumderischen Märchen ein »aufklärerisches« entgegenzusetzen. Denn: Märchen und Geschichten zu erfinden, bleibt das »ehrbare Handwerk« des Schriftstellers. Grass zeigt erneut, daß die Politisierung der Literatur durch eine Vergegenständlichung der Form erreicht werden kann. Auch in dieser Rede möchte er »im Bild und im Märchen bleiben«, das heißt: »kritisch bleiben«. Das Märchen als sprachbildliche Form des politischen Schriftstellers Grass erweist sich als Kritik. Auf seine Werktheorie bezogen, ist das Märchenbild das Argument, polemisch zugespitzt zur »letztmöglichen Drehung«. Wie im literarischen Werk reduziert Grass Erkenntnisprozesse auf eigenbewegliche Bildkonstruktionen, mit denen er ein Ballett gegenständlicher Vergegenwärtigung choreographiert. In der Lübecker Zola-Rede »Ich klage an« (Sommer 1965) identifiziert er sich als »jemand, der mit der Phantasie Arm in Arm geht, kurzum ein Schriftsteller«, um sich als solcher ausdrücklich zu »seinem Hang zu Überspitzungen und Wortspielen« zu bekennen.

Bei der Verleihung des Büchner-Preises am 9. Oktober 1965 ergreift Grass die Gelegenheit, Rechenschaft über seine wahlpolitische Tätigkeit abzulegen. Seine »Rede über das Selbstverständliche« ist in der gleichen Sprache gehalten, demonstriert erneut die charakteristisch vergegenständlichende Bildfunktionalität wie die politischen Schriften. Grass lädt sein Publikum ein, »kritisch an den Nägeln zu kauen, Rechnungshof zu sein. Denn es gilt, offenbar zu machen: Die nationale Pleite – das literarische Falschgeld – die sich als Person bestätigt fühlende Hybris – und das Sprüche klopfende Gewissen einer nicht existenten Nation«. Wie faßt Grass sein Wirken als Schriftsteller im Bundestagswahlkampf 1965 zusammen? Auch dieser Bericht besitzt die Form einer Choreographie sprachlicher Bildverpuppung. »Das also war es: Zweiundfünfzigmal in volle Säle gepustet, damit sich der Staub nicht legte. Die Landkarte abgesteckt und das Vaterland an die Brust genommen. Die Stimme beim Frühstück geschont und mit weichen Eiern gesalbt, damit sie, wenn's los ging, selbst die letzte Stuhlreihe küßte. Worte zum Docht gedreht und jenem ins Ohr, der den Zwischenruf schon seit Anbeginn auf der Zunge zur Murmel rollte.« Das von ihm beschriebene Publikum der Wahlreden wird unversehens zu literarischen Gestalten des Geschichtenerzählers Grass. Da sind die »vierhundert mürrischen Urlauber, die das Pensionsessen, die Ostsee und das Wetter haßten, denen der Überdruß Falten warf, die sich verbissen nach Erholung abstrampelten, die sie verdient hatten laut Vertrauensarzt.« Da heißt es von einigen jungen Burschen, sie »räumten ihren Kaugummis satzlange Pausen ein«. Oder da ist die Rede von »Philip Rosenthals Sorge ums Porzellan und also seinem Votum für die Sozialdemokraten«; beide »sind noch taufrisch und müssen dreimal täglich serviert werden«. Wer auf solche Weise um das »Selbstverständliche« wirbt, dessen Verständnis von Gesellschaft und Politik bleibt grundsätzlich gegenständlich.

Grass appelliert an die von ihm heraufbeschworene Tradition literarischer Aufklärung, wenn er erklärt, Georg Büchner habe seinen »Entschluß, den Mund aufzumachen, gefördert und den Stil« seiner »Wahlreden beeinflußt«. Das Vorbild Büchner wird zur handelnden Person seiner bildkonstruierten Geschichte. Büchner rät dem Wahlredner Grass »von oben herab ... ihn, den revolutionären Studenten der dreißiger Jahre des vergangenen Jahrhunderts, in unserem Wahlkampf mitstreiten zu lassen«. Den historischen Entwicklungsprozeß der letzten hundertdreißig Jahre, den vollzogenen gesellschaftspolitischen Wandel reduziert Grass auf das kritische, konkrete Handlungsbild: »Georg Büchners Huhn im Topf des Bauern hat sich zum überquellenden Eisschrank ausgewachsen.« Das Rückgrat auch dieser Büchner-Preis-Rede über das Selbstverständliche bildet eine argumentative Bilderfolge. Hier, im sprachlichen Bild, liegt seine politische Identität. Sie ist vom literarischen Selbstverständnis nicht zu trennen.

Wie sehr Grass den Zusammenhang zwischen schriftstellerischem und politischem Selbstverständnis noch als Bild sieht, beweist ein charakteristischer Satz aus der Büchner-Preis-Rede, der auch auf die eigene Werktheorie Bezug nimmt: »Wir, über lange, den Augenblick jagende Sätze gebeugt, wir, gewohnt, mit Geduld den Gegenstand zu beklopfen, bis er uns Antwort gibt, Tradition im Rücken und vor uns weißes Papier – wir schrecken zusammen, wenn die Gewalt ihr Nikkerchen auf dem Sofa unterbricht ...« Nicht zufällig schließt diese Rede mit jenem »Doppelpunkt«, dessen sinngemäße Bedeutung in dem Gedicht »Schreiben« nachzulesen ist. Dort heißt es unmißverständlich:

> *Mit einem Doppelpunkt schließen:*
> *Ich komme wieder. Ich komme wieder.*

Nun, bekanntlich *ist* der politisch engagierte Schriftsteller Grass vier Jahre später »wiedergekommen«: 1969 beteiligt er sich erneut am Bundestagswahlkampf. Aber der Doppelpunkt wird ihm überhaupt zum Zeichen der Infragestellung dogmatischer Verhärtungen, zum Ausdruck jenes »produktiven Zweifels«, von dem der Revisionist, wie Grass ihn versteht, lebt. Das Vorwort zu seinen politischen Schriften belegt in programmatischer Form, daß das literarische und politische, individuelle und gesellschaftliche Selbstverständnis des Günter Grass in der Erkenntnis gipfelt: »Ich bin ein Revisionist.« Wer dieses Vorwort genauer liest, wird darin nicht nur die Ankündigung seiner politischen Reden und Aufsätze erkennen, sondern zugleich die langjährige Vorbereitung zum *Tagebuch einer Schnecke*, dem Werk also, das den Schriftsteller und Politiker Grass in bislang überzeugendster Weise vereint. »Da alles Bestehende der permanenten Revision bedarf, betreibt der Revisionist die permanente Reform. So oft, so laut und so unverbindlich in den letzten Jahren, Mao zitierend, vom langen Marsch die Rede gewesen ist, der Revisionist weiß, ohne es immerfort aussprechen zu müssen, daß er sich seit Jahrzehnten auf einem langen Marsch befindet, der Perioden lang von Rückschlägen, Rückzügen und oft genug, während Zeiträumen der Restauration, vom Stillstand gezeichnet gewesen ist.« Deutlich formuliert Grass hier, was er im *Tagebuch* als Schneckenprinzip bezeichnet, den Stillstand im Fortschritt, den Zweifel als handelnde Erkenntnis. Grass verkündet seine politische und literarische Identität im Bild. Dabei weist er ausdrücklich auf die literarische Eigenprojektion des Selbstverständlichen hin. In der Princeton-Rede »Vom mangelnden Selbstvertrauen der schreibenden Hofnarren unter Berücksichtigung nicht vorhandener Höfe« (April 1966) inszeniert er die bildfiktive Gegenüberstellung von Politiker und Schriftsteller. Deutlicher als bisher charakterisiert er die Widersprüchlichkeit der eigenen Existenz. Einerseits ist »der Schriftsteller ... ängstlich bedacht, Teil der Gesellschaft zu sein«, andrerseits »legt er doch Wert darauf, diese Gesellschaft nach seiner Fiktion zu formen, wobei er der Fiktion als etwas Dichterisch-Närrischem von vornherein mißtraut«. Der

Schriftsteller Grass identifiziert sich mit dem Bild des Hofnarren, von dem er weiß, daß es »die Erfindung eines seriösen und langsam arbeitenden Schriftstellers« ist, »der sich in Gesellschaft fürchtet, als schreibender Hofnarr verkannt zu werden«. Hier zeigt sich, daß zum Selbstverständnis des Autors die dialektische Aktualisierung der literarischen Eigenprojektion gehört. »Wer diese Spannung tätig aushält«, heißt es am Ende der Rede, »ist ein Narr und ändert die Welt.« Das Narrenbild weist also nicht, wie es zunächst den Anschein haben könnte, auf ein dem Handeln abgewandtes, unpolitisches, resignativ-ästhetizistisches Konzept der Literatur, sondern deutet die zu mißtrauende Fiktion gerade auch in der Gesellschaft als jenen »produktiven Zweifel«, von dem Grass in seinem »Vorwort eines Revisionisten« spricht. Der schreibende Narr verleiht nicht nur der gesellschaftlichen Spannung, in die er sich einbezogen weiß, Ausdruck; er trägt zu ihr tätig, das heißt: handelnd bei und ändert durch diesen Eingriff die Welt. Da auch das Bild des schreibenden Narren Eigenprojektion des Autors bleibt, Ausdruck seines gesellschaftlichen Selbstverständnis, kommt dem Tatbestand, daß die Erzählergestalten vor allem der Danzig-Trilogie unverkennbare Züge eines Narrenbildes tragen, um so tiefere Bedeutung zu. Auch für sie gilt: auf der Suche nach einem Selbstverständnis berichten sie eine Geschichte, an der sie selber maßgeblich teilnehmen. Bis hin zum *Tagebuch einer Schnecke* erweisen sich die Erzählfiguren als bildfunktionale Selbstprojektionen, als kritische Verpuppungen des Schriftstellers Grass.

Die Annahme des Narrenbildes und die Verteilung der Erzählerrollen gehören somit durchaus zusammen. Sie können als eine spezifisch Grass'sche Version des Verfremdungsproblems gedeutet werden. Ihr Ursprung liegt in der Auseinandersetzung seines fiktiven Erzählers mit der Vergangenheit. Grass braucht andere Methoden als Brecht, um Geschichte zu verarbeiten. Das närrische Bild ist als perspektivierte Vergegenständlichung der historischen Erfahrung Ausdruck seiner tiefen Abneigung gegen ideologisch abstrahierte Geschichtsbestimmungen. Die Verpuppungen in narrenhafte Rollenerzähler dienen wie die erzählerischen Bildfiktionen der geschichtlichen Konkretisierung.

Durch das gesamte Werk zieht sich eine stark ausgeprägte Feindlichkeit gegen geschichtsphilosophische Konzeptionen. Grass hat erkannt, daß jede Geschichtsphilosophie von der Vorstellung eines Endes der Geschichte lebt. Sie ist in ihrer Essenz utopisch. Grass jedoch steht in kompromißloser Opposition zu jenen Utopisten, die auch heute noch ihre Nahrung aus der deutschen Geschichtsphilosphie holen. Auch darin erweist er sich als Politiker und Moralist zugleich. »Mich trägt keine Lehre«, erklärt Grass im *Tagebuch einer Schnecke*. »Die Lösung weiß ich nicht. Ich schenke euch Zweifel ...« Zuweilen bricht seine Ungeduld schärfer durch: »Geschmacklos wurde mir aufgetischt. Das will ich nicht löffeln. Marx, dick eingekocht oder – wie üblich – verwässert, läßt allenfalls Graupen ahnen, diesen Fraß, der jedermann Gleichheit und Graupenfreiheit verspricht.« Er widersetzt sich vor allem den Forderungen einer, wie er sie nennt, »angelesenen Revolution«. Allzu vereinfachend sieht Grass im heutigen Marxismus (insbesondere in der Bundesrepublik) eine intellektuelle Flucht vor der politischen Wirklichkeit in die weltfremde Theorie. Sein Kampf gegen den Marxismus ist die Absage an dogmatische Heilslehren, an die Utopie und die Ausflucht vor den gegenständlichen Forderungen der Gesellschaft. In der Rede über das Selbstverständliche lobt Grass den »Großen Hessenplan« des hessischen Ministerpräsidenten Georg August Zinn, um dann fortzufahren: »aber was wiegt solch ein ›Großer Hessenplan‹, gewogen an dem utopischen Entwurf eines Gesellschaftsbildes, in dem sich das reine Nordlicht und ein pfötchengebender Marxismus in kosmopolitischer Eleganz finden und hoch über Schaum und Kleinbürgertum, ohne Neckermanns Katalog und enthoben dem Straßenbahnmief, sein Elysium begründet?« Er macht dem Marxismus den Vorwurf, Gesellschaft und Geschichte zu ästhetisieren, in den menschenleeren Raum der Ideologie zu entweichen. Freilich gilt es dabei zu bedenken, daß Grass speziell vom Marxismus in der Bundesrepublik und auch dort insbesondere vom modisch-intellektuellen Gestus, nicht aber von Marx selber spricht. Über dessen fragwürdige Anhänger schreibt er: »Gottähnlich tänzelnd über den Abgasen unserer Gesellschaft, ordnen sie ihren Seminar-Marxismus gleich Schäferwolken.« Das dogmatische Elitegebaren beruht auf Unkenntnis der konkreten politischen Verhältnisse. Es ist seinem Wesen und Verhalten nach zutiefst ungeschichtlich. Den gewaltsamen Forderungen der Radikalen setzt Grass den langsamen Prozeß sozialdemokratischer Reformen entgegen. »O, Ihr schmalbrüstigen Radikalen«, ruft er am Ende seiner Büchner-Preis-Rede aus, »denen Reformen zu langsam und widersprüchlich verlaufen. Ihr redet Revolutionen das Wort, die längst stattgefunden und sich selbst umgebracht haben, während die viel verlachten Reformisten, soweit sie die Revolutionen von links und rechts überlebten, unverdrossen hier ein bißchen verbessern, dort bebend aber immerhin das Recht verteidigend, ihr Programm den wechselnden Zeiten anpassen, also von Kompromissen gehemmt, unendlich langsam vom Fleck kommen und sich Sozialdemokraten nennen.« Der Schneckenfortschritt der Sozialdemokratie ist das Thema seines großen Tagebuchs einer Wahlreise geworden. Auch in diesem Bericht kommt es erwartungsgemäß zu wiederholten Auseinandersetzungen mit dem intellektuellen Seminar-Marxismus, der angelesenen Revolution. Ein Beispiel muß hier genügen, um zu veranschaulichen, mit welch' bösem Witz Grass diese Diskussion zu führen vermag. Im 5. Buch, dessen Thema das Verhältnis von Geschichtsphilosophie und Fortschritt ist, kommt es zu einem Redegefecht des Wahlkämpfers Grass mit einem studentischen Sprecher der Außerparlamentarischen Opposition. Der Bericht hierüber endet wie folgt: »Als ich ihm mit Trotzki das Wörtchen ›permanent‹ anbot, war er bereit, die Revolution als dialektische Bestätigung des Schneckenprinzips zu akzeptieren. (Ich nannte das Zauberwort Hegel und erlaubte mir zwei ausführliche Engelszitate, von denen nur das erste erfunden war.)«

Häufiger noch als gegen den ideologischen Marxismus wendet sich Grass gegen die Hegelsche Geschichtsphilosophie. Auch diese Kritik verteidigt ein gegenständliches Anschauungsvermögen. Von Schopenhauer gilt es zu lernen, »vor dem Erkennen anzuschauen und niemals nach Hegelscher Methode vorgefaßter Erkenntnis die Beweise der Anschauung nachzuliefern«. Politische Utopien lassen sich nur auf geschichtliche Abstraktionen bauen. Gerade in seiner Utopienfeindlichkeit erweist sich Grass als außerordentlich geschichtlich. Unermüdlich warnt er vor der »in windstillen Seminaren« gelehrten idealistischen Geschichtsphilosophie Hegelscher Prägung. In der konkreten Wirklichkeit, »an den Walzstraßen und Drehbänken« muß der geschichtliche Fortschritt unverstanden bleiben, »wenn alles, was die Arbeit und ihren Gewinn betrifft, verhegelt ist«. Grass wehrt sich gegen eine akademische Geschichtsbestimmung, weil sie totalitäre Bewußtseinsmanipulationen fördert. Hegel und Marx werden zur modischen Pose und abstrakten Schwärmerei. »Überall wollen sie vor dem eigenen anderer Leute Bewußtsein verändern: zugutbehauste Söhne, die vom Proletariat wie von einer Marienerscheinung schwärmen; an sich verbitterte Pädagogen, denen ein Schuß Marxismus das idealistische Süppchen verlängern muß; höhere Töchter auf der Suche nach einem so linken wie exklusiven Tennisclub; neuerdings berufsmäßige Gottesstreiter, die Christi Blut in hegelförmigen Flaschen abfüllen.« Eine solche Geschichtsauffassung ist anti-individuell. Weil sie nicht konkret, sondern massenorientiert ist, interessiert sie sich auch nicht für das gegenständliche Einzelwesen, sie haftet nicht für die Persönlichkeit. Im *Tagebuch einer Schnecke* protokolliert Grass: »Bettina liest Hegel im Kollektiv« und beobachtet die symptomatische Konsequenz ihres Geschichtsstudiums: »Auch Bettina sagt Wir, wenn sie Ich meint.« Er wendet sich gegen spekulative Systeme einer totalen Geschichtsauffassung, weil sie die absolute Abstraktion lehrt. »Glaubt nicht den Spekulanten«, warnt er. »Da sie nicht hinsehen, sehen sie alles total, urteilen sie total. Ihr Schwindel heißt Ganzheit. Da stehen sie deutsch und gesendet: wollen dem Meer bis zum Horizont den dialektischen Materialismus einpauken; es möge sich dem System fügen ...« Sein Unwille gegenüber Hegel und Marx, der sich in zuweilen leidenschaftlicher Polemik kundgibt, rührt aus der Mißachtung des einzelnen, die Grass in beiden Geschichtsphilosophien und deren politischer Praxis erkennt. Wo der Staat Gott ist, wird der Bürger zum Sünder. Gegenüber dem Totalanspruch einer verstaatlichten Gesellschaft verteidigt Grass das Recht des Bürgers auf privates Glück. Im Fragedialog mit den Kindern charakterisiert er Hegel wie folgt: »Wer issen Hegel? – Jemand, der die Geschichte über die Menschen als Urteil verhängt hat. – Hat der viel oder alles gewußt? – Dank seiner Spitzfindigkeit wird bis heutzutage alle Staatsgewalt als geschichtlich notwendig erklärt. – Und hatte er recht gehabt? – Viele Rechthaber behaupten es. – Und Zweifel? – Der wurde ausgelacht.«

Grass bleibt dem Individuellen, Konkreten, Einzelnen treu. In Gedanke und Darstellung verlangt er (nicht nur künstlerische) Genauigkeit. Die Gegenständlichkeit seiner Bildersprache ist Ausdruck seines geschichtlichen Bewußtseins. Durch die konkrete Haftbarkeit des Bildes vergegenwärtigt sich in seinem Werk die Geschichte. Mißtrauen und Zweifel sind von jeher charakteristische Bestandteile der Grass'schen Einbildungskraft gewesen. (Die Bedeutung, die das produktive Mißtrauen in seinen werktheoretischen Aufsätzen hat, läßt sich vor allem in den Abschnitten »Mißtrauischer Dialog« und »Der Phantasie gegenüber« des Essays »Der Inhalt als Widerstand« feststellen.) Am Mißtrauen und Zweifel orientiert sich auch die Gegenständlichkeit des Grass'schen Geschichtsbildes. Nicht nur im *Tagebuch einer*

Schnecke bilden die Erzählergestalt und die Allegorie des Zweifels, hier als handelnde Person, eine untrennbare Einheit. Um so kritischer beurteilt Grass Schriftstellerkollegen, die ihr Werk in den Dienst einer geschichtsphilosophischen Utopie stellen.

In seiner bekenntnishaften Kritik an Hans Magnus Enzensberger erweist sich Grass im Literarischen und Politischen gleichermaßen geschichtlich. Den utopischen Geschichtsabstraktionen hält er die gegenständliche Haftbarkeit seiner politischen und moralischen Vorstellungen entgegen. Aufgabe des Schriftstellers und Politikers Grass ist es, das Hier und Jetzt kritisch mitzugestalten. Auch Enzensberger ist ein politisierender Literat, aber einer, der die gegenständliche Verantwortung scheut. Er verarbeitet die Geschichte ideologisch abstrahiert. Die gegenstandslose Utopie wird bei ihm zur Flucht vor der konkreten politischen Verantwortung. Wie Grass ist Enzensberger ein Tänzer, aber von grundsätzlich unterschiedlichem Temperament. Ist Grass sich der Narrenrolle seiner Fiktion bewußt, so sieht er in Enzensbergers utopischer Geschichtsideologie eine politisch unreife Clownerie. Im *Tagebuch einer Schnecke* notiert er mit böser Ironie: »Guck mal der lustige Enzensberger: hüpft bubenhaft einfach nach Kuba und ist fein raus, während du hier Schönwetter zu machen versuchst für die Dynamisierung der Kriegsopferrente und für die Anerkennung von Tatsachen, die schon vor Jahrzehnten Moos angesetzt haben. (Ein mieser Handel.)« Das Un-Verhältnis zwischen Grass und Enzensberger basiert auf ihrer unterschiedlichen Auffassung von schriftstellerischer Arbeit und politischem Engagement. Der Moralist Grass denkt, schreibt und handelt gegenständlich. Den zähen Stoff, den es aktiv zu formen gilt, findet er in den Menschen und Meinungen seiner unmittelbaren Umgebung. Grass identifiziert sich geschichtlich. »Wie immer Enzensberger sich verändern wird«, erklärt er, »ob er nun sein Vorbild einmal in Kuba oder dann wieder bei sich egozentrisch oder sonstwo sucht, das sind *seine* Sprünge. Bei *mir* ist das recht kontinuierliche und beharrliche Arbeit gegenüber einem zähen Stoff; und dieser zähe Stoff ist hier in der Bundesrepublik gegeben und nicht in Kuba. Daran messe ich politisches Verhalten.« Es besteht also für Grass ein Unterschied zwischen der Rolle des bewußt revisionistischen Narren, die er sich selber zuschreibt, und der des utopischen Clowns, der einer seriösen gesellschaftspolitischen Funktion nicht fähig ist. An Enzensberger kritisiert er in diesem Sinn, daß er »nur sporadisch verbale Ansprüche stellt, an andere zumeist, nicht an sich selbst«. Aus dem Grunde möchte sich Grass »nicht lange über Enzensberger unterhalten«, da hat er »immer wenig Hoffnung gehabt«. Die verbalen Ansprüche Enzensbergers sind in der Terminologie der Grass'schen Aufsätze zur Politik und Literatur nicht haftbar und insofern auch nicht gegenständlich. Das Tänzerische in ihrem Umgang mit der Sprache unterscheidet sich ganz wesentlich voneinander: bei Enzensberger bleibt die virtuose Clownerie ohne Verbindlichkeit, Grass will mit der Narretei seiner sprachbildlichen Konkretisierung und Perspektivierung »wirklich gesellschaftliche Veränderungen« erzielen. »Ich habe nicht vor«, erklärt er, »Stil zu pflegen und mich zu schützen, sondern mich diesen Dingen auszusetzen.« Gerade weil Grass in der Rolle des schreibenden Narren seinem eigenen Kunststück nicht mißtrauen darf – »Narren, die ihren Zirkus verleugnen, sind wenig komisch«, heißt es in der Princeton-Rede –, gilt es, rollenhaft »handelnd auf die uns anvertraute Gegenwart einzuwirken«. Das Einwirken beginnt mit der literarischen Arbeit, sie darf jedoch nicht mit ihr enden. Einen Schriftsteller »engagiert« zu nennen, scheint Grass so sinnvoll wie die Bezeichnung »weißer Schimmel«. Für ihn ist die Arbeit am Schreibtisch und das gelegentliche Umwerfen des Schreibtisches eine selbstverständliche Handlung des Schriftstellers. Daß er sich mit der Rolle des Narren identifiziert, ist keine Koketterie (wie Enzensberger Clownereien). In dieser Eigenprojektion drückt er vielmehr die tatsächliche Wirkungsmöglichkeit der Literatur, die rollenhaft wirkliche Funktion des Schriftstellers in der Gesellschaft aus. Über den schreibenden Narren läßt sich nur sagen: »es gibt ihn und gibt ihn nicht, gibt ihn als Fiktion und also wirklich«, vor allem aber hofft und frohlockt Grass: »Narren haben ein Verhältnis zur Macht, Schriftsteller selten.«

Bei seinem Kollegen Martin Walser, den Grass sehr viel ernster nimmt als Enzensberger, vermißt er die Bereitwilligkeit, kühne politische Konzepte im eigenen Einsatz zu konkretisieren. Walser mangelt es an einer Identifizierung mit dem geschichtlichen Gegenstand. Es bleibt beim politischen Gründungsaufruf, zur aktiven Mitarbeit an kommunistischen Wahlveranstaltungen kommt es nicht. Grass selbst ist eben nicht nur Sprachbildner, Narr des Gegenständlichen, sondern etwas, das es in der deutschen Literatur seit langem nicht gegeben hat: eine ausgesprochene Gründernatur. Mit den von ihm ins Leben gerufenen »Sozialdemokratischen Wählerinitiativen« verfolgt er das Ziel, eine direkte Demokratie zu betreiben, die Mitarbeit des Bürgers an seiner Gesellschaft anzuregen und voll auszuschöpfen. Gegen Walser erhebt Grass die Anklage, seine politischen Ansprüche nicht durch eigene Leistung gedeckt zu haben. Eine solche Haltung ist mit dem moralischen Selbstverständnis des Politikers Grass unvereinbar: »ein Vietnam-Büro in einer großartigen Rede in München fordern und dafür Spenden anfordern und dann nicht die Arbeit leisten, damit dieses Vietnam-Büro mit seinen Möglichkeiten, bessere Informationen zu liefern, auch entsteht«, dagegen empört er sich, »davon halte ich nichts. Ich halte das ... für Scharlatanerie.« Harte, aber auch befugte Worte von einem Schriftsteller, dessen eigene politische Arbeit zugunsten der SPD als bewußte Überwindung einer akademischen Gesellschaftsutopie und als Absage an eine idealistische Geschichtsphilosophie verstanden werden muß. Den großen ideologischen Entwürfen setzt Grass die zähe Bewältigung demokratischen »Kleinkrams«, die »recht kontinuierliche und beharrliche Arbeit gegenüber einem zähen Stoff«, wie er politisches Verhalten fast in der Terminologie des Bildhauers definiert, entgegen. Sein gegenständliches Denken erfaßt die konkrete politische Aufgabe, an deren Lösung er sich beteiligt.

In der deutschen Gegenwartsliteratur kennzeichnet sich Günter Grass durch die Konkretisierung seiner literarischen und politischen Vorstellungen. An die Stelle ideologischer Überzeugung und idealistischer Abstraktion tritt bei ihm der Zweifel. Das Mißtrauen gegenüber seiner »närrischen« Fiktion findet Ausdruck in puppenhaften Vergegenständlichungen. Grass zeichnet die Geschichte in modellhafter Verdinglichung. Biographisches verpuppt sich ins Marionettenhafte, ohne seine Gegenständlichkeit einzubüßen. In der marionettenhaften Darstellung des einzelnen liegt zugleich das Wesen des »Närrischen«. Die werktheoretischen Bespiegelungen im Ballett sind keine ästhetizistischen Übungen. Die Form der puppenhaften Vergegenständlichung ist das Gestaltungsverfahren eines moralischen Realismus. Das närrische Sprachbild, über das Günter Grass so virtuos, so elementar, so dämonisch verfügt, bleibt gegenständlich und haftbar.

Das Gelegenheitsgedicht

Anfang 1961 erscheint der insgesamt gereizt und manieristisch wirkende Essay »Das Gelegenheitsgedicht oder – es ist immer noch, frei nach Picasso, verboten, mit dem Piloten zu sprechen«. In diesem werktheoretischen Aufsatz bemüht sich Grass um eine Unterscheidung des Grundwesens seiner Lyrik von den »sogenannten Laborgedichten«.

Der Angriff auf das Laborgedicht – Grass nennt keine Namen beispielhafter Repräsentanten dieser Gattung – dient der werktheoretischen Charakterisierung der eigenen dichterischen Phantasie. Vordergründig scheint das Bekenntnis zum Gelegenheitsgedicht eine Rückbesinnung auf Goethe zu signalisieren. Aber es zeigt sich sehr bald, daß wesentliche Unterschiede bestehen zwischen dem Erlebnis- und Erkenntnischarakter der Goetheschen und der Grass'schen Gelegenheitsdichtung. Offenbar hat das etwas mit ihrer unterschiedlichen Deutung der Gelegenheit zu tun. Bei Goethe ist sie zunächst das Ereignis, das in subjektiver Erfahrung als Erlebnisdichtung zur künstlerischen Gestaltung gelangt. Später orientiert sich seine Gelegenheit am erkenntnistheoretischen Konzept des Augenblicks, der bis zur höchsten Einsicht und Erfüllung sinnliche Erfahrung der Idee bleibt. Damit gewinnt der Augenblick selbst den Charakter einer sinn-bildlichen Gelegenheit. Grass hingegen wird die Gelegenheit zur Begegnung mit der Muse, wie er es nennt. »Auch heute entsteht kein Gedicht«, hatte er bereits 1956 in seinem *Ballerina*-Aufsatz geschrieben, »wenn sich nicht hilfreich eine der Musen beugt.« Nicht nur die werktheoretische Erläuterung der Gelegenheit, »dieser Begegnung zwischen Poet und Muse«, erweist sich als Bild oder Bildbeschreibung. Die Gelegenheit selbst manifestiert sich als Bild. Die Einbildungskraft des Dichters vergegenständlicht sich. Sie bleibt der Gelegenheit als sprachbildlich zu gestaltendem Gegenstand verhaftet. Die Begegnung mit der Muse führt zur Identifikation, zur Selbstentdeckung des Dichters. Seine Phantasie identifiziert sich durch ihre Dinglichkeit. Anders ausgedrückt: der Dichter selbst wird zum Gegenstand, den seine Muse trifft.

Die künstlerische Gestaltung der Gelegenheit besitzt bei Grass einen ausgesprochenen erotischen, ja dämonischen Charakter. Seine Musengestalten sind Phantasiefiguren eines künstlerischen Selbstbezuges, denen er sich sinneslüstern unterwirft. Immer üben sie eine Gewalt aus, deren Wirkung er ausdrücklich herbeisehnt. Die Muse schießt nach ihm mit dem Bogen Dianas, sie läßt ihn über Gegenstände stolpern, sie unterwirft ihn einer vorgestellten Dinghaftigkeit, sie sucht ihn heim. In der Ausübung ihrer Gewalt ist sie erbarmungslos. Mag sie dem Dichter auch in der scheinbar harmlosen Erscheinung einer Hausfrau entgegentreten, so kann sie ihn doch mit augenblicklicher Entmündigung drohen. Der Poet Krudewil ermahnt seinen Kollegen im »Mißtrauischen Dialog« (»Der Inhalt als Widerstand«): »Unsere neue Muse ist eine akurate Hausfrau. Ein fehlerhaftes Oberteil würde ihr mißfallen. Sie gäbe uns erbarmungslos den Abschied, ließe sich aufribbeln und von einer Maschine aufs neue stricken.«

Die Alternative zur erotischen Heimsuchung der Phantasie ist die musenlose Mechanik des konstruierten Laborgedichts. Unmißverständlich steht diese Drohung auch am Ende des »Mißtrauischen Dialogs«. Den Vertretern des Laborgedichts wirft Grass vor, ohne Gelegenheit, ohne Muse zu sein. Sie suchen eine Gelegenheit vorzutäuschen, die ihnen nicht gegenständlich geworden ist. Ihre dargestellte Erfahrung erweist sich als konstruiert. Sie besitzt nicht den Charakter einer Vergegenständlichung der Muse. Weil die Begegnung zwischen »Poet und Muse« nicht stattfindet, kommt es zu keiner Gelegenheit eines objektiven Selbstbezuges. Es ist für Grass paradox, die Begegnung mit der Muse, das Ge- und Betroffensein als Antrieb zur eigenen Äußerung experimentell unterdrücken oder überwinden zu wollen. Denn in eben dieser Gelegenheit liegt ja die zu gestaltende Identität der künstlerischen und moralischen Einbildungskraft des Dichters. Die Gelegenheit der Muse bezeichnet den Anlaß, der die literarische Phantasie entzündet, sie in Bewegung setzt und in ihrer Getroffenheit nicht wieder zur Ruhe kommen läßt. Sie ist insofern immer auch eine moralische Motivation.

Nun mag es reizvoll sein, das Grass'sche Konzept des Gelegenheitsgedichts beispielsweise mit Helmut Heißenbüttels Gelegenheitsgedichten zu vergleichen. Da aber allenfalls nur einige der von Grass angeführten Charakteristika des Labordichters auf Heißenbüttel zutreffen – er gehört zu jenen Autoren, die (auch einmal) »ihre Gedichte Texte nennen« –, wird ein solcher Vergleich nur sehr bedingt zur Klärung des dargelegten Widerspruchs zwischen Gelegenheitsdichter und Labordichter beitragen. Vielmehr kann gerade Heißenbüttel dazu dienen, das Zerfließen der angeblich starren Grenzen zwischen Gelegenheitsgedicht und Laborgedicht, wie Grass sie skizziert, unter Beweis zu stellen, die verallgemeinernde Schwarzweiß-Argumentation von Grass etwas differenzierter zu gestalten. »Gelegenheitsgedichte«, definiert Heißenbüttel (in *Gelegenheitsgedichte und Klappentexte,* Sammlung Luchterhand, 1973), »sind Widmungen, Hommages, Texte für Bildmappen, Texte aus konkretem Anlaß.« Während sich Grass in seinem Aufsatz gegen das Gemachte des Laborgedichts wendet und stattdessen den auferlegten Zwang der Phantasie akzentuiert, erklärt Heißenbüttel seine Vorstellungen über das Herstellbare eines Gedichts. »Gelegenheitsgedichte und Klappentexte sind für Gelegenheiten geschrieben worden ... Die Gelegenheiten, die zu Gelegenheitsgedichten und Klappentexten geführt haben, sind persönliche Beziehungen oder Aufträge.« Für Heißenbüttel also kann die Gelegenheit der Auftrag sein, die Bestellung, das Gedicht zum Text aus konkretem Anlaß werden zu lassen. Selbst wenn man den ironischen Stil seines werktheoretischen Essays berücksichtigt, widersetzt sich Grass – zumindest hier noch – einer solchen fast handwerklichen Auffassung nachdrücklich. Mit zunehmendem politischen Engagement ändert sich jedoch seine Haltung. Die Gedichte des Bandes *Ausgefragt* (nicht nur die, deren Schlußzeile lautet: »ich rat Euch, Es-Pe-De zu wählen«) befassen sich mit konkreten Anlässen, entsprechen also, selbst wenn diese Anlässe parteipolitische im Rahmen des Bundestagswahlkampfes gewesen sind, immer mehr dem Heißenbüttelschen Konzept des Gelegenheitsgedichts. Aber es bleibt fraglich, ob Grass mit seiner Skizze des Labordichters überhaupt Heißenbüttel treffen wollte, ob es nicht beispielsweise wahrscheinlicher ist, daß damit auf Lyriker wie Enzensberger gezielt werden sollte. Die Verallgemeinerung seines Vergleichs, die Grass eingangs aus zeitlichen Gründen rechtfertigt (der Aufsatz geht auf eine Rede anläßlich des Symposiums *Lyrik heute* in der Berliner Kongreßhalle zurück), erschwert eine sinnvolle Beurteilung des Gesagten. Gewiß wird Grass nicht eben Paul Celan gemeint haben, als er von Dichtern sprach, die »als Dauermieter nahe dem Schweigen wohnen, immer dem Unsäglichen auf der Spur sind«. Wen aber dann? Zweitrangige Mitläufer einer literarischen Mode? Ließe sich in diesem Fall der Aufwand einer werktheoretischen Polemik rechtfertigen, der selbst für Grass ungewöhnlich gereizte Ton manieristischer Selbstbetrachtung erklären?

Beschränkt man sich auf den Text, den Grass 1961 veröffentlichen ließ, so fällt das immer wieder neu formulierte Bekenntnis zur individuellen Einbildungskraft auf. »Meine Gelegenheiten sind nicht die Gelegenheiten eines anderen Gelegenheitsdichters«, verkündet Grass. Er glaubt »an einen Individualismus«, den »der Labordichter mittels konsequenter Kleinschreibung und verdienstvoller Tilgung aller Hauptwörter ... schon seit langem und noch vor XYZ überwunden hat«. Es ist kaum übertrieben, wenn man in seinen Ausführungen eine Mystifizierung der eigenen Phantasie erkennt, die zwar mit bissiger Ironie und scharfem Witz, aber nichtsdestoweniger konsequent formuliert wird. Das ist der gleiche Autor, der in anderen werktheoretischen Aufsätzen von der Orientierung der Einbildungskraft an den Gegenständen, von der Objektivierung der bloß subjektiven Phantasie spricht. Ist darin ein Widerspruch zu erkennen?

Wohl kaum. Denn im Mittelpunkt auch dieser Analyse steht die Begegnung mit der Muse, über deren Intimität Grass bereits in seinem Essay *Die Ballerina* berichtet hat. Ungleich salopper als im voraufgegangenen Versuch, das Wesen seiner sprachbildlichen Gestaltungsform durch eine werktheoretische Bildbeschreibung demonstrativ zu kennzeichnen, stellt er hier die Verbindung mit einer Kunstfee dar. »Wenn also ein Gedicht in der Luft liegt«, erklärt Grass, »und ich ahne, diesmal will sie, nämlich die Muse, mich mit etwas Fünfstrophigem, Dreizeiligem heimsuchen, helfen mir weder der Verzicht auf Hülsenfrüchte noch unmäßiges Taxifahren, dann hilft nur eines: grüne Heringe kaufen, ausnehmen, braten, in Essig einlegen, Einladungen zu Leuten, die gerne über elektronische Musik reden, ablehnen, dafür Parties besuchen, auf denen Professoren Intrigen spinnen, zuhören, mitspinnen, um Gottes Willen nicht mit dem Taxi nach Hause fahren, aber konsequent ohne Kopfkissen schlafen.« Die künstlerische Gestaltung seiner Erfahrung, seines Gegenstandes wird durch die Gelegenheit, durch die »Muse« bestimmt. In ihrer Darstellung individualisiert sich die Gelegenheit. Es kommt zu einem dinghaft objektivierten Selbstverständnis. Die sinnliche Vergegenständlichung der Gelegenheit wird (durch die Muse) zur Selbsterfahrung objektiviert. Eben darin sieht Grass die Dämonie einer erotischen »Heimsuchung« durch die Phantasie. Die gereiztmanieristische Darstellung der Gelegenheit in seinem Aufsatz ist eine Aussageverweigerung, die er jedoch wiederum zum werktheoretischen Prinzip erhebt. Der Grund hierfür ist im Anlaß der Ausführungen überhaupt zu finden: sie wurden auf Einladung für ein Symposium geschrieben, sind also ihrerseits durchaus Auftragsarbeit gewesen. Die Mystifizierung der individuellen Einbildungskraft ist bei Grass nicht ohne Koketterie. Seine anderen werktheoretischen Arbeiten erweisen sich ausnahmslos als künstlerische Selbstbespiegelungen; in diesem Beitrag zu einer vielstimmigen Diskussion verweigert er systematisch die Aussage, weil er sich in den Analysen der anderen Lyriker nicht wiederzuerkennen vermag.

Es liegt im Wesen der Grass'schen Gelegenheitskonzeption und damit seines Werkes, daß sich der auf sie berufene Gestaltungsprozeß durch keine abstrakte Systematik darlegen läßt. Grass erklärt in seinem Aufsatz: »Während der Labordichter seitenlang seine Methoden beschreiben kann, oftmals als Essayist Außerordentliches leistet, wird es dem Gelegenheitsdichter schwer fallen, seiner Methode eine ernste Erklärung zu liefern.« Bei ihm wird die Erklärung der Methode durch ihre praktische Demonstration ersetzt. Werk und Theorie lassen sich kaum voneinander trennen. Die theoretische Erörterung des eigenen Schreibstils erweist sich als selbstdarstellerische Veranschaulichung seines Gestaltungsprinzips. Auch darin offenbart sich der anhaltende Einfluß der Bildhauerei, daß Grass Prinzip und Methode der Darstellung unmittelbar in den sinnlichen Gestaltungsprozeß eingehen zu lassen gelernt hat. Zur »Begegnung mit der Muse« kommt es immer dann, wenn die Phantasie des Dichters einem Ereignis demonstrativen Charakter verleiht. Der Anlaß gestaltet sich zur Gelegenheit einer gegenständlichen Deutung. Gilt es also, die Darstellungsmethode der Gelegenheitsdichtung zu erläutern, kann sich die Phantasie des Dichters – die gegenständliche Muse – wesensgemäß nur durch demonstrative Veranschaulichung der Gelegenheit ausweisen. Auch in dem werktheoretischen Aufsatz »Das Gelegenheitsgedicht« weicht die systematische Erläuterung einer spielerisch-beispielhaften Demonstration. Die Ausführungen besitzen einen ausgesprochen theoriefeindlichen Charakter. Während Grass über das Darstellungsverfahren der Labordichter abschätzig urteilt, privatisiert er die Darlegung seiner eigenen Arbeitsweise.

Dabei akzentuiert er immer wieder den Zwang, den seine Muse anläßlich einer Gelegenheit auf ihn ausübt. Grass beneidet den Labordichter, der – wie er es formuliert – »nicht wie ich dreimal in der Woche mit ungeschälten Erbsen in den Schuhen den Hohenzollerndamm bis zum bitteren Ende hinunterlaufen muß, weil das Laufen auf ungeschälten Erbsen jene Muse erfreut, die meine Gelegenheiten fördert«. Das heißt: Grass untersteht dem Zwang einer sinnlichen Provokation, einer Stimulans, die bei Gelegenheit zur Begegnung mit der Muse führen kann. Dagegen geht der Labordichter »zwanglos mit immer bereitem Sprachmaterial um, spottet aller Gelegenheit«. Grass hat in der *Blechtrommel* der Dämonie einer erotischen Heimsuchung durch die Phantasie ein für seine Werktheorie an Bedeutung kaum zu überschätzendes Kapitel gewidmet. »Rasputin und das ABC« veranschaulicht einen grundsätzlichen Wesenszug der Grass'schen Einbildungskraft. Daß sich der Autor dabei seiner zerrperspektivischen Erzählfigur Oskar bedient, ist die Verbildlichung einer durch seine Muse herbeigeführten Gelegenheit. Erst der Zwerg Oskar verhilft der Gelegenheit zur Gestaltung; erst durch ihn entsteht, auch vom Autor her gesehen, die Vergegenständlichung einer dialektischen Subjekt-Objekt-Bezogenheit. So eigenartig es klingen mag: Oskar Matzerath erfüllt hier die Funktion der Grass'schen Muse, die sich als Gelegenheit einer subjektiven und objektiven Selbstverwirklichung identifiziert. Das gilt übrigens auch für die perspektivische Erzählstruktur des Romans, für die Dialektik des Erzählers, des Erzählten und der Erzählung. Der eigenwillige Autodidakt Oskar wählt aus der ihm zur Verfügung stehenden bürgerlichen Literatur »etwas über Wahlverwandtschaften von Goethe sowie den reichbebilderten dicken Band: Rasputin und die Frauen«. Damit sucht er – zumindest im Bewußtsein dieser Kunstfigur (auch das ein Indiz für den werktheoretischen Charakter des Kapitels) – eine Verbindung herzustellen »zwischen Goethe und Rasputin, zwischen dem Gesundbeter und dem Alleswisser, zwischen dem Düsteren, der die Frauen bannte, und dem lichten Dichterfürsten, der sich so gern von den Frauen bannen ließ«. Grass läßt seine Gelegenheitsfigur das Wesen der sich anbietenden Sensibilitäten durch ihren Bezug zur Weiblichkeit bestimmen. Thema des Kapitels ist der Eros der Phantasie, der Dämon der Einbildungskraft, damit verbunden aber auch das Verhältnis eines rollenhaften Erzählers zu sich selbst, das Bewußtsein einer literarischen Eigenprojektion.

So wie dieser Doppelgriff nach Rasputin und Goethe seinerseits als Gelegenheit im Grass'schen Sinne verstanden werden muß, so ergibt sich daraus die Begegnung mit zwei sich scheinbar gegenseitig ausschließenden Musen. Grass hat hier den werktheoretisch zentralen Begriff einer »Heimsuchung« durch die Muse, der Konfrontation mit der Phantasie inhaltlich und formal thematisiert. Er propagiert eine Synthese aus Rasputin und Goethe, eine Muse mithin, die das »Düstere« und »Lichte« ihres Dämons miteinander vereinigt. Oskar protokolliert: »Allein auf Rasputin wollte ich mich nicht verlassen, denn allzubald wurde mir klar, daß auf dieser Welt jedem Rasputin ein Goethe gegenübersteht, daß Rasputin Goethe oder der Goethe einen Rasputin nach sich zieht, sogar erschafft, wenn es sein muß, um ihn hinterher verurteilen zu können.« Fast ließe sich dieser psychologische Scharfsinn auch auf den Aufsatz »Das Gelegenheitsgedicht« anwenden, in dem Grass einen »Labordichter« erschafft, um sich sodann von ihm distanzieren zu können. Für ihn ist die Gelegenheit der Zusammenfall einer Gestaltung irrationaler und rationaler, sich gegenseitig bedingender und korrigierender Kräfte. In seinen Romanen ist die erzählerische Perspektive Ausdruck eines simulanten Subjekt-Objekt-Bezuges der eigenen künstlerischen Identität. In allen Werken formt Grass die Gesamtgestaltung als Gelegenheitssynthese sich widerstreitender Musen. Seine charakteristischen Arbeiten können als »Aufhebung« in eine umfassende Dämonie des objektiven Selbstbezuges gelten.

Die Dämonie der Grass'schen Einbildungskraft nährt sich von dem Spielerischen der Gesamtgestaltung, dem Frivol-Launisch-Gewagten, das er dem Diktat seiner Musen zugehörig betrachtet und bereits in der Form seines Ausdrucks mitteilt. Im »Blechtrommel«-Kapitel tritt gelegentlich hinter dem Rollenerzähler Oskar Matzerath das werktheoretische Bewußtsein der Erzählerrolle seines Autors hervor. Dann berichtet eine dritte Person Singular über Spielmischungen der Darstellung, die eine Synthese widersprüchlicher Musen herbeiführen kann. »Wenn Oskar mit seinem ungebundenen Buch auf dem Dachboden oder im Schuppen des alten Herrn Heilandt hinter Fahrradgestellen hockte und die losen Blätter der Wahlverwandtschaften mit einem Bündel Rasputin mischte, wie man Karten mischt, las er das neu entstehende Buch mit wachsendem, aber gleichwohl lächelndem Erstaunen, sah Ottilie züchtig an Rasputins Arm durch mitteldeutsche Gärten wandeln und Goethe mit einer ausschweifend adligen Olga im Schlitten sitzend durchs winterliche Petersburg von Orgie zu Orgie schlittern.« Dämonisches wird zu Verspieltem, Spielerisches verwandelt sich in Dämonie. Nirgends ist das deutlicher abzulesen als in den Kinderliedern und Puppengedichten seiner Lyrik. Auch die *Blechtrommel* endet ja mit der Anrufung der schwarzen Köchin, einer dämonischen Muse, die ohne das Spiel einer infantilen Tücke ihre eigentümliche Gewalt verlöre. Im »ABC«-Kapitel werden beide Musen im vorgetäuschten kindlichen Spiel zu dämonischen Urlauten abgekürzt, im primitiv-infantilen Klanggebilde angerufen: »›Rapupin!‹ schrie ich oder auch: ›Raschuschin!‹ Zeitweilig tat ich ganz und gar albern: ›Raschu, Raschu!‹ hörte man Oskar plappern ...« Die Dämonie, das unbestimmte Grauen, zugleich aber auch jene Infantilerotik, die das Kapitel ausführlicher beinhaltet, bleibt untrennbar verbunden mit eben jenem albernen Geplapper, von dem sich der Erzähler und die Erzählfigur Oskar nur sehr bedingt distanzieren. »Ähnlich verfuhr ich mit dem Goethe, den ich anläßlich jeder vierten Unterrichtsstunde ›Döte‹ rufend, dem Gretchen abforderte.« Der Doppelbezug, den der Name Gretchen in diesem Zusammenhang unwillkürlich heraufbeschwört, verstärkt den Eindruck einer spielhaften Dämonie.

Die Gegenüberstellung zweier sich widersprechender Einbildungskräfte ist für die Grass'sche Werktheorie durchaus charakteristisch. Bereits der Aufsatz *Die Ballerina* hat mit der klassischen Ballerina und der subjektiven Ausdruckstänzerin eine entsprechende Konfrontation künstlerischer Darstellungsprinzipien, unterschiedlicher Sensibilitäten, entgegengesetzter Musengestalten aufgezeichnet. Die Synthese einer »ganz und gar künstlichen Puppe«, der Marionette, die zum Kennzeichen der sprachbildlichen Gestaltung Grass'scher Literatur wird, ist dabei Ausdruck der erotischen Dämonie eines objektiven Selbstbezuges. In der *Blechtrommel* wird die geheime Vorliebe für Rasputin durch bewußtes Hinwenden zu seinem Antipoden Goethe korrigiert. »Wenn ich mich zeitweilig mehr dem Rasputin zugehörig betrachtete und Goethes Unduldsamkeit fürchtete«, berichtet der Erzähloskar, »lag das an dem leisen Verdacht: der Goethe hätte, hättest du, Oskar, zu seiner Zeit getrommelt, in dir nur Unnatur erkannt ...« Die Stimme des Autors Grass ist in dieser Erklärung unüberhörbar. Das Einbeziehen Goethes wird – die *Blechtrommel* beweist es – nur durch spielerische Distanz, durch überlegene Virtuosität möglich. Ironie, Satire, Bearbeitung, Vermischung müssen bei Grass als bewußter Versuch verstanden werden, von der Form her eine Synthese entgegengesetzter Phantasieansprüche und Darstellungsverfahren zu erzielen. Vereinfachend formuliert läßt Grass keinen Goetheschen Charakter als *klassische Ballerina* zum Erzähl- und Gestaltungsprinzip seines Werkes werden; er ersetzt aber auch nicht das Vorbild solchen Musen-Anspruchs durch die zufällige Neigung einer individuellen Sensibilität, erhebt in der Terminologie seiner werktheoretischen Erörterungen nicht *die subjektive Ausdruckstänzerin* zum formalen Maßstab seiner Einbildungskraft, sondern läßt sein Werk von der sprachbildlichen Erzählpuppe eines Oskar Matzerath, der ganz und gar künstlichen *Marionette* Form und »widerständlichen Inhalt« bestimmen.

In den Aufzeichnungen über das Gelegenheitsgedicht konfrontiert Grass ein weiteres Mal zwei unterschiedliche Darstellungsmethoden. Hier stellt er der Gelegenheitsdichtung das Phänomen des Laborgedichts gegenüber. Aber im Einklang mit seinen anderen werktheoretischen Aufsätzen geht es auch in diesen Ausführungen nicht um ein einseitiges Ausspielen der einen Gestaltungsweise gegen die andere. Denn Grass schließt seine Polemik mit dem kennzeichnenden Hinweis: »Bei allem Neid bin ich dem Labordichter – es sei zugegeben – dankbar. Nimmt er mir doch Arbeit ab, indem er recht hübsche Versuche auf Gebieten anstellt, die auch ich, in den Pausen zwischen Gelegenheit und Gelegenheit, beackern müßte, doch, da es ihn, den Labordichter gibt, nicht beackern muß; frech und epigonal packe ich ihn bei seinen Ergebnissen und verwende, immer hübsch bei Gelegenheit, die Frucht seiner Experimente, indem ich sie mißverstehe.« Die Nutzbarmachung entgegengesetzter Gestaltungsverfahren erweist sich erneut als notwendig und ist die eigentliche Erkenntnis des Essays. Den ironisierten Neid, von dem dabei die Rede ist, kann man durchaus mit Oskar Matzeraths rollenhaftem Selbstgespräch vergleichen, in dem er die eigene Unnatur mit Goethes Natur wetteifern läßt. Goethe, erklärt er in seinem Eigendialog, »hätte dich als leibhaftige Unnatur verurteilt und seine Natur – die du schließlich immer, selbst wenn sie sich noch so unnatürlich spreizte, bewundert und angestrebt hast – sein Naturell hätte er mit übersüßem Konfekt gefüttert und dich armen Tropf wenn nicht mit dem Faust dann mit einem dicken Band seiner Farbenlehre erschlagen.« Auch hier wird die Gegen-Muse nicht nur entlarvt, sondern spielerisch in die eigene Darstellung mit einbezogen. Daraus ergibt sich die Stilsynthese der sprachbildlichen Marionette.

Der Gelegenheitsdichter ist historisch, er will und muß es sein. Er verdinglicht die Zeit und damit sich selbst. Auch die eigene Phantasie vergegenständlicht sich in der Zeit. Über das Verhältnis des geschichtlichen Gelegenheitsdichters zu seiner Muse heißt es in dem Gedicht »Diana – oder die Gegenstände«:

Als sie mich traf,
traf ihr Gegenstand meine Seele,
die ihr wie ein Gegenstand ist.

Der historische Augenblick wird nicht wie bei Goethe zum symbolischen Ausdruck einer ewigen Idee, sondern erscheint im künstlerischen Bewußtsein des Gelegenheitsdichters als Dialektik eines objektiven Selbstbezuges. Die Gelegenheit (»Als sie mich traf«) eröffnet die Sicht auf einen Gegen-Stand, aus dessen Perspektive sich das Ich (»meine Seele«) antithetisch verdinglicht und in solcher Gegenständlichkeit verselbständigt. Die Rolle des Erzählers in der *Blechtrommel* ist ein anschauliches Beispiel solcher geschichtlichen Gelegenheitsdichtung. Der Labordichter hingegen »spottet aller Gelegenheit«. Grass gibt ihm den Namen »Zeitaufheber«. Doch der oftmals nur manieristische Versuch einer Überwindung der Zeit, die diesem Zweck dienliche experimentelle Sprachgestaltung »im Labor der Träume« konstruiert eine Gelegenheit »ohne Muse«. Das Laborgedicht ist (für Grass) unhistorisch, ja eine Flucht vor der Geschichte. Indem er sich als »eingefleischten Gelegenheitslyriker« bezeichnet, bekennt sich Grass ausdrücklich zur geschichtlichen Erfahrung. Sein Ärgernis sind »Dichter, die ihre Gelegenheit nicht abwarten können«.

Bei Grass beinhaltet das Bild stets eine gegenständliche Stellungnahme zur Gelegenheit. Da die Gelegenheit zum Gegenstand der Selbstdarstellung wird, deckt sich die Stellung zur Gelegenheit mit ihrer Darstellung. Anders ausgedrückt: die Position des Autors wird zum Gegenstand des Gegen-Stands, von dem aus ihn seine Muse heimsucht. Das selbstdarstellerische Element in der Gestaltung der Gelegenheit erklärt den argumentativen Grundzug der Grass'schen Bildersprache. Die Begegnung mit der Muse, wie er die Gelegenheit umschreibt, vollzieht sich in der Auseinandersetzung mit der Geschichte. Grass versteht sie selbst als geschichtlichen Vorgang. In der Subjekt-Objekt-Wechselbeziehung seiner Darstellung bleibt die Verbindung zum konkreten Anlaß bestehen. Wenn Grass sich beispielsweise im Vorwort des von Schreiber und Sommer herausgegebenen Dokumentarbandes *Gustav Heinemann, Bundespräsident* erinnert: »Sogleich nach dem dritten Wahlgang notierte ich: Anspannung festhalten, den Vorgang im Detail dokumentieren ... Den Augenblick überliefern«, so läßt sich die literarische Gestaltung der Wahl Gustav Heinemanns zum dritten deutschen Bundespräsidenten am 5. März 1969 in der Berliner Ostpreußenhalle im *Tagebuch einer Schnecke* musterhaft nachlesen. Dort zeichnet der Gelegenheitsdichter Grass die Überlieferung des Augenblicks. Das geschichtliche Ereignis vergegenständlicht sich zum Bild, das Bild beinhaltet eine gegenständliche Stellungnahme zur Gelegenheit. »Als ich, wie immer, wenn was auf der Kippe steht, Sehschlitze machte, gelang es mir, die Halle zu räumen: auch die Bestuhlung zog ab ohne Murren. Ich kann das, Kinder, mir deutlich was ausdenken. Noch vor ihrem Auftritt, ihr Eigengeräusch: schaumiges Knistern. Dann seh ich sie unterwegs in der leeren Ostpreußenhalle. Ich versuchte, meinen Atem ihrer Eile anzupassen, mußte atemlos aufgeben.« Das historische Ereignis wird zur sprachbildlichen Vergegenständlichung einer Gelegenheit, bei der die Begegnung mit der Muse immer auch ein Element der Selbstdarstellung des Autors bedeutet.

Der Satz aus dem *Tagebuch einer Schnecke:* »Mich trägt keine Lehre« (16. Kapitel) gilt sicherlich auch für die werktheoretischen Aufsätze. Sie demonstrieren die bestimmenden Einflüsse seiner Gelegenheitsdichtung. Grass hat keine abstrakte Analyse seines Gestaltungsverfahrens aufgestellt. Ein Autor, der den Zweifel zu einem Grundmotiv des Schreibens, aber auch des gesellschaftlichen Verhaltens überhaupt erhebt, der sich in seinen politischen Schriften als Revisionist, Reformer und ständiger Überdenker bezeichnet, geht dem Widerspruch nicht aus dem Wege, bemüht sich um kein geschlossenes theoretisches System. »Vor allen anderen Blumen«, schreibt Grass im *Tagebuch,* »gefällt mir die hellgraue, das ganze Jahr über blühende Skepsis. Ich bin nicht konsequent. (Sinnlos, mich auf einen Nenner bringen zu wollen.)« Seine Kinder stellen ihm die Frage: »Wie du bist, wenn du dich nicht erfindest.« (8. Kapitel) Einer Untersuchung der Grundzüge Grass'scher Werkgestaltung kann es darum nicht gehen. Für sie ist vielmehr ausschließlich von Interesse, wie Grass das Wesen der künstlerischen Selbstgestaltung (die Schreiben ja in jedem Falle ist), die Begegnung mit seiner Muse kennzeichnet. Der Aufsatz »Das Gelegenheitsgedicht« sucht den Charakter des von ihm propagierten lyrischen Ausdrucks an einem Beispiel zu veranschaulichen.

Die Anregung für das von Grass angeführte Gedicht »Die Lüge« ist ein Besuch beim Schneider. Beim Maßnehmen für einen Anzug stellt ihm der Schneider die Frage: »Tragen Sie links oder rechts?« Diese Erkundigung wird Grass zum äußeren Anlaß, zum Einfall einer literarischen Selbstdarstellung. Er berichtet: »ich log und sagte, links. Kaum hatte ich das Schneideratelier verlassen, war froh, daß mich der Schneidermeister nicht erwischt hatte, da roch ich es und gestand mir ein: es liegt ein Gedicht, und wenn mich nicht alles täuscht, ein Vierzeiler in der Luft.« Der salopp-ironische Tonfall deutet an, daß Grass nicht an die Reduzierbarkeit eines Gedichts auf ein vordergründiges Ereignis glaubt, zugleich jedoch an der Grundlage eines subjektiven Erlebnisses festhält. Indem er vorgibt, alle Auskünfte über den Entstehungsprozeß des Gedichts zu erteilen, erzählt er »Geschichten gegen Geschichten« – eine seiner kennzeichnenden Gewohnheiten, wie er im *Tagebuch einer Schnecke* ausdrücklich feststellt. (8. Kapitel) Die Verwandlung einer biographischen Begebenheit in jene Begegnung mit der Muse, die Grass Gelegenheit nennt, kann und will er nicht näher beschreiben. Die Gelegenheit ist das Gedicht selbst. Das entscheidende Stadium seiner Entstehung umgeht Grass mit mystifizierenden Bezeichnungen wie »Niederkunft eines Vierzeilers« oder »Entladung einer Wolke«. Auch die Mitteilung, daß »das Laufen auf ungeschälten Erbsen jene Muse erfreut«, die seine Gelegenheiten fördert, geht über eine Umschreibung der notwendigen sinnlichen Stimulans, des Anreizes zur literarischen Gestaltung nicht hinaus. Aber der *Ballerina*-Aufsatz hat die Notwendigkeit einer Überwindung der nur subjektiven Ausdruckskunst betont, so daß der Vierzeiler »Die Lüge« als Beispiel eines Gelegenheitsgedichts keineswegs nur eine Wiedergabe der biographischen Begebenheit sein kann. Anlaß und Ereignis verpuppen sich zu einer »ganz und gar künstlichen« Identität. Auch dieses Gedicht ist »widerständlichen Inhalts«, ist jene Marionette, von der Grass hofft, daß sie mit der Ballerina eine Form-Ehe eingehen möge.

Die Lüge

Ihre rechte Schulter hängt,
sagte mein Schneider.
Weil ich rechts die Schultasche trug,
sagte ich und errötete.

Im Gegensatz zur subjektiven Ausdruckstänzerin handelt es sich hierbei um kein Metapherngedicht, um keine ornamentale Verunmündigung der Dinge, die auf »Halbkenntnisse« des Poeten schließen lassen (vgl. »Ein mißtrauischer Dialog«, »Der Inhalt als Widerstand«). Karl Krolow hat auf das Spielerische des Grass'schen Gelegenheitsgedichtes hingewiesen (in: M. J. [Hrsg.], *Grass: Kritik – Thesen – Analysen*, Bern/München 1973, S. 12). Es ist das Spiel mit der Sprachgruppe, eine »veränderte Nutzung von Bedeutung« (Krolow), die Grass virtuos zu manipulieren vermag. Das Thema des Gedichts »Die Lüge« ist die erzieherische Vorbelastung, an der sich die Haltung des Erwachsenen orientiert. Die Gelegenheit der Grass'schen Dichtung erweist sich somit als eine gestalterische Neubestimmung, als Herausforderung an die künstlerische Einbildungskraft (werktheoretisch dargelegt als Begegnung mit der Muse) und als Grundlage einer verdinglichten Selbsterkenntnis. Der erotische Selbstbezug bleibt in allen sprachbildlichen Verpuppungen unverkennbar. Die Sprache ist das vorzügliche Mittel des Gelegenheitsdichters, sich die widerständliche und widersprüchliche Wirklichkeit anzueignen, sich ihr durch tänzerische Spielhaftigkeit, aber auch durch mißtrauische Annäherung einzuverleiben. »Die Gedichte des Günter Grass sind, das belegt der Blick über die gesamte Produktion, Ergebnisse eines auf existentielle Weise experimentellen, hartnäckigen Sich-Einarbeitens ins Konkrete als das Faktische.« So Heinrich Vormweg über den Gedichteschreiber Grass. Die Dämonie und Erotik der Grass'schen Einbildungskraft liegt in ihrer gleichzeitigen Annäherung an die Realien und neuerlichen Verfremdung des Bezuges. Der Konflikt zwischen subjektiver und objektiver Gestaltung, der naturgemäß aus der Deutung der Dinge selbst entspringt, findet seinen gegenständlichen Ausdruck in der sprachbildlichen Marionette, der »alle Zufälligkeit abgeht«. Damit aber hat auch das Gelegenheitsgedicht, wie Grass es propagiert und praktiziert, mehr mit dem Laborgedicht gemein, als er in seinem Aufsatz zuzugeben bereit ist. Vormweg spricht ebenfalls vom »experimentellen ... Sich-Einarbeiten ins Konkrete«. Die Gelegenheit erweist sich als Form; jede Form aber bleibt, das weiß der Bildhauer Grass, der Versuch einer Einverleibung des Stoffes.

Theaterspiele

Hochwasser

Grass nennt es »Ein Stück in zwei Akten«. Uraufgeführt an der Neuen Bühne Frankfurt am 19. Januar 1957 unter der Regie von Karlheinz Braun, erweist sich *Hochwasser* als theatralische Inszenierung eines gleichnamigen Gedichts aus der im Vorjahr erschienenen Lyriksammlung *Die Vorzüge der Windhühner*. Grass geht es nicht um eine Bühnenbearbeitung dramatisch vorgezeichneter Verse. Das Gedicht *Hochwasser* besitzt keineswegs Charakterzüge einer Ballade. Es ist vielmehr episch, aber diese Lyrik erzählt nicht in zeitlicher oder kausaler Folge, sondern läßt eine Sequenz der gegenstandsbezogenen Bildlogik entstehen. Der »Inhalt« selber wird zum Bild. Das Hochwasser als Situationsereignis gibt sich als Bildgleichnis der biblischen Apokalypse zu erkennen. Ihrer Sinngebung entsprechend demonstriert diese Sintflut nicht nur die Ohnmacht des Menschen, sondern sie ermöglicht zugleich Einsicht durch Offenbarung dessen, was »man während der trockenen Zeit sorgfältig verbarg«. Auch als Bild soll sie eine Erkenntnisfunktion erfüllen. Der bildliche Inhalt des Gedichts gestaltet einen Zustand des Erkennens. Das Situationsbild enthüllt seinen Inhalt.

Diese Bilddemonstration wird bereits im Gedicht als eine Inszenierung verstanden. »Wir werden den Vorhang am Anfang vermissen«, lautet die viertletzte Zeile und verweist damit ausdrücklich auf den theatralischen Charakter der gleichnishaften Bildgestaltung. Wir haben den Glauben an eine bildliche Wirklichkeit verloren. Die Zeichensprache ist uns fremd geworden. Wir bewältigen das Bild, indem wir seine Dimension kulturell institutionalisieren – im Theater, in der Kunst. Grass eröffnet sein Gedicht mit den Zeilen:

Wir warten den Regen ab,
obgleich wir uns daran gewöhnt haben
hinter der Gardine zu stehen, unsichtbar zu sein.

Wir bleiben uns selber und anderen gegenüber unsichtbar. Aus Furcht und Gewöhnung halten wir unser Menschenbild hinter der Gardine versteckt. Trotzdem warten wir auf das Zeichen, auf den großen Regen, den wir nach wie vor als Bild begreifen.

... wenn die Behälter überlaufen, das ererbte Maß voll ist, werden wir beten müssen.

Der Glaube an die Wirklichkeit des Bildes wird wiederkehren, wenn es nicht länger als Kulturgut, als »ererbtes Maß« betrachtet wird. Die Apokalypse der Bibel wird sich nicht mehr als Kulturbild oder religionsliterarisches Gleichnis, sondern als unmittelbar gegenwärtige Bedrohung erweisen. Die ererbten Bilder werden ihre inhaltliche Realität offenbaren. Der Nuklearterror bestätigt den realen Inhalt der bildlichen Sintflut. Die Gardine wird zum Vorhang; das Bilddrama spielt sich nicht im Theater ab, sondern es verwirklicht sich im eigenen Leben. Die bloße Existenz wird zur Bühne, das Überleben zur Inszenierung einer bildhaften Wirklichkeit.

Richtig gelesen, steht die Realität des Bildes, damit aber auch die Dimension der Ausdrucksgestaltung im Mittelpunkt des Grass'schen Gedichts. Es muß, wie alle anderen Gedichte dieser ersten Sammlung, als eine Erkundigung der Wirklichkeit durch das Bild verstanden werden. Dabei entdeckt Grass die Bildhaftigkeit des Gegenstandes und die Gegenständlichkeit des Bildes. Ihre eigenständige Wirklichkeit wird ihm zur wesentlichen Erkenntnis. Die Handlungsfähigkeit des Bildes, das eigenmächtige Agiervermögen des Gegenstandes führt zu jener Dynamik des Ausdrucks, die Grass' Stil kennzeichnet. Seine Bildersprache inszeniert eine bewegliche Gegenständlichkeit. Grass hat ganze Romanteile, Gedichte und werktheoretische Schriften als sein spezifisches Bildtheater in Szene gesetzt. Seinen Stücken theatralische Eigenschaften abzusprechen, entspricht dem Einwand gegen Peter Handkes Bühnenspiele, sie seien arm an dramatischem Geschehen. Aus der Aktivierung des Gegenstandes und dem Handlungsvermögen des Bildes ergibt sich bei Grass eine Situation, die von der Kritik leichtfertig als ›absurd‹ bezeichnet wird. In Wahrheit handelt es sich um eine Ausdrucksdimension, die nicht mehr und nicht weniger absurd ist, als eine Bronze, eine Skulptur, in der sich das Bild durch Stoff vergegenständlicht. Erst wenn erkannt wird, daß Grass auch im Umgang mit der Sprache Bildhauer bleibt, kann ihre Plastik (?) voll eingeschätzt werden. In seinen Theaterstücken, das zeigt der Vergleich mit dem Gedicht *Hochwasser* sehr deutlich, wird die Ausdrucksdynamik auch gattungshaft veranschaulicht. Die bewegliche Gegenständlichkeit seiner Bildersprache, die alle seine Werke kennzeichnet, führt das Theater als Dramaturgie der bewegten Bilder vor. Es inszeniert eine Dimension des Ausdrucks, veräußerlicht sie gleichsam sinnlich.

Wer also Auskunft über den »Inhalt« des Gedichts erlangen möchte, um ihn mit dem »Geschehen«, dem »Handlungsverlauf« des entsprechenden Theaterstücks zu vergleichen, wird bewegliche Bildmotive und eine Bezugslogik als vergegenständlichten Ausdruck erfahren, der sich gattungsgemäß offenbart. Die Situation auch des Stücks ist eine ausschließlich sprachliche. Der Unterschied zum Gedicht liegt einzig darin, daß die stoffliche Vergegenständlichung des Ausdrucks auf der Bühne eine zusätzliche sinnliche Komponente erhält. Die Bildersprache manifestiert sich als handelnde Personen, als Ort und Zeit eines Geschehens. Grass' Sprache läßt das Bild zur Gegenwart der Bühne werden. Bereits die Situation des Hochwassers und die Namensgebung eines Hausbesitzers Noah muß offensichtlich als sprachlich gezeichnetes Bild verstanden werden. Wenn es dann in der Szenenanweisung lautet: »Das Bild zeigt ein Haus«, so gilt es, die sich an solchem Ort vollziehende Handlung als sprachbildliche Inszenierung zu begreifen. In dem Theaterstück *Hochwasser* erfährt die Sprache ihre gegenständliche Verselbständigung. Sie beginnt, eigenmächtig zu agieren. Handlung, Inhalt und Charaktere orientieren sich an ihrer Beweglichkeit. Grass' Theater basiert auf der sinnlichen Veräußerlichung der Sprache, auf der Entdeckung einer Dimension stofflicher Eigenständigkeit.

Zu Beginn des ersten Aktes versucht Noah, eine Anzahl größerer Kisten vor dem steigenden Wasser zu retten. Es geht ihm hauptsächlich um seine Sammlung von Tintenfässern, die er ein halbes Menschenalter mit Mühe und Geduld auf vielen langen Reisen zusammengestellt hat und die er nun dem sintflutartigen Regen zu entreißen sucht. Aus Noahs Äußerungen über diese Tinterfässer läßt sich ihre besondere Bedeutung ablesen. Seiner Schwägerin Betty erklärt er: »Ja, und weißt du auch, wer hierin seine Feder tauchte? In dieses zierliche Behältnis? Königin Luise, als sie auf der Flucht hier durchkam, übernachtete und mehrere Briefe schrieb ...« Noahs Begeisterung gilt also der Geschichte. Er sammelt Zeugnisse der menschlichen Kulturgeschichte. Sie gilt es, vor einer totalen Zerstörung zu bewahren. Dem Untergang, den Noah keineswegs bezweifelt, sondern geradezu heraufbeschwört, stellt er eine gesammelte Geschichte entgegen. »Nur dieses hier, mein Werk«, bekräftigt er, »sicher, es ist nicht Großes, nur Tintenfässer, wie du zu sagen pflegst, aber es hat seine Bedeutung. Glaub mir, Betty, diese meine Arbeit darf nicht umsonst gewesen sein.«

Nun sind die geschichtlichen Gegenstände, die Noah sammelt, besonderer Art. Es handelt sich um Tintenfässer, also um Objekte, die in engem Bezug zum Schreiben stehen. Geschichtsschreibung als Literatur soll einem bedrohlichen Hochwasser entkommen. Für Noah gilt es, ein durch Schreiben vermitteltes Geschichtsbild zu bewahren. Angst hindert ihn, an einen neuen Anfang zu glauben.

Noah *Die Aufschriften werden sich lösen und verlöschen.*
Betty *Aber später, hinterher kannst du ja alles wieder neu beschriften.*
Noah *Später – wer weiß was dann ist?*

Der Traditionalist Noah glaubt an den Tod, nicht an einen Neubeginn auch der Geschichte dadurch, daß sich ihr Bild wandelt, herkömmliche Vorstellungen in Frage gestellt, »Aufschriften« aufgelöst und verlöscht werden. Die Subjektivität seines Geschichtsbildes wird durch das Tintenfaß der Königin Luise ausgewiesen. Er muß zugeben: »Ja, ich weiß, man sagt, es seien nur persönliche Briefe gewesen und sie hätte sie am selben Abend zerrissen. Vielleicht haben die Leute recht. Einerlei, sie war eine wahrhafte Königin.« Auch private Äußerungen gehören für ihn zur Literatur der Geschichte.

Noahs Schwägerin Betty ist gleichfalls auf der Suche nach Belegen, die Geschichte nicht als Fortschritt, sondern als Stillstand ausweisen. Sie erscheint von Familienfotos und Fotoalben umgeben. Während sie die Bilder der Vergangenheit betrachtet, sucht sie auch in Noah Erinnerungen wachzurufen: »Weißt du noch, als wir mit Erna ...«, »Auf jeden Fall waren wir in Steegen am Strand ...« Noahs Sohn Leo wird erstmalig von ihr als Bild in das Stück eingeführt. Während ihr Schwager die »Schätze« seiner geschichtlichen Sammlung in Sicherheit zu bringen sucht, blättert sie in einem Fotoalbum und ruft ihm zu: »Sieh nur, dieses Foto von Leo.« Auch diese Bilder stammen aus den Kisten, die es vor der großen Flut in Sicherheit zu bringen gilt. Bezeichnend ist, daß Noahs Tochter Jutta und ihr Verlobter Henn sich nicht an dieser Rettungsaktion beteiligen. Ihnen scheint die Sicherung der Vergangenheit von geringfügiger Bedeutung. Das wiederholte Rufen Bettys und Noahs dringt des Regens wegen nicht zu ihnen. Dieser Regen aber verhindert nicht nur die Kommunikation zwischen Jugend und Alter, ihre Reaktion auf das Hochwasser erweist sich als betont unterschiedlich. »Seit Montag steigt das Wasser wieder«, stöhnt Noah. »Aber die da oben«, flucht er unter Bezug auf die Kinder, »nichts wissen sie, denken Regen, das ist so ein Geräusch, eine Art Schallplatte mit Sprung, die immer dasselbe plärrt und die man, wenn man's satt hat, einfach abstellt. Versteht du, den Regen wollen sie abstellen.« Diese ressentimentgeladene Rede Noahs, die durchaus als repräsentativer Ausdruck des Generationenkonflikts gedeutet werden muß, erhellt ihren bildspezifischen Sinn erst dann, wenn der Regen als Ausdruck der Zeit erkannt wird. Das Hochwasser erweist sich somit als Bedrohung des Alters. Noah beschwört das Ende der Geschichte, um in ihrem beschränkten Verlauf die Bedeutung der eigenen Existenz zu sichern. Wenn er Betty gegenüber erklärt: »diese meine Arbeit darf nicht umsonst gewesen sein«, so ist das zugleich eine Beschwörung, sein eigenes Leben als sinnvoll anzuerkennen. Die Arche, die er auf dem Dachboden seines Hauses einzurichten gedenkt, soll eine Oase der Vergangenheit bleiben.

Für die jungen Leute hingegen führt der Regen zu einem Bewußtsein, daß ihr Leben inszeniert, ein Spiel wird. So fragt Jutta, auf die besondere Bildfunktion des Hochwassers hinweisend: »was ist das, Regen?« Sie spürt, daß ihr Dasein von Kräften bewegt wird, die das individuelle Leben zum Schauspiel werden lassen. Es regnet Zeit. Juttas Frage nach dem Regen ist ein Protest gegen den Zeitverlauf, das Älterwerden, mit den aus ihnen sich unumgänglich ergebenden Rollenspielen. »... was ändert das schon«, beklagt sie, »wenn ich da stehe, vor oder hinter diesem verflucht nassen, kalten Vorhang.« Der Regen ist für dieses Theater verantwortlich, er selbst ist der nasse, kalte Vorhang. Das rollenhafte Gebaren des einzelnen in der Gesellschaft wird bereits im Gedicht mit dem entsprechenden Hinweis ausgedrückt: »Wir werden den Vorhang am Anfang vermissen.« Jutta weiß, daß die Zeit uns programmiert. Ihr Verlobter Henn inszeniert auf seine Weise einen spielhaften Zeitvertreib. Er versucht, das Mädchen für ein ratespielhaftes Zahlenpuzzle zu interessieren. Jutta reagiert gereizt auf seine Bemühungen, Zeit und Spiel so miteinander in Beziehung zu setzen. »Ist das ein Spiel«, fragt sie ihn bezeichnenderweise und fügt hinzu: »Hast doch gesagt, damit kann man alles ganz genau nachrechnen.« Es kann kein Zweifel bestehen, daß Henn Juttas Frage nach Wesen und Wirkung der Zeit in abgewandelter Form stellt. Der Konflikt zwischen ihnen äußert sich dabei darin, daß Jutta den ihr sinnlos erscheinenden spielhaften Zeitvertreib Hennscher Prägung angesichts einer Bedrohung des Lebens nicht zu akzeptieren bereit ist. Henn reagiert darauf erwartungsgemäß mit dem Vorwurf: »Sei doch kein Spielverderber.« Ganz wesentlich ist die Erkenntnis, daß Jutta und Henn Figuren sind, die ein Spiel im Spiel treiben. Sie sind Puppen, die von der Zeit rollenhaft bewegt werden.

Ein entscheidender Schritt ist die konsequente Verbildlichung dieses beweglichen Rollenbewußtseins. Jutta bemerkt: »Ich sehe Striche von oben nach unten oder auch von unten nach oben. Ich kann es nicht mehr unterscheiden.« Hier zeigt sich, wie Grass Rollenbilder aus der Sprache selber schafft. Im unmittelbaren Anschluß an den Dialog zwischen Jutta und Henn zeigt das Szenenbild *»zwei große, grotesk zerzauste Rattenmasken«*, die *»auf dem Rand des Daches«* hocken. Eine dieser Ratten trägt den Namen Strich, eine Bezeichnung, die ohne Frage auf Juttas Beschreibung des Regens in der unmittelbar voraufgegangenen Szene zurückzuführen ist. Die »Striche«, die sie vor dem Fenster sieht, lassen sich nicht mehr deutlich unterscheiden, ob sie von oben nach unten oder von unten nach oben verlaufen. Die beiden Ratten nun sind ebenfalls durch den langen Regen aus dem Kellerbereich auf das Dach des Hauses vertrieben worden. Ausdrücklich wird ihr Auftritt durch Henns Erklärung vorbereitet: »Früher waren sie im Keller, jetzt sind sie auf dem Dach.« Auch bei ihnen hat also eine Umkehrung von unten und oben stattgefunden. Wie Jutta und Henn rätseln sie am Regen herum. Perle, die zweite Ratte, die wie Strich schon vom Namen her mit dem Regen identifiziert wird, protestiert fast schon parellel zu Jutta und ihrem Verlobten: »Was das hier soll, möchtest du wissen. Ich auch, wir sind doch keine Wasserratten.« Daß die Ratten eine bildhafte Theatralisierung Juttas und Henns sind, eine ›verfremdende‹ Darstellung ihres Rollenbewußtseins, bringt der Text deutlich zum Ausdruck. Absichtsvoll werden Strich und Perle als »Rattenmasken« vorgestellt, womit ein weiteres Mal das Spiel im Spiel, das Theater im Theater angedeutet wird. Parallel verläuft auch die Handlung zwischen Jutta/Henn und Perle/Strich. Wie beim menschlichen Paar kommt es auch bei den Ratten zur geschlechtlichen Werbung. Auf Henns Bitte: »Kann ich mich zu dir legen?« antwortet Jutta: »Nein, kannst ja doch nicht ruhig liegen.« – »Über die männliche Ratte heißt es in der Szenenanweisung: *»Strich unruhig hin und her.«* Auf seinen Vorschlag, hinter den Kamin zu verschwinden, reagiert Perle ähnlich unbeeindruckt wie Jutta: »Sag mal, biste denn noch ganz? Willste dich hier vermehren, aufm Dach?« Die beiden Dialogszenen erweisen sich also deutlich aufeinander bezogen. Perle und Strich müssen als theatralische Verfremdungen von Jutta und Henn verstanden werden. Sie sind jedoch nicht nur inszenierte Bewußtseinsgestalten des Rollenspiels, sondern auch geheimer Bestandteil jener Bilder, die sich das ältere und jüngere Paar über die Generationen, die Geschichte und das Leben macht. Was Grass in seinem Gedicht »Racine läßt sein Wappen ändern« über die Fragwürdigkeit der Schönheit ausführt, gilt für das Wesen dieser und jeglicher Vorstellungen in gleichem Maße:

Es schläft aber die Ratte nicht,
ist eine Wasserratte
und nagt, wie Wasserratten es tun,
von unten mit Zähnen
den schlafenden Schwan an.

Auch diese Funktion erfüllt das Rattenpaar des Theaterstücks *Hochwasser*. Es wirkt als Gegenbild zu den Bildern und Vorstellungen der beiden anderen Paare. Jedes heile Bild wird angenagt.

Das Auftreten von Leo und Kongo bezeugt eine gewisse Ähnlichkeit ihrer Rollenfunktion mit der Spiel-im-Spiel-Inszenierung der Rattenmasken Perle und Strich. Auf der Suche nach einem Bild von dem fortgegangenen Leo steigt dieser zusammen mit seinem Freund Kongo aus einer Kiste Noahs, die das ältere Paar vor dem Hochwasser, dem Regen der Zeit zu retten versucht. Leo und Kongo sind verselbständigte Bilder, die den ihnen zugrundeliegenden Vorstellungserwartungen stets aufs neue widersprechen. Sie können insofern als Berichtigungen der vorgestellten Rollenbilder bezeichnet werden. Wobei diese Korrektur erst durch das selbständige, eigenmächtige Agieren dieser Bilder möglich geworden ist. »Noah, eben hab ich noch zu dir gesagt, vielleicht ist ein Fotochen vom Leo drinnen«, begeistert sich Betty, »jetzt gerade, vor nem Augenblick.« Statt des festgehaltenen Fotos erscheint eine sich von den Vorstellungen Noahs und Bettys immer mehr entfernende Bildgestalt. »Was, da staunste!«, spöttelt Leo seinem Vater gegenüber. »Hast dich'n bißchen geirrt, hast die falsche Kiste erwischt. Guck nach, keine Spur von burgundischen Tintenfässern.« Leo läßt sich nicht in eine literarische Geschichtssammlung einreihen. »Aber du, Leochen, wie du dich verändert hast«, bestätigt auch Betty die Eigenständigkeit der Bildgestalt, die von Archibald Noah vor der großen Flut aufs Trokkene gebracht werden sollte. Einer Arche europäischen Bildungsgutes, einer abendländischen Vorstellungswelt und Einbildungskraft halten Leo und Kongo die Exotik einer fernen, unbekannten Welt entgegen. Indem er Noah zur Kiste drängt, erklärt Leo: »Da ist Tonking drin und Laos, das beschissene Königreich. Direktemang, guck nach, Alter, los, riecht ne Spur nach Dschungel.« Die Respektlosigkeit Leos seinem Vater gegenüber ist Ausdruck des Widerspruchs ihrer Vorstellungswelt. Über seine Tante Betty bemerkt er: »... immer noch das heilige Fotoalbum auf dem Schoß.« Bezeichnend ist, daß die beiden der Kiste Entsprungenen ihr eigenes Gepäck mitbringen, während Betty weiterhin an ihrem Fotoalbum festhält. Aus der Fallschirmseide, die Leo aus einem Päckchen hervorzieht, will Betty sogleich Sonnenschirme machen, das heißt erneut ihren Zukunftsvorstellungen entsprechen. Angesichts der Sinnlosigkeit eines Regenschirms gegen das sintflutartige Hochwasser zieht sie es vor, das Bild der Sonne und einen ihr entsprechenden Gegenstand heraufzubeschwören. Bettys bildhaft vergegenständlichte Vorstellung erweist sich stets als eine Flucht vor der Gegenwart.

Wie sehr das Rattenpaar Perle und Strich nicht nur in engem Bezug zu Jutta und Henn, sondern in ähnlich direktem Abhängigkeitsverhältnis zu Leo und Kongo steht, zeigt der kontrapunktische Szenen- und Dialogwechsel. »... erzählen könnt ihr immer noch«, meint Jutta zum Abschluß ihrer Begrüßung von Leo und Kongo. Ihr Bruder antwortet darauf etwas mißmutig: »Gibt nichts zu erzählen.« Die unmittelbar darauffolgende Szene der Ratten auf dem Dach beginnt dann wie folgt:

Perle *Erzähl doch mal was, Strich.*
Strich *Da unten haben sie wohl Besuch bekommen.*
Perle *Hab nichts gemerkt. Los Strich, erzähl was.*
Strich *Was denn?*
Perle *Irgendwas, hast doch ne Menge erlebt, bist doch ne Wanderratte, also fang schon an.*

Der deutliche Bezug auf Leo und Kongo als »Wanderratten« bedarf keiner ausführlichen Erläuterung. Auch die Situation auf dem Dach ist die gleiche geblieben wie im Zimmer: auf beiden Stufen soll erzählt werden. Bei der nächsten Rückkehr zur menschlichen Zimmerebene wird denn auch eine ausdrückliche Identifizierung von Mensch und Ratte vollzogen, an die sich eine neue Erzählsituation anschließt.

Noah	*Aber nun seid doch vernünftig, die Ratten sollten wirklich fort von oben.*
Jutta	*Vielleicht runter zu uns?*
Betty	*Nein Kinder, nein, tut das nicht, bitte.*
Noah	*Natürlich nicht, das fehlte gerade noch. So macht man das, einfach vom Dach runter ins Wasser.* Er will zur Treppe. Leo hält ihn am Rockzipfel zurück.
Leo	*Hiergeblieben. Ich hab dir doch gesagt, du sollst die Ratten in Ruhe lassen.*
Noah	*Aber warum denn? Auf einmal so empfindlich. Es handelt sich doch nicht um Menschen.*
Leo	*Ratten sind auch Menschen, basta.* Noah setzt sich wieder zwischen seine Tintenfässer.
Jutta	*Hör doch nicht auf ihn, Leo, erzähl lieber was.*

Die Ausgangssituation des Erzählens ist also eine neue Logik, ein der Geschichtskausalität enthobene Vorstellung. An dieser Wirklichkeit können Betty und Noah nicht teilhaben. Sie begreifen nicht die von Leo vollzogene Gleichsetzung »Ratten sind auch Menschen, basta.« Was dann im folgenden erzählt wird, sind Lügenmärchen, Geschichten, bei denen es von Anfang an heißt, es sei »ganz gleich, wo und wann« sie sich zugetragen haben.

Jutta	*Erzählt schon.*
Leo	*Gibt nichts zu erzählen.*
Henn	*Bitte erzählen Sie doch.*
Leo	sieht Henn strafend an. *Schweig Friseur. – Laßt Kongo erzählen, der lügt besser.*
Jutta	*Ist mir gleich wer, aber erzählt, sonst quasselt der Regen, und die Geschichte kenn ich.*

Leos folgende Erzählung wird gegen die Eintönigkeit des Regens, der Monotonie des geschichtlichen Zeitablaufs, wiedergegeben. Ihre Realität liegt außerhalb einer konkreten zeitlichen oder räumlichen Bestimmung. Leos Geschichte ist eine Selbstdarstellung der Phantasie. Sie feiert die Eigenmächtigkeit des Bildes. Es ist unmöglich, den Inhalt dieser Erzählung richtig zu verstehen, ohne auf den erst 1963 erschienenen werktheoretischen Aufsatz *Die Ballerina* Bezug zu nehmen. Lange vor Erscheinen dieser Arbeit also hat sich Grass bereits mit der bewußten Künstlichkeit einer puppenhaften Bildschönheit beschäftigt, eine künstliche Schönheit übrigens, die seinen ersten Band Lyrik *Die Vorzüge der Windhühner* in hohem Maße kennzeichnet. Die Verbindung zwischen der Zirkusartistin und der Ballerina drängt sich beim Lesen der Erzählung geradezu auf. Leo berichtet: »Ich saß in einem Zirkus ... In einem Zirkus, rund wie alle, und roch auch so. Über mir, in bestimmter Höhe, fein beleuchtet, die Beine einer Stanniol lächelnden Dame ... Also diese Dame hatte Beine. Diese Beine waren aus Porzellan. Verdammt, ich glaub es noch heute, daß sie aus reinstem Prozellan waren ... Kühl waren sie. Im Schwingen, versteht ihr, die Dame saß auf einem Trapez, wurden sie kühler, immer kühler. Am Ende waren sie Eis. Zwei Säulen Eis bis zu jenem Tempelchen in der Arktis. Und ihr Nordpol jeder Expedition versperrt. Alle wären gescheitert, alle. – Wißt ihr, was das heißt? Über dir Eis, hoch, nicht übermäßig hoch, so in halber Zirkushöhe, dann wieder fast in der Kuppel, Eis, doch anmutig, beweglich. Nicht Eis in Tüten zum Lecken oder Eis im Block für den Kühlschrank ... Eis mit Gelenken sozusagen, man schwitzt beim Zusehen ... Und dann, was kam dann? Plötzlich Erbsen, gelbe knallende, lächerliche Erbsen. Beifall, Dunst, eine Erbsenlawine, Föhn, alles schmilzt ... Sie floß am Seil lang, knickste, riß, tropfte, schmutzig, schlüpfrig, hatte eine trockne Haut, war an die dreißig Jahre alt – und ihr Lächeln? Eine Pfütze, als hätte ein Hengst gepißt.«

Diese Schilderung enthält die gleiche Faszination einer Darbietung, die »das Kunststück zeigt«, die »gewichtlose Schönheit ohne Vor- und Zunamen« gestaltet, die »einen Ort der Verbannung« bezieht, – wie in der Bildbeschreibung des Aufsatzes *Die Ballerina*. Leicht sind auch die Beschreibungen einer Entzauberung der Schönheit, eines Zerschellens der Harmonie wiederzuerkennen. Was im *Ballerina*-Aufsatz der Abgang in die Kulissen bewirkt (»Dann, nach dem letzten Vorhang, fällt die Ballerina gleich einem Kartenhaus, das plötzlich der Zugluft ausgesetzt wird, in sich zusammen. Jedes ihrer sonst so gewogenen Glieder rutscht ins Beliebige ...« [usw.], führt in Leos Erzählung der »Beifall, Dunst, eine Erbsenlawine, Föhn« herbei. Wenn wir jetzt erfahren, daß die Dame »eine trockene Haut« hatte, daß sie »an die dreißig Jahre alt« war usw., so ist das eine direkte Parallele zur Schilderung der irrelevanten biographischen Einzelheiten der Ballerina. Unschwer lassen sich weiter die Abschnitte

»Applaus und Vorhänge« und »Das Pünktchen« aus dem *Ballerina*-Aufsatz in Leos Geschichte wiedererkennen.

Alles das ist kaum verwunderlich, wenn man bedenkt, daß es sich hierbei um das Prinzip der Grass'schen Bildgestaltung handelt. Das Theaterstück *Hochwasser* setzt sich aus eigenmächtig agierenden Bildern zusammen, die sich in Inhalt und Funktion gegen herkömmliche Vorstellungen wenden. Die Bildlogik des Stückes ist die Logik der Grass'schen Sprache, die sich hier gleichsam selber darstellt. Nicht nur die Ratten, auch Leo und Kongo, ja, die gesamte »Handlung« des Stückes, werden erst durch die bewußte Künstlichkeit, die Außerordentlichkeit der Situation, des Hochwassers, zur zauberhaft faszinierenden Darbietung. Der große Regen wird zum Auslöser befreiender, ungeahnter Vorstellungen. Er ist der »Zirkus«, den Leo heraufbeschwört. Bezeichnenderweise schlafen Noah und Betty während seiner Erzählung. Ihnen bleibt der Zugang zu solchen Bildern und Wünschen versagt. Dagegen kann Jutta unmittelbar an der neuen Dimensionslogik teilhaben. »Draußen schwimmen Betten«, sinnt sie. »Leere, freigewordene Betten. – Solch ein Bett möchte ich sein, leer fortschaukeln, nicht mehr unter einem idiotischen Ölbild stehen, vierbeinig, angebunden an Pißpott und Nachttischchen, Gebiß im Zahnglas, Kriminalroman mit Lesezeichen, den Mord zu Ende träumen und diese siebzig Jahre erdulden, die manche hier zubringen.« Deutlich verdinglicht sie sich, sie identifiziert sich mit dem Bett und aktiviert diesen Gegenstand zu eigenem Handeln: »Vielleicht würde ich dann in den Wald schwimmen, vorher das Kopfkissen abschütteln. Wenn ich dann ganz frei wäre, würde ich sagen: Komm, – dann würde eine Katze, kurz vorm jämmerlichen Ersaufen, bei mir landen und glücklich sein.« Das ist im Grunde Juttas Geschichte, eine Geschichte der dinglichen, gegenständlichen Freiheit, die sich gegen die Wertvorstellungen einer älteren Generation richtet. Das Hochwasser erfüllt sie nicht mit Schrecken; im Gegenteil, für sie gibt es nichts zu retten, die Zerstörung der alten Werte ist die Voraussetzung für eine ihr gemäße Freiheit.

Die Bedingungen der Künstlichkeit, die Voraussetzungen für diese artistische Darbietung werden auch von Handlung und Charaktere her ausdrücklich begründet. Bereits beim ersten Auftauchen Leos und Kongos kann Jutta daran erinnern: »Ich hab doch immer gesagt: Wenn es noch lange so regnet, kommt Leo. Na seht ihr, da ist er.« In der letzten Szene des Stückes fragt sie ihren Bruder, wann er sie wieder besuchen kommen wird. Die Antwort darauf lautet: »Wann? Wenn es wieder einmal regnet, so richtig regnet, dann klettern wir aus irgend einer Kiste, – dann: auf Wiedersehn.« Sein Begleiter Kongo verspricht Jutta, ihr dann »die Geschichte von dem Schnürsenkel, der achtmal teurer war als der Schuh« zu erzählen. Die Freiheit, nach der sich Jutta so sehnt und die nur durch die Bedrohung übernommener Vorstellungen verwirklicht werden kann, sie äußert sich am unmittelbarsten in jenen Geschichten, die sie sich während des steigenden Hochwassers erzählen. Mit dem Absinken des Wasserstandes schwindet auch die Aussicht auf eine phantasievolle Freiheit. Leo und Kongo, Inbegriff exotischen Vagantentums, müssen sie wieder verlassen. So endet das Stück mit dem heißen Wunsch Juttas: »Ich wünsche mir, daß es wieder regnet, bis das Wasser so hoch steht, so hoch!« Manchen Menschen muß das Wasser bis zum Halse stehen, ehe sie zu einer Phantasie der Freiheit fähig sind. Darin liegt die Grundidee sowohl des Gedichts als auch des Theaterstücks. Als Zeitgenossen einer apokalyptischen Bedrohung lädt uns Grass zu einer Darstellung der emanzipierten Phantasie ein. Das im Theater kulturell institutionalisierte Bild wird bald wieder entzaubert werden. Der »Absturz« wird durch uns selber erfolgen. Jutta sagt dazu: »Beifall ist immer schlecht.« Auf die Frage: warum dieses Stück, wozu dieser künstliche Aufwand? antworten die bildhaften Gestalten:

Leo *Ich ging oft hin.*
Kongo *Aber du wußtest doch ganz genau.*
Leo *Schon, aber der Absturz. Ich wollte einfach mal sehen, wie das ging. So etwa, hier.* Er läßt eine Kristallschale zu Scherben fallen. Noah und Betty schrecken auf.
Noah *Was ist?*
Jutta *Nichts, penn weiter.*
Noah *Muß das denn sein?*
Leo *Ja, das mußte so sein. Versteht ihr? Nur dieser Ton, dieses Ergebnis, der Nordpol überall hin verteilt. Vom Niger bis Heidelberg Arktis, aber kein Beifall.*

In diesen Zeilen sind die Grundvoraussetzungen für eine jede Interpretation dieses Stückes zu finden. Gerade die Künstlichkeit, das Konstruierte der außerordentlichen Situation verleiht *Hochwasser* die Freiheit einer Selbstdarstellung der Phantasie. Die aber ist keine nur ästhetische Identität, sondern Ausdruck unserer Sehnsucht nach Befreiung aus dem Verhaftetsein bürgerlicher und vergangenheitsbezogener Vorstellungen.

Die Auseinandersetzung zwischen Jutta und ihrem Verlobten zeigt, daß Ort und Zeit der Handlung in diesem Stück identisch sind. Henn glaubt wie Noah und Betty mehr an die Vergangenheit und Zukunft als an die eigene Gegenwärtigkeit. »Heute«, erklärt Jutta, »das seid ihr, die ihr denkt.« Die Zukunft ist für sie paradoxerweise das Alter. »Wenn ihr mich anguckt, dann denkt ihr: tja, aber in zwanzig Jahren. Ihr könnt einfach nicht in Ruhe zusehen, wie so eine Brust länger und länger wird und endlich nichts mehr bedeutet. Ihr, das ist heute.« Henn dagegen sieht die Zukunft als etwas Positives; sie wird ihm zum Inbegriff der Hoffnung und Freiheit. »Aber es gibt doch eine Zukunft«, gibt er Jutta zu bedenken. »Du mußt zugeben, daß es eine Zukunft gibt.« Ihre Antwort zeigt, wie uns unsere Vorstellungen auch von der Zeit behausen: »Du bist'n Bubi. Zukunft, immer rauf die Treppe und oben ist noch ne Etage und wieder ne Etage und dann kommt das Dach, wieder runter die Treppe, Etage, Etage, bis in den Keller, und das nennst du Zukunft.« Allein durch die Sprache zeichnet Grass hier die Bedeutung seines Handlungsortes. Max Frisch hat auf die sprachliche Gestaltung eines zusätzlichen Bühnenbildes bereits in seinem *Tagebuch 1946–1949* ausführlich hingewiesen. Das allmähliche Hinaufklettern bis auf den Dachboden des Hauses hat in Wahrheit für alle teilnehmenden Personen unterschiedliche Bedeutung. Während das ältere Paar dadurch seine bürgerliche Vorstellungswelt und die dazugehörige Gegenständlichkeit fetischistischen Eigentums zu retten sucht, hoffen Jutta, Kongo und Leo auf den Untergang dieser sie beschränkenden Vorstellungen und Werte. Furchtsam nimmt Noah die Bibel mit auf den Dachboden und beschwört seine Schwägerin: »Siehst du, Betty, hier, das hab ich mitgenommen, das soll dabei sein. *Er schlägt ein schwarzes Buch auf.* Da, da: Das ist der Tag, da aufbrachen alle Brunnen der großen Tiefen und taten sich auf die Fenster des Himmels.« Fatalistisch, doch gläubig bereitet er sich auf das Ende der Geschichte vor. Dagegen versichert Kongo der von ihm verehrten Jutta überlegen: »Solange es regnet, trage ich dich.« Das Mädchen verläßt sich auf die Stärke einer freiheitlichen Phantasie. Ihre Arche ist die Exotik Kongos, das Versprechen einer Freiheit, das sie ihrem geheimen Geliebten immer wieder abnimmt. »Solange es regnet, bleibst du bei mir. Und wenn es dann wieder einmal regnet, lange, lange regnet, kommst du wieder.« Jutta fürchtet sich also nicht vor dem Wasser; sie sehnt sich, wie der Ausgang des Stückes ausdrücklich bestätigt, nach einem Untergang dieser Behausung und ihrer jetzigen Bindungen, um zukünftig von Kongos Geschichten getragen zu werden und an seiner Freiheit teilzuhaben. Sie will dahin schwimmen, wo man »nicht mehr fotografiert« wird, das heißt wo man nicht mehr im Bilde festgehalten wird. Der Untergang des Elternhauses soll ihr zur Selbstbefreiung verhelfen.

Auch ihr Verlobter Henn hofft auf eine Zukunft, die ihm Freiheit und Glück bescheren soll. Aber er ist Idealist. Seine Phantasie entzündet sich an idealistischen, schöngeistigen Vorstellungen, die alle sie in Frage stellenden Kräfte, darunter auch den Tod, ignorieren oder verniedlichen. Im Gegensatz zu Leo und Kongo ist Henn ein Phantast. Als Schwärmer begeistert er sich an seinen eigenen unwirklichen Visionen: »Versteh mich doch«, plädiert er Jutta gegenüber. »Du weißt ganz genau, daß der Regen aufhören wird und daß die Sonne scheinen wird. Ich sehe es jetzt schon! Sonne, du in weißen, ausgeglühten Kleidern. Und ich sehe, wie du den Arm hebst, und ganz hell ist er auf der einen Seite und sonnengebräunt außen.« Nicht nur der trotz seiner Exotik nüchterne Kongo nennt Henns Enthusiasmus das Latein eines Chorknaben. Seine Furcht vor dem Tode, vor der Begrenztheit und Starre des Lebens kommt deutlich zum Ausdruck: »Was wollt ihr von mir. Ihr quält euch, redet vom Eis, von der Arktis, ich will das nicht.« Aus solcher Verzweiflung heraus wartet auch er mit einer Geschichte auf, die als Gegenerzählung zu Juttas und Leos Schilderung verstanden werden will. Henn berichtet verklärt: »Ich war einmal in Florenz. Ich ging über einen Platz, hatte einen hellen leichten Anzug an. Überall stand das Licht, und ich hatte das Gefühl, als wäre die Sonne in mir, in meinem Kopf ... *immer begeisterter* Ich ging über den Platz, eine Treppe, überall Tauben, überall lag Perlmutter auf den Stufen, es war von den Tauben, ich sammelte etwas, das bringt Glück ... und Freiheit und Glück. Glück ... Ihr wißt ja nicht, was das ist, Glück ... Und Freiheit, das wißt ihr auch nicht.« Unmißverständlich verkündet Henn also eine ästhetizistische Vorstellung von Glück und Freiheit, die sich anmaßt, anderen vorzuwerfen, über keine eigenen Wertbegriffe zu verfügen. Grass hat den Ästhetizismus wiederholt angegriffen, besonders anschaulich und eindringlich in seinem werktheoretischen

Mißtrauischen Dialog zwischen den Künstlergestalten Pempelfort und Krudewil. In der Tat erinnert Henn sehr stark an den »Metaphernpflücker« Pempelfort. In seinem Theaterstück zeigt Grass, daß ästhetische Schwärmerei häufig, wenn nicht immer der Furcht vor dem Tode entspringt. Henn propagiert die schöne Lüge (er selber wird von Kongo »mein Schöner« betitelt), die vergeblich hofft, damit der Dunkelheit und dem Tode zu entrinnen.

Bedenkt man, daß auch Kongo von Jutta aufgefordert wird, seine eigene Geschichte zu erzählen, so zeigt sich, daß alle vier Gestalten, Jutta, Henn, Leo und Kongo, während oder genauer: anläßlich des Hochwassers ihre Vorstellung, ihre Phantasie der Freiheit mitteilen. Bei aller Ironie in der Darstellung nutzt Grass die Außerordentlichkeit der Situation, eben die Künstlichkeit der Darbietung, zur ernsthaften Erkundigung und Untersuchung menschlicher Wertvorstellungen, unterschiedlicher Hoffnungen, Sehnsüchte und Einbildungskräfte. Zur Künstlichkeit der Situation gehört insbesondere die Aufhebung einer herkömmlichen Zeitsequenz, die durch die bildliche Verdinglichung des Regens ersetzt wird. Bei seiner Ankunft im Hause Noahs erklärt Kongo: »Wenn ich mir diese Standuhr angucke, könnt ich wieder fromm werden.« Aber Leo und er existieren nicht im Rahmen einer bürgerlichen Zeitordnung. Sie glauben nicht mehr an solche zeitlichen Vorstellungen. Das Motiv der Standuhr – bereits im Kompositum drückt sich das Stehenbleiben der Zeit aus – erfährt seine auslegende Bedeutung in einer Erzählung der Ratte Strich. Unter offensichtlichem Bezug auf die vorangegangene Zimmerszene berichtet Strich »die Sache mit der Uhr«. Es ist eine Maskengeschichte, das heißt die Geschichte der Verfremdung, die die Außerordentlichkeit der Situation bedingt. Strich erzählt: »Da war ich in letzter Minute in eine Uhr gesprungen, in eine Standuhr, wie sie da unten eine haben, konnte da nicht mehr raus vorläufig, weil die nämlich den Dobermann hatten ... Also der Dobermann saß vor der Uhr und wartete. Ich saß in der Uhr drinnen und schlief ein. Plötzlich schlug es zwölf ... Nun bin ich ja nicht abergläubisch, aber kannst mir glauben, mein Schreck war nicht von Pappe. Aus Wut habe ich dann hinterher alle Minuten und Sekunden aufgefressen, ratzekahl. Seitdem ging die Uhr nicht mehr.«

Die verfremdenden Masken sorgen erzählerisch für eine Aufhebung der Zeit. Die von daher bedingte Außerordentlichkeit der Situation ist das »Kunststück«, der artistische Zauber agierfähiger Bildverpuppungen. Es ist eine Übung, die jedoch nicht ihres ästhetischen Zaubers wegen, sondern zur Erkundschaftung von Variationen menschlicher Freiheitsvorstellungen durchgeführt wird. Angesichts einer nicht zeitlich begrenzten Bedrohung des Lebens probieren die handelnden Bildverpuppungen dieses Stückes Wandlungen imaginativen Geschichtsbewußtseins, Alternativen freiheitlicher Konzepte. Sie tun das durch Variationen der von ihnen vorgetragenen (und sie charakterisierenden) ästhetischen Geschichte. So unterbricht die Ratte Strich ihre Schilderung mit der Bemerkung: »Sag mal, du weißt das doch alles. Ich hab dir die Sache nun schon zehnmal erzählt.« Darauf antwortet Perle: »Und jedesmal ein bißchen anders.« Ganz entsprechend heißt es in der folgenden Szene zwischen Leo und Kongo:

Leo	*Sag mal, Kongo, warum fragst du immer so blöd. Du kennst doch die ganze Geschichte und weißt, daß sie nicht stimmt.*
Kongo	*Weiß ich.*
Leo	*Na und?*
Kongo	*Eben, jedesmal erzählst du sie anders, ist doch interessant.*

Auch die Literatur erzählt eine Geschichte, die jeder kennt, doch gestaltet sie diese Geschichte »jedesmal ein bißchen anders«. Die Literatur bewältigt die Zeit, verleiht ihr einen zeitgemäßen Ausdruck durch wiederholte Variation. Sie verdinglicht die Zeit durch Einbildungskraft und legt damit nicht nur ästhetische Vorstellungen des Menschen offen. Im Theaterstück *Hochwasser* wirkt der Regen als solche Verdinglichung der Zeit, die zur Voraussetzung eines Erkenntnisprozesses wird. Der Regen selbst bleibt monoton, eine Wiederholung der Zeit ohne Variation. Jutta wendet sich gegen diese Eintönigkeit, wenn sie sagt: »Ist mir gleich wer, aber erzählt, sonst quasselt der Regen, und die Geschichte kenn ich.« Dem schließt sich dann die sich ständig wandelnde Erzählung Leos über Glanz und Sturz der Zirkusartistin an, in der man unschwer eine Selbstdarstellung der Literatur, allgemein der »schönen Künste« erkennen kann.

Ein bildliches Festhalten der nur zeitlichen Wirklichkeit führt zu keiner wahren Erkenntnis. Deshalb nehmen Betty und Noah an dem Erkenntnisprozeß, der durch die jeweiligen Erzählungen der imaginativen Bildgestalten eingeleitet wird, nicht einmal als Zuhörer teil. Sie glauben an eine fotografisch zu dokumentierende Wirklichkeit der Geschichte. Wie sehr sie damit tatsächliches Wissen selbst im engen Familienkreise verpassen, zeigt ihre Verständnislosigkeit den Kindern Jutta und Leo gegenüber. Betty klammert sich nach wie vor an ihre fotografische Vorstellung von Leo. Ihre so beschränkte Einbildungskraft wird von Jutta bis auf religiöse Vorstellungen ausgedehnt: »Muß immer noch ein paar Fotos ansehen. Wenn einer käme und würde ihr so ein kleines, blankes, verwackeltes Viereck bringen und würde sagen: ›Guck mal Tante, da ist der Liebe Gott drauf, den haben sie jetzt auch fotografiert‹, würde sie prompt antworten: ›Na sowas, der Liebe Gott, genau so habe ich ihn mir vorgestellt.‹ Und dann würde sie ihn ins Album kleben, zwischen Onkel Stani und Cousine Herbstlöh.«

Das Ende des ersten Aktes zeigt, daß auch Noah sein Geschichtsbild vorgezeichnet erhält und allenfalls mechanisch nachvollzieht. Sein Glaube an die biblische Bildersprache der Apokalypse läßt ihn das unmittelbare Ende der Geschichte erwarten. Weder Betty noch Noah bemühen sich um eine eigene Erkenntnis. Ihre Geschichte verfügt über keine Freiheit. Ihr Leben ist ohne Phantasie geblieben.

Dagegen ist ohne Zweifel, daß sich sogar Henn um Selbsterkenntnis bemüht. Daran ändert auch der sarkastische Dialog der Ratten nichts:

Perle *Du, das ist'n Philosoph.*
Strich *Glaub auch. Na, denn tut er uns nichts.*
Perle *Meinste? Aber es soll auch welche geben, die ausgesprochen gemein werden können.*
Strich *Ja schriftlich, das kann schon sein. Aber im Regen, wenn mit Tinte nix mehr zu machen ist, da ist der trockenste Philosoph machtlos. Wenn die einmal naß werden, dann glauben sie nur noch an die Feuchtigkeit.*

Hier gibt Grass eine seiner vielen Einlagen zum Thema (deutsche?) Philosophie. Wer seine Äußerungen, insbesondere in den *Hundejahren* und dem *Tagebuch einer Schnecke*, über Hegel und Heidegger kennt, weiß, daß er hier nicht allein die Impotenz des Geistes angesichts der Macht, sondern zugleich die Gefahr einer Geschichtsphilosophie anspricht, die von der Vorstellung eines Endes der Geschichte lebt. Auch das geschichtliche Mitläufertum gewisser Philosophen wird an dieser Stelle mit angesprochen. Aber die ironischen Bemerkungen der Rattenmasken werden zu Beginn des zweiten Aktes in den richtigen Kontext gestellt, wenn es dort auf die Gegenwart von Jutta, Kongo, Leo und Henn bezogen heißt: »Die sehen sich selbst, das reicht ihnen.« Die sich anschließende Dialogszene hält den doppelten Bezug einer Ironisierung abstrakt philosophischer Erkenntnis und der konkreten Handlungsäußerung aufrecht:

Henn	*Warum seid ihr gekommen?*
Leo	erstaunt *Was, der lebt auch noch?*
Henn	*Warum seid ihr gekommen?*
Leo	*Dachte schon, der hätte sich aufgelöst.*
Henn	*Warum seid ...*
Leo	*Quatsch nicht, Friseur. Wir sind da! basta!*
Henn	*Aber warum?*
Leo	*Wirst du wohl! – Was weiß ich. Aus so 'ner Art Neugierde, Langeweile, Heimweh, alles dasselbe. Reicht die Auskunft?*

Auf solche Weise wird die Existenzfrage durch eine brutale Spielfigur in einer Situation bildlichen Inhalts als unzulässig und überflüssig abgetan. Die Künstlichkeit der bildlichen Situation, die Identität des Grass'schen Theaters läßt eine solche Fragestellung in ihrer Abstraktheit nicht zu. Leo und Kongo lösen Vorstellungen aus, die das Leben gegenständlich verbildlichen. Die individuelle Freiheit soll sich durch Einbildungskraft zu erkennen geben.

Der Ordnung der Uhr stellt sich eine artistische Vorstellung entgegen. Leo und Kongo steigen aus einer Kiste, die Fotoalben und Tintenfässer enthalten soll. Sie befreien sich gleichsam selbst aus der Starre eines zeitlich festgehaltenen oder schriftlich entworfenen Bildnisses. Der Prüfer, der am Ende des Stückes von staatlicher Seite mithelfen soll, die Ordnung wiederherzustellen, entsteigt eben jener Standuhr, die Leo und Kongo mit zum Nordpol schleppen wollen. Weil die Uhr »hier überflüssig ist«, entscheidet Leo: »möblieren wir den Nordpol«. Nun hat seine Geschichte während des großen Regens deutlich gemacht, was mit diesem »Nordpol« gemeint ist. Es ist der Bereich des künstlichen Bildes, der zirkushaften Artistik. Die Dame seiner Erzählung *schafft* sich erst durch ihre artistischen Übungen am Trapez diese »Arktis«, diesen »Nordpol«. Aus dem Gespräch zwischen Leo und Kongo ergibt sich, daß in Noahs Haus auch keine lebendige Vorstellung von Zeit herrscht. Auch sie ist zu einem toten Bildnis geworden. Über die Standuhr, die einst den Glauben an eine

Logik der Folge verkündete, heißt es nun: »Die ist hin und futsch, die sieht nur noch so aus wie eine Uhr.« Die Außerordentlichkeit des Hochwassers hat die herkömmliche Zeit stehen lassen. Aus Angst, daß sich die Bewohner des Hauses beim Aufhören des Regens diese Uhr »sofort reparieren lassen« werden, will Leo sie auf seine Reise zum Nordpol mitnehmen. Er beabsichtigt damit, eine neue Vorstellung von Zeit und Geschichte zu erzwingen. Zugleich bedeutet seine Möblierung des Nordpols eine bildliche Vergegenständlichung der Zeit, so wie Grass sie in allen seinen Werken dargestellt hat. Keineswegs zufällig vollzieht sich in den *Hundejahren* eine bildliche Umgestaltung der Personen Eduard Amsel und Jenny Brunies durch ihre Vereisung: dem dicken Amsel entschlüpft »ein junger Mann leichten Schrittes«, der im folgenden unter neuem Namen Ballettmeister wird, und eine »neue Jenny« schmilzt aus dem Eis, die eine »zukünftige Ballerina« wird. Als eine ihrer ersten Rollen tanzt Jenny »die Eiskönigin«. Nun ist die Darstellung ihrer Verwandlung selbst bereits eine künstliche Bildhaftigkeit, wie das Ballett bei Grass überhaupt zur Demonstration der eigenen literarischen Darstellungsweise herangezogen wird (vgl. den Aufsatz *Die Ballerina*). Absichtsvoll und hintergründig spricht Grass denn auch in den *Hundejahren* vom »Ballett-ABC«. Was sich da, ebenso wie in dem Theaterstück *Hochwasser* abspielt, veranschaulicht Grass in der Sprache des Balletts: »Sprünge zum Mitschreiben. Wenn ich das könnte: Sprünge mitschreiben!« Weil das Ballett ihm »eine der unnatürlichsten und damit formvollendetsten aller Künste« bedeutet, kann er es immer wieder als Selbstdarstellung seiner eigenen formvollendeten Künstlichkeit der Bildsprache heranziehen. Zeilen aus dem Stück *Hochwasser* wie

Am Nordpol eine Standuhr stand,
oh Vaterland, oh Vaterland.
Wir lauschten mit erfrornen Ohren,
sie tickte nicht, sie schien erfroren.

können überhaupt nur verstanden werden, wenn sie als »Sprünge« eines Bilderballetts begriffen werden. Bei Grass sind Bilder eben keine Metaphern, keine Umschreibungen, sondern Ausdruckswerte einer eigenständigen Zeichensprache – wie das Ballett. Daß damit jedoch keineswegs nur eine ästhetische Zauberei betrieben wird, daß die Artistik der außerordentlichen Gegenständlichkeit unmittelbar in ein ethisches Engagement mündet, beweisen die beiden letzten Zeilen dieser von der exotischen Bildfigur Kongo vorgetragenen Verse. Grass bezieht sich hier auf das »Hochwasser« der deutschen Vergangenheit; seine Zeichensprache macht eine moralische Aussage über das Verhalten (einschließlich des eigenen) zu Zeiten der nationalen Katastrophe: »Wir lauschten mit erfrornen Ohren.« Grass hat genug bewiesen, daß sein Sprachballett nichts mit Ästhetizismus gemein hat. Er ist sich des Ursprungs und der Wirkung des absoluten Schöngeistes nur zu wohl bewußt. Deshalb ist es auch nicht ohne Belang, daß in den *Hundejahren* die Geburt des Eisballetts nur durch den Verrat einer Freundschaft herbeigeführt wird. Jedoch ist das nicht minder Grass' Chiffrensprache, die ihren eigenen Ursprung (Ur-Sprung) demonstriert. Die Geschichte des nationalen menschlichen Verrats läßt sich für diesen Autor nicht mit der Wiedergabe einer zeitlichen Ordnung und der sich daraus ableitenden literarischen Erzählform darstellen. In seiner Bildersprache werden »die Sprünge mitgeschrieben«. So propagiert die Szene des Stückes *Hochwasser* die Notwendigkeit einer neuen Ausdrucksform, einer neuen Vorstellungskraft des Menschen. Während Leo und Kongo die nicht mehr funktionierende Standuhr nach dem Nordpol abschleppen wollen, entsteigt der Prüfer eben dieser Uhr, um »die Schäden festzustellen«. Bezeichnenderweise trägt er auf seiner Armbinde eine Taube als Symbol der Wiederherstellung einer bedrohten Ordnung. Der Prüfer erklärt Kongo: »Nach Hochwasserkatastrophen pflegen wir eine Taube, nach Großbränden den bekannten Phönix aus der Asche auf unseren Armbinden zu tragen.«

Dem schließt sich die hintergründige Frage an: »Gehören Sie zu den Bewohnern des Hauses?« Die traditionelle Zeichensprache (Taube/Phönix) ist einer (auch literarischen) Vorstellungswelt verbunden, die durch die Gestalten Leo und Kongo (und ihrem Autor Grass) in Frage gestellt wird. Der moralische Appell der neuen Bildersprache wird von Jutta in der letzten Szene des Stückes deutlich begriffen. »Muß ich jetzt immer daran denken? Daß unsere Uhr am Nordpol steht und daß irgend ein Schnürsenkel teurer war als der Schuh? –« Sie möchte an der neuen Verhältnismäßigkeit teilhaben, aber sie bleibt dem häuslichen Bereich Noahs verwurzelt. Kongo hingegen ist kein Bewohner dieses Hauses. Erst wenn es ein neues »Hochwasser« geben wird, kann auch Jutta sich wieder vorübergehend eine andere Freiheit vorstellen. Während ihr Verlobter Henn sie in die alte Vorstellungswelt zurückruft, drückt sie noch einmal ihre leidenschaftliche

Sehnsucht nach einem Ausbruch aus der Monotonie, der Wiederholbarkeit und Austauschbarkeit des derart behausten Menschenbildes aus: »Ich wünsche mir, daß es wieder regnet, bis das Wasser so hoch steht, so hoch!« Mit diesem appellhaften Wunsch endet das Stück. Die Rattenmasken bekräftigen die Bedeutung der neuen Bildersprache. Sie, die im Stück deutlichster Ausdruck des Grass'schen Sprachballetts sind, bemerken beim Fallen des Wasserstandes, daß sich die Menschen einrichten »wie früher«. Darauf ergibt sich folgender Dialog:

Perle *Sag mal, wenn wir nun hierbleiben würden, ganz keß, sozusagen als Symbol, daß es nun wieder aufwärts geht?*

Strich *Das ist nicht drinnen bei denen, glaub mir, Perle. Sie würden uns mißverstehen. Die Leute haben heutzutage kein Gefühl mehr für echte Symbole. Wenn wir Tauben wären, waschechte Friedenstauben.*

Deutlich wird in ihm Bezug genommen auf jene traditionelle Zeichensprache, die am Ende des Stückes in der Gestalt des Prüfers die alte Ordnung wiederherstellen soll. Die Ratten aber werden als Maskenbilder einer neuen Vorstellungswelt nicht erkannt und begriffen. Sie wollen nicht wie die herkömmlichen Vorstellungen »gurren und schöntun«. An die Stelle der harmlosen Schönheit übernommener Konzepte setzt Grass seine Bürgerschreckmasken der Ratten, die nicht nur im Theaterstück *Hochwasser* den schönen Schein des Regenbogens, der nach jedem katastrophalen Unwetter scheint, sondern überall »den heraldischen Schwan« annagen sollen. Denn, – ein mitgeschriebener Sprung der Grass'schen Ballettsprache –,

Weiß stumm und rattenlos
wird der Schwan seinen Einsatz verschlafen –

(»Racine läßt sein Wappen ändern«)

Es ist keine kabarettistische Einlage, sondern gezielter Appell, wenn Leo die Geschichte des bisherigen Theaters persifliert: Wenn es nicht so abgeschmackt langweilig wäre, und käme das nicht in jedem dritten Theaterstück als ganz besonderer Knalleffekt vor, würd ich ihn umbringen, den Alten. Vatermord!«

Denn er will die bestehende Ordnung im Hause Noahs verändern. Die alte Ordnung kennzeichnet er mit den Worten: »Dieser ganze

Mist. Und eine Kartei für den Mist.« In seinem Anliegen, solche gesellschaftlichen Vorstellungen umzugestalten, entschließt er sich endlich, das Symbol ihres Prinzips, die Standuhr, die den Fortschritt unmöglich macht, aus dem Hause zu entfernen. Sein Besuch kann nur dann einen Sinn haben, wenn es dadurch zu einer Veränderung der alten Ordnung kommt: »irgendetwas muß doch passieren, bevor wir verschwinden.«

Hochwasser handelt von einem Biedermann, der zukünftige Generationen in seine eigene beschränkte Vorstellungsordnung einreiht und sie dadurch ihrer Freiheit gerade angesichts einer umfassenden Gefährdung alles Lebendigen beraubt. Die Benzinfässer, die das Haus des Frisch'schen Biedermannes gefährden, sind hier die von Noah selbst gesammelten Tintenfässer, die als Vergegenständlichung der Geschichte und Grundlage einer zukünftigen Ordnung in die Arche aufgenommen werden. Das Thema des Stückes ist die Unfähigkeit der modernen Gesellschaft, sich von herkömmlichen Vorstellungswerten zu trennen und das daraus resultierende Unvermögen, diesem Drängen nach einer neuen Freiheit auch sprachlich neuen Ausdruck zu verleihen.

Onkel Onkel

Dieses am 3. März 1958 an den Bühnen der Stadt Köln uraufgeführte »Spiel in vier Akten« ist bis heute für Zuschauer und Leser gleichermaßen ein Puzzle, ein Bilderbogen ohne erkennbare Linie, ein Wegweiser voller Irrwege geblieben. Selbst Joachim Kaiser hat dem Stück keine sinnvolle Deutung abgewinnen können; er zieht es vor, an ihrer Stelle von »herrlichen Spielenergien« zu sprechen. Nicht einmal was den vordergründigen Handlungsablauf betrifft, scheint unumstritten. (Scheitert Bollin denn wirklich, wie Kaiser meint, »jedesmal an Kindern« – auch im dritten Akt, wo weder ein Kind auftritt noch von Kindern überhaupt die Rede ist?) Da ist denn Behutsamkeit bei der Auslegung des Stückes ganz besonders geboten. Ohne Schlagwörter wie »absurdes Theater« zu bemühen, sollte der Versuch unternommen werden, unter der Berücksichtigung der Grass'schen Sprach- und Bildtheorie eine Aussagelogik nachzuweisen, die dem Stück selbst eigen bleibt. Dabei wird man gut tun, auch scheinbare Selbstverständlichkeiten darzulegen, soweit sie für das Grundkonzept des Spiels von Bedeutung sind. Es hat sich gezeigt, daß *Onkel Onkel* auch für die Kritiker keinen gemeinsamen Ausgangspunkt ihrer Deutungen und Bewertungen gefunden hat.

Beginnen wir mit dem Titel. Von Anfang an steht die Bezeichnung »Onkel« in unmittelbarem Bezug zu Gegenständen, zu »Dingern«. Nicht nur die Kinder Sprotte und Jannemann singen ihren Refrain: »Onkel, Onkel haste nich'n Ding.« Auch Bollin bestätigt im ersten Akt gegenüber Frau Domke, daß er seinen wichtigsten Besitz von einem Onkel erhalten hat.

Frau Domke	*Sind Sie Waise?*
Bollin	*Einen Onkel gibt es noch irgendwo. Von dem hab ich die Uhr und den Füller.*
Frau Domke	*Gewiß ein kostbares Stück.*

Bollin, der unter der Bezeichnung »Systematiker« auftritt, erklärt ferner, daß er sich durch seinen Onkel Max der Serienproduktion und dem systematischen Mord verpflichtet fühlt. Er setzt dessen Lebensstil und gesellschaftliche Beziehungen fort. Bollin ist also nicht nur den Kindern gegenüber ein »Onkel«, sondern bezieht sich selber fortwährend auf seinen eigenen »Onkel«, dem er seinen persönlichen Besitz und die sich daraus ergebende Lebensweise verdankt. Es geht mithin um die Kontinuität eines Systems, nicht um einen »Onkel«, sondern um die Fortsetzung eines Besitzsystems. Das ist die eigentliche Bedeutung des Titels *Onkel Onkel.*

Der ständige Bezug Bollins auf seinen Onkel erweist sich von großer Bedeutung für die Struktur des Stückes. Im zweiten Akt belehrt Bollin den Förster: »Sie gehorchen Ihren Gesetzen, ich folge meinem Gesetz.« Was mit seinem Gesetz gemeint ist, erläutert der Nachsatz: »Wie sagte mein Onkel Max: Jeder tritt ab, wie er angetreten ist.« Diese Bemerkung wird auch vom Spiel zum Prinzip erhoben: Bollin tritt an als Kindermörder, er tritt ab als Mordopfer von Kindern. Er endet seinem eigenen und seines Onkels Gesetz zufolge. Der Mord aber ereignet sich aus Besitzsucht, aus dem spielhaft-gefährlichen Drängen der Kinder nach einem »Ding«. Wobei zu bemerken ist, daß die Mordwaffe bereits zu Beginn des Stückes von Frau Domke als »Ding« bezeichnet wird:

Frau Domke	*Sie haben Ihr Dings da liegen lassen, auf dem Nachttischchen.*
Bollin	geht auf Zehenspitzen zum Nachttisch, steckt den Revolver und Pinkie ein ...

So früh erweist sich der Besitz als mörderisch. Der schwarze Humor besteht dabei zusehends darin, daß von allen beteiligten Personen die Gefährlichkeit solcher »Dinger« in haarsträubender Weise spielerisch ignoriert wird. Es scheint eine geheime Verschwörung zu geben, diese Gefahr einfach nicht zur Kenntnis zu nehmen. Das beweist auch das intime Einverständnis zwischen der Mutter der gefährdeten Sophie und dem Kindermörder Bollin. Nachdem Frau Domke ihren Gast auf den zurückgelassenen Revolver auf dem Nachttisch ihrer Tochter aufmerksam gemacht hat, lautet die Szenenanweisung: *»Sie lachen gedämpft und geben sich kleine vertrauliche Stöße.«*

Das Vorspiel zum ersten Akt zeigt deutlich, unter welchem Zeichen sich die Handlung dieses Stückes vollziehen wird. Die Kinder Sprotte und Jannemann versuchen, Bollin die Uhr oder den Füller abzunehmen. Beide hat Bollin von seinem Onkel in Besitz genommen. Das »Ding« erweist sich als Besitz, der Identität, auch im Theaterspiel, verleiht. Die Bedeutung der Gegenstände für Bollin macht das Stück selbst deutlich; sie dienen zur Charakterisierung der Gestalt: mit dem Füllfederhalter macht Bollin seine Notizen und füllt damit die im Verlaufe des Spiels immer stärker werdenden Akten, die Uhr dient ihm zur Belegung wichtiger Daten und Verabredungen, durch ihren Verlust wird er im letzten Akt die Vereinbarung mit Erwin nicht halten können. Der Revolver schließlich, der gleichfalls als »Ding« ausgewiesen wird, charakterisiert Bollin als Mörder.

Jetzt kann aus der Spielverbindung zwischen diesen Gegenständen und den Kindern eine neue, wesentliche Einsicht abgeleitet werden. Da Bollin sich zunächst nur als Kindermörder versteht, will er als Systematiker sichergehen, daß sein ausgewähltes Opfer, das kranke Mädchen Sophie, auch tatsächlich noch als Kind zu bezeichnen ist. Er tut das mit der ihm eigenen komisch-bedrohlichen Direktheit.

Bollin *Wie alt? Vierzehn, vierzehneinhalb? Menstruation, wenn überhaupt schon, dann seit wann?*

Sophie *... Beinahe sechzehn bin ich. – Und auf die zweite Frage muß ich wohl nicht antworten.*

Bollin *Erübrigt sich. Hm. So grad an der Grenze. Also im Zweifelsfall Augenschein nehmen und die Details befragen.* Er reißt die Bettdecke zurück.

Sophie *Ich friere!*

Bollin *Da haben wir es. Läßt sich noch verantworten. Zwar schon altersmäßig außerhalb, aber die Puppe beweist ...*

Sophie	*Wirklich, mich friert.* Bollin läßt die Decke fallen und hält die Puppe.
Bollin	*... daß das Puppenalter in einigen Fällen ... Hast du die immer unter der Decke?*

Diese Puppe mit dem Namen »Pinkie« spielt im weiteren Verlauf des Stücks eine wichtige Rolle. Am Ende dieses Aktes nimmt Bollin, der verhinderte Kindermörder, nicht nur seinen Revolver – »das Dings« – vom Nachttisch des Mädchens, sondern gleichzeitig auch die Puppe »Pinkie«. Die gegenständliche Beziehung zwischen Revolver und Puppe wird im Vorspiel zum zweiten Akt noch verstärkt. Ausdrücklich heißt es dort in der Szenenanweisung: *»Bollin hält die Puppe Pinkie auf dem Schoß und spielt mit ihr.«* In dem folgenden Monolog zeigt und verwirklicht Bollin seine Identität im Umgang mit der Puppe. Die verschiedenen Mordübungen, die er vor dem Vorhang an der Puppe begeht, führen auch dramaturgisch zu einem Spiel im Spiel. Bollin imitiert nicht nur »die Stimme eines Offiziers«, der ihn seines guten Gebrauches der Schußwaffe wegen lobt, er inszeniert mit der Puppe, die er als gleichwertigen Gesprächspartner betrachtet, Variationen des Mordes. Diese Vorspielszene gilt es mit der Schlußszene des Stückes zu vergleichen, in der die Kinder, die aus Besitzsucht zu Mördern geworden sind, den Revolver wie einst Bollin die Puppe Pinkie an die Wand pinnen. Das heißt: die Umkehrung, aber auch die systematisch-mörderische Fortsetzung der Besitztumsentwicklung hat stattgefunden. Jetzt schießt Bollin nicht auf die Puppe, sondern »Pinkie« pinnt den Revolver an die Wand. Freilich muß spätestens zu diesem Zeitpunkt die Bedeutung der Puppe als charakteristisch Grass'scher Bildgegenstand erkannt werden. Sie verkörpert den Fetisch des Besitzes, eines mörderischen Eigentums, der in Wahrheit gestohlen ist.

Bezeichnend ist schon der Sprachgebrauch der Kinder und Bollins. Für Sprotte und Jannemann sind alle Gegenstände, die sich im Besitz eines anderen befinden, grundsätzlich ein »Ding«. Bollin hingegen besteht durchweg auf eine differenzierte Bezeichnung seiner Besitzgegenstände. Der vierte Akt beginnt ja geradezu mit einer Definitionsdebatte zwischen Bollin und den Kindern. Auf die refrainartig wiederkehrende Frage: »Onkel, haste nich'n Ding?« erwidert Bollin verärgert: »Was denn, was denn!«, woraus sich folgender Dialog entwickelt:

Sprotte — *Na'n Ding!*
Bollin — *Was für'n Ding denn?*
Sprotte — *Irgend so eins, ganz egal, was.*
Jannemann — *Weißte denn nicht, was'n Ding is?*

Bollin weiß es nicht, einstweilen jedenfalls noch nicht. Es hört sich wie ein Streitgespräch an, wenn er auf die Bezeichnung der Kinder »so'n rundes Ding« antwortet: »Das war meine Uhr.« Unerschüttert bestätigt ihm Jannemann darauf: »Wovon reden wir denn die ganze Zeit. Hab doch gesagt, daß es so'n Ding is.« Bollin kann das nicht auf sich sitzen lassen und korrigiert: »Hört mal zu, das ist nicht irgend so ein Ding, das ist eine richtige Uhr.« Ähnlich entwickeln sich die späteren Auseinandersetzungen, bei denen es um die Rückgabe der ihm abgenommenen Gegenstände geht.

Bollin — *Wo ist meine Uhr?*
Jannemann — *Ham wir nich mehr, das Ding.*

Oder:

Bollin — *Wo habt ihr denn die Uhr, Kinder?*
Jannemann — *Das Ding meint er.*

Als Bollin von den Kindern erfahren will, wie spät es ist, fordern sie: »Erst so'n Ding. Da oben, das schwarze.« Bollin ist entsetzt: »Das? Soweit kommt es noch! Das ist mein Füllfederhalter, den hat mir mein Onkel Max. Den brauch ich.« Die Auseinandersetzung um die Bezeichnung des Besitztums geht also weiter. Endlich entdecken die Kinder auch Bollins Revolver. Für sie ist er wiederum nur ein »ganz schweres Ding« oder »irgend so'n Ding«.

Jannemann — *Was is das für'n Ding?*
Bollin — *Ein Revolver.*
. . . .
Jannemann — *Naja, hab ich mir gleich gedacht, entweder isses 'n Revolver oder irgend so'n anderes Ding.*

Beide Kinder behalten zunächst diese Bezeichnung auch für den Revolver bei. Dann aber, als Bollin merkt, daß die Kinder ihn, willentlich oder unwillentlich, zu erschießen drohen, wechselt auch der Sprachgebrauch. Mit dem Rollentausch erfolgt ein Tausch der besitzanzeigenden Terminologie. Der Spieldialog akzentuiert absichtsvoll diesen Wechsel.

Bollin *Seid ihr verrückt, das Ding runter, los, nehmt das Ding runter, runter, sag ich, runter!*
Sprotte *Siehste, jetzt sagt er auch Ding. Und vorhin wollt er uns weismachen, das ist 'n Revolver.*
Sie schießt, Bollin stürzt zu Boden.

Unüberhörbar bedient sich Bollin angesichts seiner Verwandlung von einem Mörder in ein Mordopfer eines veränderten, den Kindern angeglichenen Vokabulars. Dem ist die spätere Reaktion der Kinder entgegenzuhalten:

Sprotte *Und was machen wir mit dem Ding?*
Jannemann *Das is 'n Revolver. Haste nich jehört?*

Entsprechend verwandelt sich also auch die Sprache der Kinder, die sich aus der Rolle der intendierten Opfer des Kindermörders Bollin in die der Besitz- und Eigentumsmörder begeben. Grass zeichnet die Kontinuität dieses Prozesses im Kontext des Generationenkonflikts. Kein Wunder also, daß Sprotte und Jannemann angesichts ihrer Tat nichts Eiligeres zu tun haben, als sich zur ihnen übergeordneten Generation zu mausern: sie wollen heiraten. Bezeichnend daran ist, daß einer solchen Spielheirat eine Vergewaltigung vorangehen soll. Damit wird ein weiteres Mal darauf hingewiesen, daß das gesellschaftliche System des bürgerlichen Kapitalismus in seiner Besitztumsverteilung auf Gewalt beruht. Lapidar wird am Ende des Stükkes von den Kindern die Logik des gesellschaftlichen Status quo mit der eigentlich eher Eltern eigentümlichen Auskunft dargelegt:

Jannemann *Warum?*
Sprotte *Weil das so ist.*

Bei aller gebotenen Vorsicht einer Interpretation dieses Theaterstücks kann jedenfalls nicht übersehen werden, daß es um eine wie auch immer vom Autor gemeinte Demonstration des Satzes geht: Eigentum ist Diebstahl. Erst von hier aus gewinnen die wiederholten Ansprüche der Kinder auf eigenen Besitz, so absurd sie zunächst erscheinen mögen, ihren tieferen Sinn. Sprotte und Jannemann verstehen das gesellschaftliche Spiel der Erwachsenen sehr gut, bei dem die Machtverhältnisse durch ein gegenseitiges Ausspielen von Besitztum bestimmt werden. So hat das Mädchen Sprotte den raffinierten Einfall, den Kies der Baustelle, auf der sie sich mit Bollin treffen, als ihr Eigentum auszugeben. Wie sie in diesen Besitz gekommen sind, braucht sie Bollin nicht näher zu erläutern, schließlich lassen sich auch seine Besitztümer rechtmäßig nicht näher belegen. Die Kinder nutzen den von ihnen in Anspruch genommenen Kies als Angriffsmöglichkeit gegen Bollin, als Drohung und Waffe im Kampf um dessen wertvolle Gegenstände.

Sprotte *Onkel, was machste eigentlich hier auf'm Kies?*
Der gehört uns, weißte das nich?
Bollin *Hör ich zum ersten Mal. Und jetzt die Uhr wieder her!*
Sprotte *Hier darfste eigentlich nich stehn ohne Erlaubnis.*
Bollin *Na, wird's bald?*
Sprotte *Das ist nämlich unser Kies.*

Die Verbindung zwischen den Eigentumsansprüchen der Kinder und ihre auf ihn bezogenen Besitztumsvorstellungen stellt Bollin, wieder allein gelassen, in einem mißmutigen Selbstgespräch her. Über die von den Kindern gestohlene Uhr erklärt er zunächst: »Man hängt doch dran, Onkel Max seine.« In dieser Äußerung deutet Bollin selbst auf die Uhr als Eigentum seines Onkels hin, wobei zu bedenken ist, daß dieser Onkel ja noch lebt und nirgends klargestellt wird, auf welche Weise Bollin tatsächlich in den Besitz dieser und anderer ursprünglich seinem Onkel gehöriger Gegenstände und Wertsachen gekommen ist. Im unmittelbaren Anschluß an diese Einsicht in die systematische Eigentumskontinuität scheint Bollin die Absurdität der Besitzansprüche überhaupt zu erkennen. »Was die Gören sich einbilden?« sinniert er. »Unser Kies! Das ist unser Kies!« Und die Bedeutung des »Dings« als Zeichen des Besitzes unterstreichend, fährt er kurz darauf fort: »Ding, Ding, haste nich. Was die sich unter einem Ding vorstellen.« Er merkt nicht nur, wie die Kinder ihren willkürlichen Anspruch gegen seine Eigentumsvorstellungen ausspielen, sondern ahnt darüber hinaus erstmals die Verbindung zwischen Eigentum und Diebstahl.

Wir haben wiederholt auf die gebotene Vorsicht bei der Auslegung dieses Theaterstücks von Günter Grass hingewiesen. Unbestreitbar scheint uns jedoch, was der Text selbst immer wieder deutlich macht: die thematische Auseinandersetzung mit Eigentum, Gewalt und Diebstahl. Dabei erinnern wir noch einmal daran, daß es nötig sein wird, die Intentionen des Autors bei der Behandlung dieses Themas mit zu berücksichtigen. Es wäre sicherlich unzulässig, aus der bloßen Tatsache, daß Grass die These »Eigentum ist Diebstahl« bildlich inszeniert, die Schlußfolgerung zu ziehen, er selber sei der gleichen Meinung. Grass ist kein Brecht. Er hat, wie seine werktheoretischen Schriften, seine Romane, Lyrik und publizistische Tätigkeit beweisen, andere Mittel, die eigene politische Überzeugung darzustellen. Freilich: was *Onkel Onkel* den Zugang zur Bühne verwehrt oder erschwert, ist nicht zuletzt der Umstand, daß sich dieses Spiel wie eine politische Parabel gibt, dann aber dem an Brecht mehr oder minder geschulten Publikum ein Lehrstück vorführt, dessen Lehre der Autor allzu frivol und darum (?) unglaubwürdig zu formulieren scheint. Da werden Beckett und Ionesco zur willkommenen Ausflucht ins »Absurde«. Ohne die werktheoretische Einsicht in Grass' Prinzipien der Bildlogik muß dieses Stück zu Fehlinterpretationen führen. Es ist kein Zufall, daß die überwiegende Mehrheit der Kritiker in der Gestalt des Bollin »eine Darstellung des Dichters selbst« zu erkennen vermag. In solcher Deutung drückt sich das Suchen nach dem »verbindlichen« Standort des Autors am deutlichsten aus. Überspitzt formuliert, wird in diesem Spiel viel gelacht, ohne daß der Lacher sicher sein kann, daß er über das gleiche lacht wie der Autor. Da regt sich der leise Verdacht, daß der Autor vielleicht auch über das lachende Publikum noch lacht.

Wichtig scheint die Erkenntnis, daß Bollin mit der Puppe, die wie angedeutet als Eigentumsfetisch wirkt, sich selber spielt. Er verwirklicht sich, fast möchte man sagen: offenbart sich im Umgang mit dieser Puppe. Die Bedeutung der Puppe als Ausdruck der Grass'schen Bildlogik ist bereits wiederholt dargelegt worden. Die sich aus dem *Ballerina*-Aufsatz ergebende Verbindung zwischen ästhetischer Werktheorie und gesellschaftspolitischer Wirklichkeit (Puppe als Warenfetisch) bestätigt die von Grass immer wieder betonte Zusammengehörigkeit seines schriftstellerischen Werkes und seiner politischen Parteiergreifung. Dabei gilt es zu bedenken, daß die Puppe als Bild der Verdinglichung eine künstlerische und gesellschaftliche Wesensform repräsentiert. Als spielerisches Formprinzip einer inszenierten Bilderfolge ist sie in allen Gestalten dieses Theaterstückes, insbesondere aber in den Kindern Sprotte und Jannemann wiederzuerkennen. Wenn Joachim Kaiser beispielsweise über die Rolle des Bollin klagt: »er ist nur eine Hilfskonstruktion, weder durchschaubar noch komisch, weder dämonisch noch gehetzt, weder wirklich ›systematisch‹ noch sonst irgendwie zu begreifen«, so verrät er damit Erwartungen einer Charakterrolle, die von Grass zu keiner Zeit angestrebt wurde. Was in seiner Kritik wohl als negatives Urteil zu gelten hat, erweist sich in der Tat als eine tiefere und gültigere Einsicht in das Wesen dieser (und anderer) Gestalten des Grass'schen Theaters: er bezeichnet Bollin »als Lackmus-Papier«, als eine Figur, die »die Reaktionen anderer sichtbar« macht. Damit ist er einem Verständnis der Bildpuppenrolle bei Günter Grass erheblich näher gerückt. Die Kinder Sprotte und Jannemann erinnern äußerst stark an die Rattenmasken Perle und Strich aus dem vorangegangenen Stück *Hochwasser.* Auch diese Ratten waren Bildmasken, die ein Bildtheater inszenierten. Wir haben die Herkunft des Rattenbildes aus der Grass'schen Lyrik abzuleiten vermocht. Nicht herkömmliche Charaktere also, sondern Bilder, die sich dem Prinzip der werktheoretischen Bildbeschreibung *Die Ballerina* entsprechend zusammensetzen und verhalten, tragen theatralische Masken. In diesem Sinne kann von einer lyrischen Bildinszenierung gesprochen werden, soweit dabei nur auf die besondere Grass'sche Lyrik Bezug genommen wird.

Erst aus solcher Sicht gewinnt die Tatsache, daß der Systematiker Bollin mit einer Puppe *spielt,* ihre intendierte Bedeutung. Das Theater, das Bollin ständig spielt (das Verhältnis Verbrecher – Opfer), ist in Wahrheit die Inszenierung jenes gesellschaftlichen Systems, in dem er lebt und um deretwillen er allein die Bezeichnung »Systematiker« verdient. Bollin demonstriert durch sein eigenes Verhalten die Eigentumsvorstellungen eines gesellschaftspolitischen Systems. In diesem Spiel sind alle Puppen, die dem Fetisch der Ware, des Besitztums verfallen sind. Eben diese Sucht nach Eigentum ist die Epidemie, von der Sophies Mutter berichtet. Die »Grippe« ihrer Tochter ist eine Bildverpuppung der ansteckenden Krankheit des Warenfetischismus. Das Zusammentreffen von Bollin und Sophie ist zugleich ein Ineinandergreifen zweier Spiele: während das Mädchen seine Krankheit zum Enträtseln eines Systems veranlaßt (dargelegt durch die Bildverpuppung des Kreuzworträtsels, dessen Fragen sich unübersehbar auf die eigene Situation beziehen), spielt ihr Bollin das mörderische System mit gleicher Verfallenheit vor (vgl. seine Selbstdarstellung: »Diese Manie, mit offenen Karten spielen zu wollen.«). So begegnen sich in dieser Szene das System der Krankheit und das System des Mordes, an denen gleichermaßen herumgerätselt wird. Die Grippe als Kränkeln am wirtschafts- und gesellschaftspolitischen Status quo (vgl. den Schlußdialog des Stückes: »Warum? – Weil das so ist.«) wird nicht nur durch den wiederholten Hinweis auf »eine wahre Epidemie« gedeutet, diese Auslegung wird bestärkt durch den Bericht der Frau Domke über Herrn Wanka, einen kräftigen Arbeiter, der sich ebenfalls von dieser Krankheit anstecken ließ:

Frau Domke *Und was hat er? – Die Grippe. Und wie hat er sie sich geholt? – Auf einer Betriebsversammlung. Sie sehen, auch die kräftigsten Männer sind anfällig. – Hier, Kind, dein Rätselheft.*

Deutlich wird hier die Verbindung zwischen dem Rätselraten und einem kranken System hergestellt. Wider Willen wird Bollin in Sophies Spiel des Kreuzworträtsels hineingezogen, bis er dem Mädchen selber wichtige Antworten mitteilen muß, die seine Identität und damit die Identität des Systems offenbaren sollten. Um so bedeutungsvoller wirkt Bollins Vorschlag: »Man sollte warten, bis es sich von selbst ergibt.« Obwohl das Kreuzworträtsel gelöst wird, kommt es zu keiner Entdeckung des systematischen Mörders oder des mörderischen Systems. Ein wesentliches Element des Grass'schen Humors liegt darin, wie diese nicht eben schwierige Erkenntnis von den Opfern immer wieder gutgläubig und naiv umgangen wird. Da lacht der Lacher über das Bild der eigenen Unvernunft.

Das Vorspiel zum zweiten Akt verdeutlicht, daß Bollin sowohl Mitläufer als auch Vollstrecker jenes Systems ist, das er als Mörderfigur repräsentiert. Bereits im vorangegangenen Akt hatte er über die Puppe als Besitzfetisch gesagt: »Nicht ohne Reiz. Dabei gehorsam. Könnte, konsequent betrieben, Arbeit und Ärger ersparen. Rubriken auf Materialien fußend: Zelluloid, Stoff, Holz, Gummi ...« Dem schließt sich dann in seinem erneuten Auftritt vor dem Vorhang der systematische Mordanschlag auf den Puppenbesitz an. Das Vorspiel zum zweiten Akt geht denn auch mit der nachdenklichen Erkenntnis Bollins zu Ende: »Schon bin ich zu alt, um mit Puppen zu spielen.« Das heißt: sein Hinwenden zur Natur muß als bewußte Absage an das wirtschaftspolitische System der Industriegesellschaft verstanden werden. Er wechselt die Szene seines Spiels, das Opfer seines systematischen Anschlags, wobei Bollin das Prinzip seines mörderischen Systems beibehält. So beginnt der neue Akt im logischen Anschluß an das Vorspiel wiederum mit einem Spiel im Spiel: Bollin imitiert sein potentielles Opfer: *Ich weiß von nichts! – Ich komme daher! – Ich denke an nichts Böses! – Komme daher, weiß von nichts und denke an etwas Angenehmes.* (Er nähert sich der Fallgrube.)

Das Thema der folgenden Szene ist das Verhältnis des kapitalistischen Bürgertums zur Natur. »Noch ist die Serie Fragment!« erklärt Bollin. Er weiß, daß sich Besitztumsverhältnisse und gesellschaftliche Konzeptionen auch auf den Bereich der Natur und – wie sich im dritten Akt erweisen wird – der Kunst auswirken. Durch den betrügerischen Kuckuckslockruf wirft Bollin den Köder seiner Zeichensprache aus und lockt auf diese Weise den Förster in die natürlich wirkende Grubenfalle. Diese doppelt falsche Nachahmung der Natur führt zur Gegenüberstellung des Attentäters und seines Opfers. Dabei ist bezeichnend, daß der Förster und Bollin Gegner sind, die sich kennen. Der Förster weiß sofort, in wessen Falle er gegangen ist. Der Dialog erweckt zusehends den Eindruck, daß wir es hier mit Partnern, wenn auch aus entgegengesetzten Lagern, zu tun haben. In mancher Hinsicht sind sich der Förster und Bollin nicht unähnlich. Beide machen sich Notizen, die den Hergang und Sinn des Attentats belegen sollen. Was aber soll die Gegenüberstellung dieser beiden Gestalten beinhalten?

Nun, Grass läßt sich seine Bildfiguren gegenseitig bestimmen. »Sie sind ein Idealist«, definiert der Förster die Identität Bollins, »ein unverbesserlicher Weltverbesserer, ein Revoluzzer, ein Umstürzler. Destruktiv und pessimistisch bis auf die Knochen. Ein Nihilist wie er im Buche steht ...« Bollin charakterisiert den Förster als einen »Ausbeuter«, einen »Leuteschinder«, der ihn um seinen »sauer verdienten Lohn bringen« möchte. Bedenkt man ferner, daß der Förster immer wieder von »meinen Arbeitern«, »meinen Bäumen« und »meinem Wald« spricht, so ist zunächst erneut die gesellschaftspolitische Sprache der Besitztumsvorstellungen auf beiden Seiten nicht zu überhören. Wobei der Förster die Rolle des Unternehmers, Bollin die des Arbeiters zu spielen scheint. Das kommerzielle Verhältnis zur Natur kommt am deutlichsten in folgendem Dialog zum Ausdruck:

Förster selbstgefällig: *Meine Kiefern kennen mich!*
Bollin *Real bleiben, Forschbach, wir wollen die Tatsachen doch nicht verkennen. Wer bezahlt Sie? Das Holz da oder die Forstverwaltung?*
Förster *Es haben mir beide ihren Lohn gegeben.*

Bollin	*Äh, keine blasse Ahunung von der Natur, – und das nennt sich Förster.*

Für beide erweist sich die Natur als Ware. Ihr Streitgespräch bezieht sich nurmehr auf das Wesen dieser Ware und ihr Verhältnis dazu. Der Förster nennt den Wald nicht nur sein Eigentum, im Unternehmerjargon der Eigentumsbesitzer erklärt er sogar mit jovialer Herzlichkeit: »Ein rechter Wald weiß seinen Hüter zu schützen.« Hier wird eine subtile Gleichsetzung von Besitzer und Hüter aufgestellt, die nicht nur sprachlich demagogisch ist. Bollin nennt eine solche Selbsteinschätzung denn auch »Förstergeschwätz«. Er bleibt auch im Bereiche der Natur ein komischer Attentäter, der durch seine eigene Konsequenz und Rücksichtslosigkeit das gesetzmäßige Handeln und die mörderischen Prinzipien *aller* Lebensbereiche offenbart. So bemerkt er Forschbach gegenüber: »Sie gehorchen Ihren Gesetzen, ich folge meinem Gesetz.« Dabei läßt er den Förster durch eine Fangfrage dessen Lebens- und Berufsprinzipien selbst charakterisieren:

Bollin	*Ich habe da vorhin ein Schild gesehen, da stand was drauf von verboten und so.*
Förster	*Das gilt nur für Spaziergänger und Beerensammler.*
Bollin	*Und Ihre Gesetze berücksichtigen Sonderfälle?*
Förster	*Alles Große, Bollin, ist und war immer Ausnahme.*
Bollin	*Na schön, ist ja nicht mein Wald!*

Hier wird erneut mit demagogischer Verlogenheit ein Konzept der Größe entworfen, das unmittelbar auf die eigenen Besitzverhältnisse übertragen wird. Die Ausnahme des Besitztums, die Sonderfälle der Bereicherung, die allein durch Ausbeutung des arbeitenden Menschen und der Natur möglich werden, gelten als Ausweis der Größe in der kapitalistischen Warengesellschaft. »Als Lackmus-Papier«, wie Joachim Kaiser es formuliert, macht Bollin die widersprüchlichen Gesetzmäßigkeiten gesellschaftlichen Verhaltens sichtbar. Es »sollte«, meint Bollin, »diese Inkonsequenz vermerkt werden«.

Wie sehr die Natur vom Förster (als ihren »Hüter«) zur Ware gestempelt wird, zeigt die Konfrontation mit den Kindern Jannemann und Sprotte. Als Forschbach sieht, daß sie zu jenen Beerensammlern gehören, für die seine restriktiven Gesetze geschaffen wurden, protestiert er noch im Angesicht des eigenen Todes: »Sie haben keinen Sammelschein ... Das regt mich auf und nimmt mir die Stimmung.« Er verteidigt einen Ordnungssinn, der noch den Tod als »Stimmung«

in die eigenen Besitztumsvorstellungen mit einreiht. Ohne seine Sonderrechte ist er keiner Empfindungen fähig. Die angebliche Naturidylle, sein sentimentales Verhältnis zum Forst (mithin zum Beruf) ist von seiner Zugehörigkeit zur herrschenden Besitzerklasse nicht zu trennen. Als die Kinder ihm von Wilddieberei und Brandstiftung in »seinem« Wald berichten, wird sein Leiden glaubhaft. Dabei ist zu bedenken, daß ihn die Nachricht vom Feuer im Forst erst nach seiner Aussage ereilt, er selber habe ein Sonderrecht, in diesem Wald ein Feuer zu entzünden. Darin läßt sich parabelartig das Verhältnis des Eigentümers und Unternehmers zu Streik und Revolution ablesen. Entsprechend müssen die Auseinandersetzungen über Kiefern und Fichten, mit denen der Förster die Stadtkinder über die wahren Verhältnisse in der Natur aufklären möchte, als ein Streit um die Terminologie der Produktionsgüter verstanden werden. Die Nadelbäume gelten als das allgemeine Bild der Ware (Förster: »So heißt die große Familie.«). Es geht jetzt um die Art der Warenverteilung, bildlich ausgedrückt: in welchen »Ländern« kommt die »Fichte« vor, wo ist die »Kiefer« heimisch? Grass bringt nach gewohnter Weise eine konsequent durchgeführte (und dadurch äußerst humorvolle) bildliche Verdinglichung dieser Diskussion. Die Waren allgemein, die »Kiefern« und »Fichten« insbesondere, »die Dings da« – wie jetzt auch Bollin definiert – lassen sich entweder »von unten« oder »von oben« erläutern. Das heißt: die Schilderung der Produktionsverhältnisse richtet sich nach dem jeweiligen Standpunkt, von dem sie ausgeht. Bildlich dargestellt wird diese Ausgangssituation durch die Position Forschbachs in der Grube und seiner späteren Befreiung. Mit der Flucht des Försters demonstriert Grass ganz nebenbei das Sprichwort: »Wer andern eine Grube gräbt, fällt selbst hinein.« Nur, daß richtiger gelten sollte: Grass bedient sich des Sprichwortbildes, um eine systemimmanente Darstellung der kapitalistischen Produktions- und Verteilungsverhältnisse mit ihren inneren Widersprüchen zu liefern. Deutlich spielt er im Rahmen seiner Bilddiskussion auf kollektiv höhere Entwicklungsstufen in Europa hin, womit offensichtlich die sozialistischen Länder gemeint sind. Freilich zeigt sich, daß in den gesellschaftlich höheren Regionen des Sozialismus andere Probleme herrschen. Die Ware und damit auch sein Produzent bleiben »klein«, sie können der besonderen »Witterungsverhältnisse« wegen nicht so wachsen wie im heimatlichen »Kiefernwald«. Diese zum Teil kritisch-satirische, immer aber politische Bildgestaltung liest sich dann so:

Förster	*Doch, in verwandter Form ... In höheren europäischen Gebirgsgegenden, nahe der Baumgrenze, wächst die Knieholzkiefer, auch Zwergkiefer, Legföhre oder Latsche genannt.*
Jannemann	*Zwergkiefer is doll!*
Sprotte	*Wieso denn Zwerg?*
Förster	*Nun, in jenen Regionen herrschen ganz andere Witterungsverhältnisse, da hält sich kein solch hoher, schlanker Baum. Deshalb ist die Knieholzkiefer?*
Sprotte	*Knieholzkiefer!* Sie nimmt den Jagdbeutel.
Förster	*Auch Zwergkiefer?* Er nimmt die Flinte.
Sprotte und Jannemann	*Zwergkiefer!*
Förster	*Legföhre oder Latsche?* Sie entfernen sich.
Sprotte und Jannemann	*Legföhre oder Latsche!*
Förster	*... klein geblieben und erscheint uns buschförmig und verkrüppelt.*

Erst wenn dieser Schulungsdialog zwischen dem Förster und den Kindern wie das gesamte Stück als Darstellung in bildlicher Zeichensprache eines systembezogenen gesellschaftlichen Rollenspiels gedeutet wird, gewinnt auch der diesem Spiel immanent verhaftete Humor seine wesentliche Rechtfertigung. Wo dies nicht berücksichtigt wird, besitzt der Humor des Stückes keine eigentliche Richtung. Der Lacher bleibt unsicher, worüber er lacht, die Kritiker sprechen von kabarettistischen Einfällen. Kaiser findet, daß gerade die »Witze ... verhindern, daß die Sache über berechenbare Effekte hinaus in Bewegung gerät und zum Kunststück zusammenschließt«. An ein derartiges Urteil kann man nur gelangen, wenn dem Spiel selbst ein wesenseigner, von Anfang an mitkonzipierter Humor abgesprochen wird und statt dessen vom Witz einzelner Dialoge, von der kabarettistischen Pointe als Einlage die Rede ist. Tatsächlich aber scheint uns der Humor ein ganz wesentlicher Bestandteil der Grass'schen Bildersprache zu sein, übrigens auch und gerade da, wo es ihm um ein ernstes Anliegen geht (vgl. die Selbstdarstellung des Autors als »Tagebuch einer Schnecke«). Die inszenierte Bildlogik seiner Theaterstücke führt die Komik seiner lyrischen Bildersprache nur deutlicher vor Augen. Auch in den Gedichten überrascht das Bild meist durch die Komik des Bezuges. Immer aber bleibt sie organischer Bestandteil des Ausdrucks, sie dient der Darstellung und Gestaltung und existiert nicht um ihrer selbst willen. Grass hat seine Bildersprache im Titelgedicht des ersten Lyrikbandes »Die Vorzüge der Windhühner« bezeichnet; diese imaginative Selbstdarstellung akzentuiert den Humor als wesentliche Komponente seiner sprachlichen Bildgestaltung.

Im Spiel *Onkel Onkel* erweisen sich die Bilder als verdinglichte Gedanken. Ihre Zeichensprache verselbständigt sich, der Verlauf der Handlung und die Darstellung der Personen werden ausschließlich von ihr bestimmt. So ergibt sich die Szenenbeschreibung des Vorspiels zum dritten Akt allein aus dem Dialog zwischen Bollin und dem Förster. Die verschlüsselten Zeichen Fichte, Zwergkiefer, Legföhre, Latsche, Nadelbäume aus dem vorangegangenen Schulungsgespräch, mit dessen Hilfe Forschbach und die Kinder den Mordabsichten Bollins entkommen können, werden im Vorspiel absichtsvoll wiederaufgenommen. »Bollin sitzt einem Weihnachtsbaum gegenüber.« Noch einmal sinnt er über die kommerzielle Ausbeutung der »Nadelbäume«. Seine Begegnung mit dem Förster nennt er jetzt »dokumentierte Inkonsequenz«, womit deutlich das gesellschaftsgebundene System der Warenverteilung gemeint ist. Bollin hat das mörderische Prinzip erkannt, das in der Natur eine auszubeutende Ware sieht. Als »Lackmus-Papier« hatte er das logische Ende einer solchen Besitzergreifung der Natur demonstrieren wollen. Aber Bollin kann das Ende eines Systems noch nicht herbeizitieren, er ist kein apokalyptischer Bote, kein rächender Erzengel. Bollin unterwirft Ordnungsstrukturen einer systematischen Untersuchung, entdeckt ihre selbstzerstörerischen Grundlagen und wird jeweils daran gehindert, das Wesen eines Systems zu vollstrecken. So bleiben seine Analysen stets »unabgeschlossene Serien«.

Unmißverständlich wird in Bollins Monolog erneut auf die Kommerzialisierung der Natur hingewiesen. »Tannenbäume?« fragt er verächtlich. »Warum nicht gar Weihnachtsmänner? Vor jedem Kaufhaus schwitzen zwei.« Er wendet sich gegen die kommerzielle Weihung des Baumes, das heißt gegen die Weihung der Ware. Mit seiner zerstörerischen Haltung will Bollin diese Weihung wieder entweihen. So lautet die Szenenanweisung für dieses Selbstgespräch: »*Schlägt die Silberspitze vom Baum.*« Kurz darauf heißt es: »*Schlägt eine Kugel nach der anderen kaputt*« usw. Schließlich nimmt er ein Beil und schlägt den Baum zu einem Stumpf. Wichtig ist, die bildliche Zeichensprache den Vorstellungen des Autors entsprechend gesellschaftspolitisch zu deuten und sie nicht als ästhetische Spielenergien abzutun. Das Vorspiel zum dritten Akt gibt eine deutliche Veranschaulichung jener politischen Dimension der Grass'schen Bildersprache, die sich erst aus der konsequenten Beibehaltung ihrer Zeichen, ihres Kodes, ihres Schlüssels erschließt. Bollins Überlegungen zum Doppelthema Natur *als* Ware und Natur *der* Ware drücken sich im Bild der försterlichen Schulungssprache wie folgt aus: »Doch wäre die Saison zu kurz. Beginnt zwar neuerdings im November, dennoch. Erlaubt keine vernünftige Planung. Käme prompt ins Improvisieren. Obgleich der Übergang vom Förster zu dieser Berufsgruppe. Also Selbstkritik: Hätten ja Förster sein und bleiben können. Hätte, nach dem Fall Forschbach, die Gegend wechseln sollen. Andere Bäume, andere Förster!« Unmißverständlich erklärt er seine systementlarvenden Absichten: »Wollte entförstern. Hat sich nun ausgeförstert.« In diesem Zusammenhang ist es denn auch kein Zufall, daß er gerade jetzt einen Anruf von Erwin erhält, jenem sich unermüdlich als Mitarbeiter anbietenden Akademiker, der eine »soziologische Abhandlung: Gruppenmord und Arbeitsmarkt« angefertigt hat.

Ging es bislang um Bollins systementlarvende Einbeziehung der Natur in die kapitalistische Konsumgesellschaft, so gestaltet der dritte Akt des Spiels das Verhältnis dieser Gesellschaft zur Kunst. Wie in den vorangegangenen Akten erweist sich der Auftritt Bollins als Spiel im Spiel. Hier lauten zwei kurz aufeinander folgende Szenenanweisungen: »*Mit hellem Schrei springt die Diva durch den papiernen Wandschirm. Blitzlicht. – Durch den zerrissenen Wandschirm tritt, sorgfältig gekleidet, links einen Blechkoffer tragend, Bollin auf.*« Das heißt: Bollin tritt im Auftritt der Diva auf, gleichsam durch das, was sie mit ihrem Auftritt hinterläßt. Wieder sind sich Bollins Opfer und er nicht unbekannt. Im Laufe des Aktes wird daran erinnert, wie konkret Bollin an der mörderischen Karriere der Diva mitgearbeitet hat. Aber sein Erscheinen bei der Sängerin wird von ihr selber viel allgemeiner, viel weitreichender gedeutet: »Alle die Großen«, schwelgt sie in Ehrfurcht, »die Krauskopf und der Höhmel, die unvergeßliche Graballi und der unsterbliche Patzek, alle, sie alle sahen ihn kommen ...« Daran ist weniger bedeutungsvoll die hier unbestritten kabarettistische Anspielung auf tatsächlich existierende Künstler, als die Auslegung Bollins als ein wesentlich zur Kunst gehöriges Phänomen, eine Erscheinung, die »alle die Großen« kommen sahen. Bollin, das »Lackmus-Papier«, offenbart durch sein Auftreten die Kommerzialisierung und das Ende der Kunst. Für ihn ist die im Bild inszenierte mörderische Schau, der Größenwahn und Konkurrenzneid »normal, durchaus normal«. Normal im Kontext eines darauf ausgerichteten Systems. Die Karrieresucht der Diva reicht in ihrer krankhaften Selbstüberschätzung über den Bereich der Kunst hinaus. Sie wird zum Bild einer mörderischen Leistungsgesellschaft, in der jeder ersetzbar ist und Erfolg auf dem Rücken anderer erreicht wird. In der verschlüsselten Bildersprache klingt das dann so:

Bollin *Vielleicht sollte man nur auf die innere Stimme hören und sich von der landläufigen Kritik nicht beeinflussen lassen.*
Diva *Das nenn ich ein Wort.*
Bollin *Aber schwer einzulösen bei unserer seit Jahren währenden Opernkrise.*
Diva *Ach was, Krise! Schauen Sie mich an. Wahre Leistung setzt sich durch. Und mir hat weiß Gott keiner was geschenkt.*
Bollin *Sooo? Alles aus eigener Kraft?*
Diva *Ganz unten hab ich anfangen müssen, bis mich Felsner entdeckte.*

Bollin erinnert sie daran, daß erst durch einen Mord an der Vorgängerin Edeltraut Probstfeld die Karriere der Diva Mimi Landella möglich wurde. Provozierend bemerkt er über sein Opfer: »Man hielt sie für unersetzbar.« Die Diva quittiert seinen Bericht mit der Erklärung: »Das war mein erster Erfolg.« Sie bedient sich während ihres gesamten Auftritts der Argumente und Sprache des wirtschaftlichen Erfolgstyps in unserer Gesellschaft. Sie tut das so konsequent und so intensiv, daß dies recht eigentlich zum Inhalt und Sinn ihres Auftritts wird. Ihr Auftritt *ist* der absolute Erfolgsanspruch. Durch die Gegenüberstellung mit der Prinzipkraft dieses »Systems«, durch den in ihrem Auftritt mitaufgetretenen mörderischen Systematiker Bollin wird die Mythologie der Karriere entlarvt. Wichtig an der Szene ist nicht das hysterische Gebaren einer Künstlerin, die kabarettistische Karikatur eines Menschentyps also, sondern der bekannte Ausspruch erfolgreicher Karrieregestalter innerhalb eines mörderischen Gesellschaftssystems: »Ganz unten habe ich anfangen müssen ...« Was die Diva »wahre Leistung« nennt, entsteht nur durch rücksichtslose Beseitigung der »Konkurrenz«. Unschwer ist in diesem Zusammenhang die »seit Jahren währende Opernkrise« als eine Systemkrise zu erkennen, die durch eben solches Konkurrenzdenken bedingt ist. Bezeichnend ist, daß der Vollstrecker des Systems sich nicht an der Wirklichkeit des Blutes, sondern am Make-up der Diva die Hände schmutzig macht.

Worüber sich die Diva am meisten erregt (und was sich als das eigentliche Thema des Aktes erweist), verdeutlicht ihr Einspruch Bollin gegenüber, der sie, gleichsam als Katalysator, mit dem Ausspruch »Ordnung will gelebt werden« zur bekenntnishaften Äußerung provoziert: »Nun, angenehm ist es nicht, mit irgend jemand auf eine Stufe gestellt zu werden.« Es scheint unmöglich, diese Erklärung nicht gesellschaftspolitisch zu deuten. Unter Bezug auf die dargelegte Fragwürdigkeit des Leistungskonzeptes erweisen sich jetzt auch moralische Werte als bloßes Make-up des Klassenkampfes. Die »inneren Werte« sollen zum Trost der Schlechtweggekommenen werden. Daß es sich auch im dritten Akt um das Verhältnis der Gesellschaft zur Ware – hier Kunst als Ware – handelt, deutet wiederholt der Rückbezug auf die terminologische Zeichensprache Forschbachs an. Immer wieder wird Bollins Versuch, der Diva seinerseits ein Schulungsgespräch anzubieten, durch deren Ungeduld und Selbsteingenommenheit vereitelt. Man verfolge diese systematischen Unterbrechungen in ihrem Dialog:

Bollin	*Die normale Kiefer hingegen ...*
Diva	*Übrigens, wie fanden Sie eigentlich zu uns? – ...*
Bollin	*Nadelbäume. Denn schauen Sie. Im Gegensatz zur Kiefer ...*
Diva	*Ich erinnere mich: Ihre Zeit mit den Förstern.*
Bollin	*... Weil ich den Übergang von der Kiefer zur Fichte ...*
Diva	*Gewiß. Doch nun müssen Sie erzählen, wie, wann und warum Sie den großen Sprung auf die Bühne wagten.*

Die Schlüsselsprache aus Bollins Umgang mit »Förstern« gelangt also zu erneutem, wenn auch erfolglosem Einsatz. Auffällig bleibt sein Interesse am »Übergang von der Kiefer zur Fichte«, – eine Zeichensetzung, die nur aus der Erinnerung an die »höheren europäischen Gebirgsgegenden«, an »Regionen«, in denen »ganz andere Witterungsverhältnisse« herrschen, ihren Sinn erhalten kann.

Um nicht an ihre Gleichstufigkeit mit anderen selbst noch als Mordopfer Bollins erinnert zu werden (es ereilte sie dann nurmehr das Geschick ihrer Vorgängerin), versucht die Diva eine andere, ihr gemäßere Gleichsetzung: sie will Bollin in einen Opernsänger verwandeln. Ihm jedoch sind die »Kenntnisse« seiner »systematischen Arbeit« wichtiger. Er ist dem Rätsel mörderischer Prinzipien auf der Spur, das ist seine Rolle: durch Selbstdarstellung die Gewalt der Zerstörung, aber auch die Ohnmacht einer von außen herangetragenen Kraft zu offenbaren. Was sich zerstört, ist immer nur das System. Der Verfall muß einer Gesellschaft, einem Ordnungsprinzip, einer Moralvorstellung immanent anheimgegeben sein. Nur dann entfaltet er sich in systemlogischer Folge. Bollin glaubt nicht an die Wandlungsfähigkeit des Systems. Darin ähnelt er dem Marxismus, der lehrt, daß der wesenseigene Widerspruch des Kapitalismus notwendigerweise zur Auflösung seiner Gesellschaftsform führen wird. Das Interessante an *Onkel Onkel* aber ist, daß Bollin als Indikator, Katalysator oder Lackmus-Papier das Verfallsstadium der Gesellschaft untersucht, letztlich aber an eben diesem eigenen System scheitert. Denn seine Opfer erweisen sich als widerstandsfähiger, in all ihrer Verlogenheit und Naivität – vielleicht gerade deswegen. Eigentlich ist Bollin der einzig konsequente Systematiker und als solcher, wie ihm der Förster vorhält, »ein Idealist«. Die Berufsgruppen und Lebensbereiche, deren tödliche Bedrohung er zu entblößen sucht, überleben immer wieder nicht trotz, sondern wegen ihrer inneren Widersprüchlichkeiten. Der angebliche Idealismus seiner Gegenspieler ist in Wahrheit ein kaum verdeckter egoistischer Pragmatismus, das trifft auf die Sentimentalitäten des Försters »seinen Bäumen« gegenüber genauso zu wie auf die keineswegs nur künstlerische Arroganz der Diva. Der Opportunismus der von Bollin ausgesuchten Opfer verkörpert sich am deutlichsten in den Kindern Sprotte und Jannemann. Wie die Ratten des Stückes *Hochwasser* wirken sie unverwüstlich. Der systematische Vollstrecker immanenter Widersprüche und Fragwürdigkeiten des gesellschaftlichen Lebens scheitert an der naiven Widerstandsfähigkeit seiner Repräsentanten. Damit, so scheint es, erteilt Grass der eilfertigen Selbstgerechtigkeit systematischer Systemvollstrecker eine deutliche Absage. Seine Abneigung gegen jegliche Form des systematischen Idealismus, mithin der Ideologie, hat er wiederholt deutlich gemacht. Es sei hier nur an seine leidenschaftliche Antipathie gegenüber Hegel, Marx, Heidegger und anderen »Systematiker« erinnert. Die folgenden Aufzeichnungen aus *dem Tagebuch einer Schnecke* lassen sich auch auf die Gestalt des Systematikers Bollin anwenden: »... auch Zweifel erdachte in seinem Keller Systeme, um sie zu widerlegen ... Und während noch Stomma die Fahrradspeiche singen ließ, hörte er Zweifel abschwören: ›Das Ganze ist Spekulation!‹ (Später schrieb er in sein Diarium: ›Es gibt kein System, weil es mehrere gibt ...‹).«

Und noch eine weitere Mitteilung jenes Tagebuchs kann uns helfen, Aufschluß über Sinn und Absicht des Theaterspiels *Onkel Onkel* zu gewinnen: »... Zweifel [gewann] seinen Gastgeber für ein System, das Zweifels Keller zum Mittelpunkt hatte und ›Kästchen-im-Kästchen-System‹ hieß. Kaum war Stomma gewonnen, widerlegte sein Gast den ›Keller an sich‹ und das aus ihm entwickelte System ... Danach machte er eine Notiz: ›Das Gehäuse aufsägen.‹«

Der Grass'sche Spielhumor demonstriert in *Onkel Onkel* die Verbindlichkeit weder des einen noch des anderen Systems; er »sägt« vielmehr »das Gehäuse« des Gesamtprinzips (im Roman ist es das Schneckengehäuse des Fortschritts) »auf«. Mit Gesamtprinzip kann im Theaterspiel nur die Gegenüberstellung widersprüchlicher Interessen in der Gesellschaft gemeint sein. Grass frohlockt, daß weder die Natur noch die Kunst sich den Wünschen radikaler Idealisten beugt, sie »möge sich dem System fügen ...« Auch die Gesellschaft läßt sich nicht radikal-systematisch verändern. (Grass scheint weniger die Möglichkeit einer solchen Veränderung in Frage zu stellen, als ihre Klugheit.) Sein Konzept der politischen Vernunft berechnet den Stillstand im Fortschritt ein. »Vor allen anderen Blumen«, bekennt er im *Tagebuch*, »gefällt mir die hellgraue, das ganze Jahr über blühende Skepsis. Ich bin nicht konsequent.« In der Kunst propagiert Grass eine »graue Muse«. Was damit gemeint ist, veranschaulicht am deutlichsten das Gedicht »Grau«, aus dem hier nur die folgenden Zeilen angeführt werden sollen:

In sich gemustert
und nur im Prinzip dagegen.
Wenn man Distanz gewinnt,
also von Kiel aus betrachtet,
wurde zumindest der eine Faktor,
wenn nicht auch dieser,
zum Teil übersehen.

Es handelt sich um Schattierungen
und ähnliche Werte.
. . . .
Unsere Krisen vergleichen sich gerne.
Denn der Proporz
verhindert und fördert fast alles.
. . . .
Denn niemand will hier recht behalten, –
allenfalls im Detail.

Die totale Systematik eines Bollin will recht behalten, nicht aber das Grass'sche Spiel mit der Absurdität solcher Ansprüche. Als Bildhauer weiß er, daß nur gegen Widerstand geformt werden kann. Wenn sein Spiel Mißstände, Fehleinschätzungen und Fragwürdigkeiten in der Gesellschaft offenlegt, so zeigt es auch die Erfolglosigkeit, sie durch absolute Systematik zu bekämpfen. Grass ist Pragmatiker, als Künstler und in seinen politischen Überzeugungen, ein »Revisionist«, der an die Stelle von »dogmatischen Verhärtungen« den »produktiven Zweifel« setzt. Auch das Spiel *Onkel Onkel* stellt Ansprüche in Frage, den Anspruch des Systematikers Bollin nicht minder als den seiner gesellschaftlichen Opfer. In mancher Hinsicht darf es als Gegenstück zum bislang letzten Roman *Aus dem Tagebuch einer Schnecke* verstanden werden: was dort als Rechtfertigung einer gesellschaftlichen Melancholie in Erscheinung tritt, ist hier noch eingekleidet in den entlarvenden Humor eines sprachbildlichen Spiels. In seinem Vortrag »Vom Stillstand im Fortschritt« erklärt Grass: »Es ist mir unmöglich, gesellschaftliche Zustände, die sich am einzelnen wie bei Gruppen nachweisen lassen, krank zu nennen, nur weil das utopische Prinzip Gesundheit, gleich, ob es sich aufs ›gesunde Volksempfinden‹ oder auf den ›sozialistischen Menschen‹ beruft, innerhalb seiner Ordnungen absolutes Melancholieverbot erläßt.« *Onkel Onkel* liegt eine Umkehrung dieses Satzes zugrunde, wobei an die Stelle von Melancholie jener Humor träte, der die gesellschaftlichen Krankheiten, den Widerstand, gegen den jede Veränderung zu formen wäre, mit in sein Zusammen-Spiel aufnimmt. Kein Zweifel: die gesellschaftlichen Zustände, die sich in diesem Spiel »am einzelnen wie bei Gruppen nachweisen lassen«, sind »krank«, doch das »utopische Prinzip« des Bollinschen Systems ist es nicht minder. *Onkel Onkel* analysiert mit Spielhumor eine Gesellschaft, die sich durch »Seminar-

Marxismus« oder andere Formen der akademischen Systematik nicht verändern läßt. Undenkbar, daß dieses Stück vom Wahlkämpfer Grass geschrieben worden wäre. In den fünfziger Jahren ließ sich solches Thema noch mit dem seiner Bildsprache immanent eigenen Humor spielerisch gestalten. In seinem »Stück« *Davor* aus dem Jahre 1969 werden die gesellschaftlichen Themen mit ganz anderen, pädagogisch ambitionierteren Mitteln behandelt. Dazwischen freilich liegt jenes »deutsche Trauerspiel«, das sich programmatisch mit dem Verhältnis der Ästhetik des Theaters und seiner gesellschaftspolitischen Wirksamkeit auseinandersetzt.

Noch zehn Minuten bis Buffalo

Es gilt, das Wesen der Grass'schen Einbildungskraft durch weitere werktheoretische Äußerungen des Autors ergänzend zu bestimmen. Zwei Jahre vor Erscheinen seines ersten Romans veröffentlicht Grass einen Aufsatz, der für die Untersuchung des Gesamtwerks grundsätzliche Bedeutung besitzt. Seine Ausführungen, die er unter dem Titel »Der Inhalt als Widerstand« zusammenfaßt, stehen unter dem deutlichen Einfluß der bildenden Künste. Obwohl sich ihre literarische Gültigkeit zunächst nur für die Lyrik und, wie der kritische Exkurs eines Szenendialogs andeutet, für das Theater erweisen soll, bleibt die Herkunft dieses Schriftstellers aus der Skulptur und Graphik für das Verständnis seiner literarischen Ausdrucksform in allen Gattungen von vorrangiger Bedeutung. Erst wenn erkannt worden ist, daß die Erfahrung des Bildhauers Grass, eine gegenständliche Selbstverwirklichung des Stoffes zu erzwingen, auch zur Grundlage seines literarischen Ausdrucks wird, läßt sich die Bildhaftigkeit seiner Sprache näher kennzeichnen. Grass gestaltet das sprachliche Bild als formalen Ausdruck, der sich selbst beinhaltet. Er unterscheidet zwei Arten des Inhalts: einen, dessen totalem Anspruch sich auch die Ausdrucksform unterwirft, und einen, der konkret dem Stoff selbst einverleibt ist. Einer vorkonzipierten Handlung, die es nur noch in eine sprachliche Form zu kleiden gilt, stellt er die sich zu bildlichem Inhalt dinghaft verselbständigende Sprache entgegen.

Die Grass'sche Einbildungskraft widersetzt sich einer in herkömmlicher Metaphorik vorgetäuschten Entsprechung von Gegenstand und Sprache. Diese Scheinkongruenz soll durch das gegenständliche Bild, das die Sprache beinhaltet, ersetzt werden. Grass nennt das gegen einen vorgefaßten Inhalt schreiben. An die Stelle eines metaphorischen Inhalts tritt das gegenständliche Sprachbild. »Der Inhalt«, erklärt Grass, »ist der unvermeidliche Widerstand, der Vorwand für die Form.« Wo sich der Inhalt in der Sprache selbst verbirgt, gleicht der Schriftsteller dem Bildhauer: er legt die Form aus dem Stoff frei. Der Inhalt erweist sich als Widerstand und Vorwand für die Form. Auch in der Sprache kommt es zu einer Vergegenständlichung durch Widerstand. Das gegenständliche Bild der Sprache verwirklicht sich durch den Widerstand gegen einen vorkonzipierten Inhalt. Erst aus dem Widerstand gegen einen vorgefaßten Inhalt ergibt sich die gegenständliche Form des Grass'schen Sprachbilds.

Damit übernimmt das Bild die Funktion eines immanenten Inhalts. Zugleich bedeutet das eine Absage an jede historisch orientierte Erzählfolge. In der Lyrik wird die zeitliche Dimension von der Sprache kausal umfunktioniert und neu beinhaltet.

Als die Pause überwunden schien
kam Aurele mit dem Knochen.

beginnt das Gedicht »Musik im Freien«. Die folgende Strophe setzt entsprechend ein:

Als der gelbe Hund über die Wiese lief
verendete das Konzert.
Später fand man den Knochen nicht mehr.

Die Zeit verselbständigt sich als Zeichen. Signalhaft knüpft es Verbindungen einer nicht mehr historischen Logik.

Als gestern die Fliege starb
begriff ich ohne Kalender,
Oktober ...

heißt es im »Credo«. Die gleiche Verwandlung der Zeit in einen Prozeß bildhafter Entfaltung bezeugt das Gedicht »Streit«.

Vier Vögel stritten.
Als kein Blatt mehr am Baum war
kam Venus, verkleidet als Bleistift,
und hat den Herbst,
einen bald darauf fälligen Wechsel,
mit schöner Schrift unterschrieben.

Besonders in den frühen Gedichten (»Prophetenkost«, »Warnung«, »Vogelflug«) spielt diese inhaltliche Umgestaltung eine große Rolle. Am deutlichsten zeigt das Gedicht »Blechmusik«, das in seinen sechs Strophen immer wieder das »Damals« mit dem »Heute« vergleicht, wie diese zeitliche Bezugnahme der einen Bildlogik verpflichtet bleibt. Die dazugehörige kompakte Zeichnung veranschaulicht noch einmal die Aufhebung einer inhaltlichen Zeitfolge. Im Bild wird der Inhalt als Widerstand formal bewältigt. Das Grass'sche Sprachbild vergegenständlicht die Zeit.

Wo der Inhalt als Widerstand empfunden wird, gewinnt die formale Gestaltung den Charakter einer kritischen Demonstration. Tatsächlich handelt es sich bei den Grass'schen Sprachbildern um Darstellungen, die Erwartungen einer herkömmlichen Inhaltslogik bewußt verfremden. Sie wirken angesichts einer durch Inhalt verunmündigten Sprache kritisch gegenständlich. Ihre dinghafte Eigenständigkeit muß als gezielte Gegenposition verstanden werden. Einer dem vorbestimmten Inhalt verschriebenen Sprache wird durch sprachliche Gegenständlichkeit Widerstand geboten. Gegenstand und Widerstand bleiben im Grass'schen Sprachbild aufeinander bezogen. In seinem Aufsatz spricht Grass denn auch von »literarischen Attentätern«, die ihr »Formgefühl ... wie eine Bombe im Köfferchen« tragen. Die Form »bedarf nur des Zünders – nennen wir ihn Story, Fabel, roter Faden, Sujet oder auch Inhalt – um die Vorbereitungen für ein lange geplantes Attentat abzuschließen«. Die kritische Gegenposition des Sprachbilds sieht Grass als literarisches Attentat auf »jene Formverächter ..., welche den ganz dicken Inhalt am Busen wärmen und nichts außer ihrer Begeisterungsfähigkeit zu Tinte werden lassen«. Widerstand bietet er auch dem nur subjektiven und epigonenhaften »Metaphereldorado«, in dem Unterbewußtsein als Inhalt vorgetäuscht wird. Grass gibt der Sprache ihre Mündigkeit zurück. In dem deutlich argumentativen Titel seiner ersten Lyriksammlung *Die Vorzüge der Windhühner* kommt die kritische Funktion seiner Sprachbilder bereits zum Ausdruck. Unmißverständlich wird dort die Gegenposition zum metaphorischen Inhalt definiert. Er lobt die Windhühner seiner Phantasie, weil sie

nicht den Buchstaben nachlaufen, ...
Weil sie die Tür offen lassen,
der Schlüssel die Allegorie bleibt,
die dann und wann kräht.

Das Sprachbild beinhaltet sich selbst. Es widersetzt sich, »von epigonalen Traum- und Unterbewußtseinsräubern ausgeplündert zu werden«.

Im dritten Teil seines Aufsatzes, der den Titel »Der Phantasie gegenüber« trägt, betont Grass den kritischen Prozeß, der sich im Akt des Schreibens selbst abspielt. Die wichtigste Eigenschaft des verantwortungsvollen Dichters ist für ihn das Mißtrauen. Über das Anfertigen eines Gedichtes führt er aus: »Von Eiern, die als weich gekocht serviert wurden, überzeugt man sich am besten mit dem Löffel. Denn mit dem Frühstück beginnt das Mißtrauen. Und mit dem Mißtrauen stellt sich die Post ein. Warum sollte der Poet jetzt, kurz nach dem Frühstück, da ihm die ersten Inspirationen kommen, leichtgläubig werden? Hellwach sitzt er seiner Phantasie gegenüber und bedenkt alle ihm dargebotenen Sätze und Doppelpunkte mit mürrischem teelöffelhartem Abklopfen.« Der Löffel wird zum Bild des kritischen Werkzeugs. Hellwach und mißtrauisch soll das Ausgedrückte überprüft werden. Schreiben heißt Kritik an der eigenen Phantasie üben. Einfälle werden abgeklopft. Es gilt, der nurmehr subjektiven Einbildungskraft kritisch zu widerstehen. Was Inhalt ist, bestimmt zunächst die Phantasie. Eine unkritische Phantasie kann nur den falschen Inhalt entwerfen, mit dem Formverächter ihre Begeisterungsfähigkeit zu Papier bringen. Grass trennt ihn vom »echten Inhalt«, der widerspenstig, schneckenhaft empfindlich und detailliert ist. Das Formgefühl des Bildhauers gibt sich kund, wenn er erklärt, ein echter Inhalt sei »schwer aufzuspüren, zu binden«. Der echte Inhalt als Ausdruck einer kritischen Phantasie wird zum Widerstand für die Form. Er kann sie gleichsam korrigieren. Dazu muß der Inhalt jedoch bereits der nur subjektiven Phantasie widerstanden haben. Das Verhältnis zwischen Form und Inhalt wird zum Ausdruck eines kritischen Mißtrauens.

»Ein wahrer Poet muß eine solche und unentwegt wuchernde Menge Phantasie haben, daß er auf sie nicht mehr angewiesen ist.« Kritisches Schreiben bedeutet die Phantasie meistern, nicht von ihr bezwungen werden. Beim Grass'schen Sprachbild beinhaltet die Form den Ausdruck. Es wäre ein Mißverständnis, in der von ihm angestrebten Logik eines ausdrucksimmanenten Spannungsverhältnisses zwischen Inhalt und Form nurmehr die bildperspektivische Abwandlung einer geschichtlichen Wirklichkeit zu erkennen. Grass kennt keine vorgefaßte Aussage, die es sprachlich wiederzugeben gilt. Der

Inhalt seiner Werke ergibt sich erst durch sprachliche Vergegenständlichung. Überspitzt ausgedrückt ist ihr Inhalt die Sprache selbst. Eine gegenständliche Phantasie ist für Grass eine stoffbezogene. In seinem literarischen Werk wird die Sprache zum Gegenstand eines gestalterischen Ausdrucksverhältnisses zwischen Inhalt und Form.

»Form oder Formgefühl hat man, trägt es wie eine Bombe im Köfferchen, und es bedarf nur des Zünders – nennen wir ihn Story, Fabel, roter Faden, Sujet oder auch Inhalt – um die Vorbereitungen für ein lange geplantes Attentat abzuschließen und ein Feuerwerk zu zeigen, das sich in rechter Höhe, bei günstiger Witterung entfaltet; mit dem dazugehörigen Knall, einige Sekunden nachdem das Auge etwas zu sehen bekam. Denn – und alle Attentäter, auch jene literarischer Herkunft, mögen mir hier zustimmen – bleibt der Zünder oder der Inhalt zu lange im Köfferchen, wird voreilig, vorzeitig entschärft, ist das Verhältnis zwischen Bombe und Zündung unverhältnismäßig, kurz, wird mit Kanonen auf Spatzen oder mit Spritzpistolen auf Pottwale geschossen, lacht das noch zu benennende Surrogat der vormals so leicht zu belustigenden Götter.« In diesen werktheoretischen Äußerungen betont Grass wiederholte Male die Bedeutung jenes Verhältnisses zwischen Inhalt und Form, das dem sprachlichen Ausdruck immanent eigen sein muß, soll das literarische Attentat, das poetische Feuerwerk gelingen. Der sprachgegenständliche Bezug wird bestimmt durch *timing*. Grass' Bilder sind nicht Metaphern einer geschichtlichen Realität, sondern Sprache, deren formaler Inhalt sich im Bezug eigenständiger Gegenwärtigkeiten entfaltet. Wie beim Tanz entstehen Ausdrucksbezüge durch die formale Präsenz eines gegenständlichen Inhalts. An die Stelle eines geschichtlichen Ausdrucksprinzips tritt die Logik des sprachbildlichen *timing*. Für Grass besteht der Inhalt aus dem *timing* der Form.

Wenn der von der Skulptur und Graphik kommende Grass den Inhalt als »Vorwand für die Form« definiert, so gibt er der Form schon vom künstlerischen Temperament und eigenen Talent her den Vorrang. Er gestaltet das sprachliche Bild als formalen Ausdruck, der sich selbst beinhaltet und daher auch über eigene Bezüge verfügt. Der Inhalt ist ein dem Sprachstoff gegenständlich einverleibtes »Attentat«. Die folgenden Zeilen aus dem Gedicht »Der elfte Finger« veranschaulichen, wie sich ein solches Attentat aus dem sprachgegenständlichen Verhältnis zwischen Inhalt und Form, dem *timing* seiner sprachbildlichen Logik ergibt:

Er hat die Ziege gemelkt,
hat die Ziege der Uhr zugetrieben,
die Ziege hat sich gebückt.
Konnte sich bücken, konnte der Uhr,
hat der Uhr die Sohlen geleckt,
bis die Uhr kicherte, kicherte,
alle Minuten verlor,
alles, auch ihre Pausen gestand.

Geschichtsorientierte Inhaltserwartungen werden hier durch tänzerische Sprachbezüge zu einer formalen Präsenz gegenständlichen Inhalts aufgelöst. Keine metaphorische Scheinkongruenz zwischen einer historischen Wirklichkeit und deren sprachlicher Darstellung wird angestrebt. Das gegenständliche Bild, das die Sprache beinhaltet, entwickelt eine Logik des formalen *timing,* nicht des geschichtlichen Bezuges.

Den Mittelpunkt des Aufsatzes »Der Inhalt als Widerstand« bildet ein »mißtrauischer Dialog« zwischen den Poeten Pempelfort und Krudewil. Bezeichnend ist, daß sich Grass in seinen werktheoretischen Ausführungen der theatralischen Inszenierung bedient. Bereits in dem Essay *Die Ballerina* soll das Ballett Wesen und Funktion des Grass'schen Sprachbildes erläutern. Die Personen des »mißtrauischen Dialogs« tragen die gleichen Namen wie zwei Gestalten des frühen Spiels *Noch zehn Minuten bis Buffalo.* Dort treten Krudewil und Pempelfort als Lokomotivführer und Heizer auf. Auch die Szenerie ist im Einakter die gleiche wie im eingeschalteten Dialog des werktheoretischen Essays. Dort lautet die Anweisung: *»Grüne Landschaft und Kühe im Hintergrund«,* hier heißt es: *»Die Poeten Pempelfort und Krudewil wandeln auf einer blumenreichen Wiese.«* Krudewil und Pempelfort erweisen sich auch in ihrer vorgetäuschten Identität von Lokomotivführer und Heizer als Poeten. Ihre Lokomotive ist laut Szenenanweisung alt, verrostet und bewachsen. Sie ist theatralische Kulisse, Bild. Obwohl sie nicht mehr fahren kann, »blicken« Krudewil und Pempelfort »in Fahrtrichtung und täuschen große Geschwindigkeit vor«. Daß es auch in diesem Theaterspiel um eine werktheoretische Demonstration des Grass'schen Sprachbildes geht, verdeutlicht die Szenenbeschreibung: *»Links im Vordergrund sitzt der Maler Kotschenreuther vor seiner Staffelei mit Bild«.* Das Stück beginnt mit der beziehungsreichen Bemerkung: »Das soll wohl 'n Schiff werden.«

Die Frage gilt dem Maler, von dem der »ländlich gekleidete« Axel meint, er beabsichtige die Kühe zu malen, nun aber feststellen muß, daß der Künstler ein ganz anderes Bild anfertigt: »Eine Fregatte«. In seinem Spiel zeigt Grass die Poeten Krudewil und Pempelfort auf der Flucht vor ihrer Muse, einer Dame, die den Namen Fregatte trägt. Sie ist eine Figur, der werktheoretisch die gleiche Bedeutung zukommt wie Diana oder der Ballerina. Als bildhafte Muse verkörpert sie das gegenständliche Sprachbild Grass'scher Prägung. Als Poeten singen Krudewil und Pempelfort drei Strophen ihres Lieblingsgedichts »Der Güterzug«. »Deklamierend« und »demonstrierend« fahren sie in diesem Gedicht durch die Landschaft. Sie werden jäh unterbrochen durch eine Frau, die vor ihnen auf den Schienen liegt. Es ist Fregatte, die gegenständliche Muse, der sie zu entkommen hofften. Die erste Frage, ob die auf den Schienen liegende Frau »hübsch ist«, bleibt unbeantwortet. Pempelfort ist sich nicht sicher: »Ich weiß nicht«, berichtet er, »ich hab nur von weitem ...«; Krudewil gibt ihm den Auftrag: »Sieh richtig nach und komm wieder.« Noch im bislang letzten Gedichtband *Ausgefragt* verspricht Grass seiner Muse: »Ich komm wieder.«

Fregattes Auftritt besteht im wesentlichen aus einer gleichsam ritualen Aufzählung ihrer einzelnen Segel. Die ihr unterstehenden Poeten befleißigen sich, das Inventar der beweglichen Muse »spielerisch« zu rezitieren. Dabei zeigt sich, daß es augenscheinlich sehr schwer ist, die Gegenständlichkeit der tänzerischen Muse im Gedächtnis festzuhalten. Deutlich verhält sich Fregatte ihrer Poetenmannschaft gegenüber wie beim Tanzunterricht. Sie »umkreist die beiden, pfeift« mit ihrer Bootsmannspfeife zu tänzerischen Stellungsübungen. Die Szenenanweisung gilt diesem Ballett einer gegenständlichen Muse. »*Pempelfort und Krudewil stehen sich gegenüber und nehmen Haltung an. Sie fassen sich ans rechte Ohr.* Und backbord! *Ans linke Ohr.* Und steuerbord – backbord – und steuerbord – und Mittschiff – *Stirn gegen Stirn* – und achtern – Kehrt, *Hinterkopf gegen Hinterkopf.* Mittschiff und nochmals achtern – und achtern – und achtern! – Wie heißt eure Lokomotive? *Pempelfort und Krudewil:* Fregatte!« Deutlich haben wir es hier mit Einübungen einer gegenständlichen Beweglichkeit zu tun, bei denen die Muse die Funktion der Ballettmeisterin ausübt.

Im »Mißtrauischen Dialog« trägt Krudewil »einen kleinen Koffer und stochert mit einem Stock in den Maulwurfshügeln«, während sich Pempelfort bückt und »mit ausgemachtesten Bewegungen eine

Blume« pflückt. Zuvor hatte es geheißen, der Dichter trägt die Form »wie eine Bombe im Köfferchen«. Über das Verhältnis zwischen Form und Inhalt oder Bombe und Zündung war zu lesen gewesen: »bleibt der Zünder oder der Inhalt zu lange im Köfferchen, wird voreilig, vorzeitig entschärft, ist das Verhältnis ... unverhältnismäßig«. Krudewils »kleiner Koffer« und das »Köfferchen« der werktheoretischen Darlegung eines literarischen Attentats entsprechen einander. Im Dialog entnimmt der Poet Krudewil »seinem Handkoffer zwei große Knäuel graue Wolle und Stricknadeln«. Dazu erklärt er seinem Dichterfreund Pempelfort: »Wir wollen uns eine neue Muse stricken.« In beiden Fällen also trägt der Künstler das literarische Attentat einer neuen Muse mit sich im Köfferchen. Wobei zu beachten bleibt, daß sich die neue von der alten Muse durch ihre Form unterscheidet. Ihre »Masche« besteht darin, *grau, mißtrauisch* und *akurat* zu sein. Diese Eigenschaften lassen sich durch anderweitige Sinngebungen im Werk näher bestimmen. Über *grau* ist beispielsweise im Gedicht *Ja* zu lesen:

Grau ist die Messe.
Denn zwischen Schwarz und Weiß,
immer verängstigt,
grämen sich Zwischentöne.

Auf eben diese »Zwischentöne« kommt es Grass in seiner neuen Muse an. Schreiben bedeutet ihm »das Ungenaue genau treffen« (»Schreiben«). *Grau* ist also nicht gleich Eintönigkeit, sondern im Gegenteil: nuancierte, *akurate* Erkenntnis und Gestaltung. Auch in der Politik bekennt sich Grass zum kompromißbereiten, geduldig-präzisen *Grau,* seiner Vision des stufenweisen Fortschritts. Grau ist alle Theorie, grau ist der Alltag: im literarischen Werk werden beide Elemente zum Prinzip sprachlicher Gestaltung. *Grau* ist das heilige Ritual einer Verherrlichung der gegenständlichen Muse, die »Messe« des ungläubigen Katholiken Grass. Die graue Messe zelebriert sein Glaube an den Zweifel. Im *Tagebuch einer Schnecke* mißt sich Zweifel als allegorische Hauptgestalt des Romans am Glauben an einen geschichtlichen Fortschritt. Dabei macht Grass wiederholte Male deutlich, daß es sich bei seiner Zweifelgestalt um eine fiktive Abwandlung des Kritikers Reich-Ranicki handelt. Kritik als Glaube am Zweifel: das ist auch die Bedeutung, die dem Grass'schen *Mißtrauen* zukommt. Es ist, wie sein Aufsatz bekräftigt, besonders »der Phantasie gegenüber« angemessen. Dieses kritische Mißtrauen muß als der eigentliche Widerstand des Inhalts erkannt werden. Löffel und Stock sind die kritischen Werkzeuge des gegenständlichen Poeten, den Grass in seinem Essay »Der Inhalt als Widerstand« vorstellt. Als der nur subjektive Begeisterung dichtende Pempelfort ungegenständliche Verse rezitiert, »schlägt« Krudewil »mit dem Stock um sich«. Als Poet, der seiner Phantasie gegenüber kritisch bleibt, erklärt er: »Stock ist Stock, sage ich. Und mit diesem oder einem anderen Knüppel stoße ich in die Maulwurfhügel. – Ich bin ein mißtrauischer Mensch.« Unüberhörbar und unmißverständlich handelt es sich hierbei um bekenntnishafte Äußerungen des Autors Günter Grass. An anderer Stelle des Aufsatzes heißt es, der Dichter sitzt seiner Phantasie hellwach gegenüber »und bedenkt alle ihm dargebotenen Sätze und Doppelpunkte mit mürrischem teelöffelhartem Abklopfen«. Was der in die poetischen Maulwurfshügel stochernde Knüppel oder Stock leistet, erfüllt entsprechend der Löffel, mit dem Gekochtes abgeschmeckt oder Frühstückseier abgeklopft werden. Grass entläßt seinen Leser mit einer Beschreibung der werktheoretischen Grundsituation, dem Bild des gestalterischen Prozesses selbst: »Gleich nach dem Frühstück, den Teelöffel noch in der Hand, mißtrauisch vor weißem Papier sitzend, wird er den Widerstand spüren, besonders wenn ihm etwas einfällt.«

Weil die alte Muse herkömmlicher Metaphorik und traditioneller Inhaltsvorstellungen abgelöst werden soll, bedarf es eines literarischen Attentats. Es besteht darin, daß die Kritik am bisherigen Bild und Inhalt zur kritischen Funktion des neuen widerständlich beinhalteten Sprachbilds führt. Über das *timing* dieses Attentats führt Grass in seinem Essay aus: »wird ... mit Spritzpistolen auf Pottwale geschossen, lacht das noch zu benennende Surrogat der vormals so leicht zu belustigenden Götter«. Die Unverhältnismäßigkeit der bildlichen Bezüge kann zu einem neu zu definierenden Humor beitragen. Im Spiel *Noch zehn Minuten bis Buffalo* jagen die Poeten Pempelfort und Krudewil gemeinsam mit ihrer Muse Fregatte einen Pottwal. Grass benutzt das klassische Melville-Motiv des *Moby Dick,* auf das sich der Maler Kotschenreuther bezeichnenderweise bereits in der ersten Szene des Stücks beruft. (»Nenn' es wie du willst, nur weiß muß es sein wie Moby Dick.«) Unmißverständlich ruft die Musengestalt Fregatte, als Pempelfort einen Wal sichtet: »Leesegel ein, Bramsegel laßt fallen! Hah, Moby Dick, deine Stunde ist da ...« Die Segellitanei, die Krudewil und Pempelfort als Ritual ihrer gegenständlichen Muse hersagen müssen, führt unmittelbar zum Ziel ihrer (phantastischen) Bewegung. Anders ausgedrückt: die Gegenständlichkeit, die Akuratesse im Aufzählen der Einzelheiten, die sich als wesentliche und unentbehrliche Bestandteile der Gesamtidentität erweisen, ermöglichen das Einholen des Bildes, den »großen Schlag«, den Fregatte dem Wal, die Muse der Literatur versetzen möchte. Der Maler Kotschenreuther erklärt dem Poeten Pempelfort einmal unwillig: »Stören Sie nicht, kommen Sie ein anderes Mal. Ich bin bei der Takelage.« Auch hier wird die Einzelheit des Bildes mit dem Arbeiten an der Takelage einer Musenfregatte gleichgesetzt. Ohne die vielen einzelnen Segeln wird sich das Musenschiff, das Musenbild nicht bewegen.

Als die poetischen Eisenbahner entdecken, daß sich jemand vor ihnen auf die Schienen gelegt hat, zieht Krudewil eine Pistole, um Pempelfort Rückendeckung zu geben. Über diese Pistole heißt es: »Hier, die habe ich damals mitgehen lassen. Was braucht ein Fregattenkapitän eine Pistole?« Es handelt sich um eine der Fregattenmuse gestohlene Pistole, und sie erweist sich mithin in verblüffender Logik als Wasser- oder Spritzpistole. Entsprechend den Ausführungen des werktheoretischen Aufsatzes sollte auch in dem Spiel *Noch zehn Minuten bis Buffalo* »mit Spritzpistolen auf Pottwale geschossen« werden. Tatsächlich ist das Thema des Stücks die Unverhältnismäßigkeit des Bezugs. Der Gegenstand (Lokomotive) wird zum Widerstand eines Bildes (Schiff). Aus dem »unverhältnismäßigen Verhältnis« zwischen Form und Inhalt entsteht ein neuer Humor, »das noch zu benennende Surrogat der vormals so leicht zu belustigenden Götter«.

Aber als Krudewil erkennen muß, daß sich Fregatte, die gegenständliche Muse ihres Handwerks, ihnen in den Weg stellt, gilt sein erstes Interesse dem Verstecken der ihr entwendeten Schußwaffe. »Die Pistole. Wohin damit? Hier, nein, da auch nicht, in den Tender oder aufs Dach. *Er klettert aufs Dach.* Hier in den Schornstein. *Er steckt die Pistole in den Schornstein.*« Immer ist die Grass'sche Musengestalt im Besitze einer ihr eigentümlichen Waffe, mit der die Gegenstände getroffen werden sollen. Bei Diana ist es der Pfeil und Bogen, hier ist es die Wasserpistole, die eigentlich Fregatte gehört. Das Spiel *Noch zehn Minuten bis Buffalo* schließt mit der Szenenanweisung: *»im Schornstein der Lok blitzt und kracht es. Krudewils Pistole ist es zu warm geworden.«* Auch hier haben wir es mit der bildlich inszenierten Theorie des literarischen Attentats zu tun, das »ein Feuerwerk« zeigen möchte, »mit dem dazugehörigen Knall, einige Sekunden nachdem das Auge etwas zu sehen bekam«.

Wenn der Pottwal zum repräsentativen Bild des sprachlich zu treffenden Gegenstands wird, fragt sich, womit in diesem Spiel auf ihn Jagd gemacht wird. Die Antwort muß lauten: mit der (gegenständlichen) Phantasie. Fregatte spricht zwar von einer »Harpune«, mit der sie Moby Dick jagen und treffen will. Aber daß es um Waffen der Phantasie geht, deutet schon ihr Befehl an die Poeten Krudewil und Pempelfort an: »Die Herzen kalfatert, Harpunen bereit!« Wenn es zutrifft, daß das Spiel *Noch zehn Minuten bis Buffalo* eine Inszenierung der Grass'schen Theorie einer gegenständlichen Einbildungskraft bedeutet, ist die Auflösung des Ausgangs dieses bildhaften Lehrstücks von besonderer Wichtigkeit. Axel, der Naturbursche, beschreibt den Walfang der Muse und ihrer Poeten: »Wie die Bremsen sind sie hinter den Kühen her.« Moby Dick erweist sich in der natürlichen Wirklichkeit als eine Kuh. »Nach Buffalo wollen sie«, belächelt Axel die Künstler, »und scheuchen die Kühe.« Buffalo, das Ziel ihrer Reise, ist offensichtlich gleichbedeutend mit dem gegenständlichen Sprachbild. Ihre Bewegung zu diesem Ziel hin verdanken sie ebenfalls ihrer Einbildungskraft, der nur bildlichen Lokomotive, mit der die Poeten, wie es eingangs ausdrücklich heißt, »große Geschwindigkeit vortäuschen«. Durch diese Vortäuschung hoffen Pempelfort und Krudewil Buffalo zu erreichen, so wie ihre Muse Fregatte den Befehl »die Boote klar« gibt, die Szenenanweisung dann aber lautet: *»Pempelfort und Krudewil mimen ein Ruderboot.«* Auch bei der Jagd auf den Wal wird eine Bewegung auf das Ziel durch Phantasie vorgetäuscht. Der Unterschied zwischen einer natürlichen Gegenständlichkeit und einer gegenständlichen Einbildungskraft wird am Schluß des Stückes anschaulich demonstriert. Axel klettert in die Lokomotive, die bislang Bild der poetischen Phantasie war, und plötzlich bewegt sich die Maschine tatsächlich. Unter der Handhabung des Naturburschen Axel stößt *»die Maschine ... Dampf aus, heult, setzt sich in Bewegung. Während sie langsam nach rechts abfährt, blickt Axel aus dem Fenster ...«*. Auch der Kuhhirt möchte jetzt nach Buffalo, und er wird sein Ziel, das ein natürlich Einholbares bleibt, gemäß den meßbaren Dimensionen von Raum und Zeit auch erreichen. »Als wenn unsereins nicht auch mal«, meint Axel. »Hab zwar keine Verwandten dort, aber so für zwei Tage, warum nicht?« Indessen treibt die Muse Fregatte ihre aus Eisenbahnern in Seeleute rückverwandelten Poeten zum »großen Schlag, dem ganz großen« an. Buffalo, Wal, Ziel und Beute bleiben ihnen Bild, dem sie als solches bewußt verhaftet sind. Sie wollen die Verwirklichung des Bildes, das ihnen zugleich Bild der Wirklichkeit ist. Im Bild zumindest soll der Gegenstand auch haften. Ihre (künstlerische) Einbildungskraft wird bestimmt durch eine gegenständliche Muse.

Ohne Frage ist viel Ironie enthalten in dieser Vergegenständlichung, in dieser bildlichen Inszenierung der Grass'schen Werktheorie. Die hier aufgestellte Theorie der Einbildungskraft verwirklicht sich bereits in ihrer anschaulichen Darstellung. Sie propagiert, was ist: sie demonstriert sich selbst. Die Jagd nach dem gegenständlichen Ausdruck fällt zusammen mit dem »Feuerwerk« des literarischen Attentats. Der Anschlag gilt der herkömmlichen Phantasie, der Perspektive einer traditionellen Bildsprache. Das Feuerwerk der literarischen Attentäter bleibt auf das Bewegungsbild bezogen: das Explodieren der Pistole im Schornstein der Lokomotive ist nichts anderes als die Demonstration des *timing* im imaginativen Verhältnis zwischen Inhalt und Form. Das Spiel *Noch zehn Minuten bis Buffalo* schließt »mit dem dazugehörigen Knall, einige Sekunden nachdem das Auge etwas zu sehen bekam«. Grass benutzt das Theater, um imaginative Verhältnisse gegenständlicher Bilder darzustellen. Er schreibt »gegen den Inhalt«. Seine bildliche Form gelangt zu einer widerständlichen Beinhaltung, die sich aus der Negation subjektiver Einbildungskraft und herkömmlicher Metaphorik ergibt.

Die bösen Köche

In ihrem Bericht über »die 13jährige Vorgeschichte der Vogelscheuchen« erwähnt Anna Grass »ein kleineres Ballett«, das 1957 gleichsam als Vorübung für das spätere große Ballett *Die Vogelscheuchen* in erster Zusammenarbeit zwischen Günter Grass und dem Choreographen Marcel Luipart in Paris entstand. Es »handelte von Köchen und einem Vogel«, notiert Anna Grass und fügt dem einen wichtigen Nachsatz hinzu: »Ein Thema, das sich gleichzeitig in Lyrik und Grafik meines Mannes niederschlug.« Zwei Jahre später erfährt dieses Ballett seine französische (in Aix-les-Bains) und deutsche (in Bonn) Uraufführung. Es trägt den Titel *Fünf Köche*. Am 16. Februar 1961 erlebt in der Schiller-Theater-Werkstatt Berlin ein »Drama in fünf

Akten« unter der Regie des Freundes Walter Henn seine erste Inszenierung. Es lautet *Die bösen Köche*. Es läßt sich anmerken, daß das früh aufgegriffene Thema weiterhin in Lyrik und Graphik eine wichtige Rolle spielt. Insbesondere der ein Jahr zuvor erschienene Gedichtband *Gleisdreieck* enthält viele Motivgestaltungen, die im Theaterstück wiederzufinden sind. Aber Grass ist von Anfang an einer relativ beschränkten Gegenstandsthematik treu geblieben. Das beweisen nicht zuletzt seine Romane – *Die Blechtrommel* erschien im Uraufführungsjahr des Balletts *Fünf Köche* –, in denen die Motive der Köche (einschließlich der »schwarzen Köchin«), der widerwärtigen Suppe, der Vogelscheuchen, der Hühner, der Nonnen und Krankenschwester immer wieder auftauchen. Kein Zufall also, daß Grass anläßlich eines Dramaturgengesprächs in Hamburg erklären konnte: »Die Erfindung eines Ballett-Librettos kann man wunderbar in Prosa umsetzen.«

Eine eher balletthafte Bildinszenierung scheint uns denn auch das »Drama in fünf Akten« *Die bösen Köche* zu sein. Das Theaterstück ist gänzlich für das Auge geschrieben. Es feiert den Tanz der Bildgegenstände. Die »handelnden Personen« sind in Wahrheit Tanzgestalten, die sich durch ihren Auftritt äußerlicher Bewegungen kennzeichnen. Man beachte, welche Bedeutung das Stück selbst den verschiedenen Auftritten dieser Figuren beimißt. Gleich zu Beginn wird Benny durch Petris Trompetenstoß in das Spiel befördert. Kurz darauf erscheint ein großes Ei auf der Bühne. Durch Petris behutsamen Hammerschlag zerbricht das Ei, und *»der Koch Grün, in jeder Hand eine Pfanne, springt aus den Schalen«*. Auf einen erneuten Trompetenstoß wächst aus dem Boden *»ein mannshoher, kegelförmiger Berg«* aus Salz. Durch den Einstich mit einer Schaufel in diesen Salzberg erscheint erstmals der Koch Vasco. Schließlich klatscht Petri in seine Hände und zaubert einen dichten Schneefall herbei; aus den Flocken löst sich der letzte der fünf Köche, die unter der Herrschaft seiner Signale stehen: Stach. Als alle beisammen sind, zelebrieren sie ihre Zusammengehörigkeit mit einem religiös gefärbten Kinderreim, der sich an das Vorbild der Abzählreimgeschichte von den zehn kleinen Negerlein anlehnt:

Ein Koch verließ das Haus,
trat in die Nacht hinaus ...
Ein Koch –

– zwei Köche –
– wer drei zählt –
– zählt vier Köche –
– und sie verließen die Küche ...
Fünf Köche, fünf richtige Köche,
die ließen ihre Küche zu Hause.

Jeder Einzelauftritt bleibt mit einem Spiel (Musikstück, Tennismatch, Liebesneckerei und Schneeballschlacht) verbunden, ihr gesamtes Erscheinen wird mit dem von ihnen allen rezitierten Spielreim abgeschlossen. Die Szene wechselt unmittelbar danach in das Zimmer des Grafen. Diese so unverkennbar dem Ballett angeglichenen Auftritte sind Beispiele jener beweglichen Bilder, deren tänzerische Eigenschaft Grass in seinem werktheoretischen Essay *Die Ballerina* analysiert hat. Dabei ist wichtig zu erkennen, daß ein Bildmotiv – der Koch – seinerseits ein weiteres Bild in Bewegung setzt. Es wird sich zeigen, daß der Inhalt dieses Stückes allein aus der Entwicklung solcher tänzerischer Bildbezüge zu begreifen ist. Anders ausgedrückt: der Inhalt ist die Form, die Form aber bewegliche Bildbezüge. *Die bösen Köche* präsentiert eine Choreographie der Gegenstände.

In seinem zweiten, etwa gleichzeitig entstandenen Lyrikband *Gleisdreieck* widmet Grass eine fünfteilige Gedichtsequenz und drei fünf Seiten umfassende Bleistiftzeichnungen dem Thema »Zauberei mit den Bräuten Christi«. Das zweite Gedicht trägt den Titel »Theater« und beginnt mit den Zeilen:

Köche, Nonnen und Vögel,
dann Wind aus der Kulisse,
und ganz am Anfang bricht ein Glas ...

In seinem Theaterstück befaßt sich Grass mit einem ganz entsprechenden Thema. Er führt »Zaubereien« mit Köchen vor, in einem balletthaften Bildtheater, das nicht von ungefähr seinen Ursprung im Wesensbereich des sprachlichen Bildes, der Lyrik hat. Aber auch die Graphik hat Pate gestanden, das gezeichnete Bild ergänzt den Prozeß einer beweglichen Eigenmächtigkeit, einer sinnlich inszenierten Selbständigkeit. Schließlich trägt die choreographische Disziplin des Balletts zur zauberhaften Vergegenwärtigung der Bilder bei. Durch ständige Rückbeziehungen auf die Lyrik, die Graphik und das Ballett läßt sich denn auch der Auftritt der Köche näher kennzeichnen.

Kehren wir zum Auftritt des Kochs Benny zurück. Die Szenenanweisung beschreibt ihn wie folgt: »*In der Mitte des großen Bühnenfeldes hockt der Koch Petri auf einem Schemel und bläst eine riesige Trompete. Das Instrument öffnet sich zum Boden hin. Bei jedem Trompetenstoß rutscht der junge Koch Benny ein Stück aus dem Gewölbe.*« Grass verwendet dieses Bild einer Geburt nicht zum ersten Male. Im letzten Gedicht des Bandes *Die Vorzüge der Windhühner* wird das gleiche Ereignis gestaltet. Ohne Frage handelt es sich bei Bennys Auftritt um eine tänzerische Inszenierung dieser lyrischen Vorlage. So können insbesondere die folgenden Strophen des Gedichtes zum Verständnis der choreographischen Vergegenwärtigung des gleichen Bildes beitragen:

Blechmusik

Damals schliefen wir in einer Trompete.
Es war sehr still dort,
wir träumten von keinem Signal,
lagen, wie zum Beweis,
mit offenem Mund in der Schlucht, –
damals, ehe wir ausgestoßen.

War es ein Kind, auf dem Kopf
einen Helm aus gelesener Zeitung,
war es ein irrer Husar
der auf Befehl aus dem Bild trat,
war es schon damals der Tod,
der so seinen Stempel behauchte?

. . . .

Damals schliefen wir in einer Trompete.
Hin und zurück träumten wir,
Alleen gleichmäßig bepflanzt.
Auf ruhigem, endlosen Rücken
lagen wir jenem Gewölbe an
und träumten von keinem Signal.

Unmißverständlich bezieht sich dieses Sprachbild auf einen paradiesischen Zustand vor der Geburt. In diesen Zustand der mütterlichen

Geborgenheit sehnt sich auch der Zwergentrommler Oskar Matzerath zurück. Nur die in Aussicht gestellte Blechtrommel hindert ihn, »dem Wunsch nach Rückkehr in meine embryonale Kopflage stärkeren Ausdruck zu geben«. Die dem Gedicht beigefügte Zeichnung zeigt ebenfalls nicht nur, wie es vordergründig scheinen könnte, eine Trompete, sondern im Einvernehmen mit der Anfangszeile der zweiten Strophe »ein Kind, auf dem Kopf«, das sich in der gleichen embryonalen Stellung befindet. Die Sehnsucht nach diesem Urzustand des Lebens hat Grass immer wieder ausgedrückt. Daß die Trompete unter anderem auch ein deutlich phallisches Zeichenbild ist, muß nicht besonders hervorgehoben werden. So klingt der Drang nach einem Sichzurückziehen in den Schutzbereich weiblich-mütterlicher Geschlossenheit auch noch in der Tagebucheintragung des letzten Romans an: »Manchmal bin ich fertig allein und möchte in etwas weich warm Feuchtes kriechen, das unzureichend bezeichnet wäre, wenn ich es weiblich nennen wollte. Wie ich mich schutzsuchend erschöpfe.« Man wird die Infantilerotik bei Günter Grass nicht ohne diese Suche nach einer vorgeburtlichen Sicherheit bestimmen können. Bereits in der ersten Strophe des Gedichtes kommt alles das zum Ausdruck, was die Existenz nach der Geburt so gewaltsam gefährdet. Die Geburt ist ein Ausstoß aus der stillen Geborgenheit, das Kind wird zum Flüchtling aus einem verlorenen Paradies. Die Verwundbarkeit des Lebens wird nicht länger beschützt, das »Signal« ertönt zur Jagd auf die lebendige Beute. »Ein irrer Husar« hetzt sich selber zu Tode. Sein Ausscheiden aus dem embryonalen Schutzbereich ist mit einem Erwachen in den Tod identisch. Der Tod behaucht seinen Stempel, der den »Befehl« zur Geburt bestätigt. Der »Husar« tritt »aus dem Bild« der mütterlichen Geborgenheit. Er trägt auf dem Kopf »einen Helm aus gelesener Zeitung«. Wir meinen, ihn zu kennen: er kehrt auf dem von Grass entworfenen Umschlagbild seines Romans *Die Blechtrommel* wieder. Die Verbindung zu Oskar Matzerath ist mithin nicht zufällig.

Bei dem Auftritt des Kochs Benny wohnen wir also in doppelter Hinsicht einer Bildgeburt bei. Das Theaterstück *Die bösen Köche* endet mit einer Erklärung des Trompetenbesitzers Petri, daß sich auch in seinen Beinen »etwas vorbereitet«, daß er »einem angenommenen Ziel näher kommen« möchte. Die Choreographie des Auseinanderlaufens aller Köche wird zum Schlußbild eines angeblichen »Dramas«, das eine Bildinszenierung des menschlichen Lebenslaufes zum Inhalt hat. Dieser Lebenslauf hat seinen Ursprung in der Trompete – auch die Köche, die nicht wie Benny unmittelbar ihren Bilderauftritt diesem Instrument verdanken, unterstehen dem Gesetz der Trompete, die zum Leitbild der Macht wird – und endet mit einer Jagd auf ein angenommenes Ziel. Der Sinn dieses Spiels ergibt sich aus dem gegenständlichen Bild, aus der Bedeutung choreographisch zugeordneter Einzelbilder. Wir haben den lyrischen Ursprung des ersten Auftrittbildes nachweisen können, wenden wir uns nun der nächsten Bilderscheinung dieses Stückes zu.

Kurz nach dem zauberischen Herbeizitieren des Kochs Benny bläst Petri erneut auf seiner Trompete *»signalartige Töne: im Hintergrund wird ein großes Ei sichtbar. Ohne zu rollen, schiebt es sich in den Vordergrund.«* Wiederum ein Geburtsbild also. »Taufrisch!« erklärt Benny. »Es wird noch warm sein«, meint Petri. Es folgt die Szenenanweisung: *»Er hängt die Trompete um und schlägt mit dem Hammer behutsam auf das Ei. Das Ei bricht in der Mitte, der Koch Grün, in jeder Hand eine Pfanne, springt aus den Schalen.«* Soweit das Bühnenbild.

Nun ist das Bild einer Geburt im Ei gleichfalls ein wesentliches Motiv des Lyrikbandes *Gleisdreieck*, in dem es außerdem zwei aufschlußreiche Bleistiftzeichnungen von Köchen sowie eine Anzahl von Kochgedichten (wie übrigens auch wieder im Band *Ausgefragt*) gibt. Das für den Auftritt des Kochs Grün relevanteste Gedicht trägt den vielsagenden Titel »Im Ei«. Wieder können hier nur ein paar Auszüge angeführt werden.

Wir leben im Ei.
Die Innenseite der Schale
haben wir mit unanständigen Zeichnungen
und den Vornamen unserer Feinde bekritzelt.
Wir werden gebrütet.

Wer uns auch brütet,
unseren Bleistift brütet er mit.
Ausgeschlüpft eines Tages,
werden wir uns sofort
ein Bildnis des Brütenden machen.

Diesen beiden Anfangsstrophen sollen die Schlußstrophen des Gedichtes folgen:

Und wenn wir nun nicht gebrütet werden?
Wenn diese Schale niemals ein Loch bekommt?
Wenn unser Horizont nur der Horizont
unserer Kritzeleien ist und auch bleiben wird?
Wir hoffen, daß wir gebrütet werden.

Wenn wir auch nur noch vom Brüten reden,
bleibt doch zu befürchten, daß jemand,
außerhalb unserer Schale, Hunger verspürt,
uns in die Pfanne haut und mit Salz bestreut. –
Was machen wir dann, ihr Brüder im Ei?

Die Verse interpretierten sich selbst. Hatte es im Gedicht »Blechmusik« geheißen, daß es ein geschütztes embryonales Leben in der Trompete gab, hatte Oskar Matzerath berichten können, daß er »unbeeinflußbar ... als Embryo nur auf mich gehört und mich im Fruchtwasser spiegelnd geachtet hatte«, so lautet die neue Version dieser alten Einsicht jetzt: »Wir leben im Ei.« In seinem Ei-Gedicht spricht Grass von »Embryos mit Sprachkenntnissen«. Die Spiegelung der vorgeburtlichen Existenz wird auf den Lebenslauf übertragen. Die Gefahr einer Zerstörung dieses nur scheinbar geschützten Lebens – der Schutz besteht weniger aus der leicht brechbaren Schale als aus den Bildnissen, die wir uns von den uns beherrschenden Kräften gemacht haben – wird hier durch den »Hunger« einer anonymen Gestalt ausgedrückt. Dem »irren Husar« entspricht das »senile Küken«, die Jagd nach dem Leben äußert sich in der Befürchtung, daß eine unbekannte Kraft, den eigenen Instinkten jedoch durchaus verwandt, in Abwandlung einer umgangssprachlichen Wendung »uns in die Pfanne haut«. Wie in dem Gedicht »Blechmusik« fehlt nur das »Signal«, um die Gefahr einer Selbstbedrohung zu erkennen: die Verwandlung in den eigenen Koch.

Hofft das Gedicht »Im Ei« noch auf »ein gutmütiges Geflügel« und fragt nach der »Farbe und Rasse der uns brütenden Henne«, so deuten die beiden Zeichnungen unübersehbar an, daß Koch und Henne identisch sein können. Wer das Bild des Kochs, insbesondere auf Seite 91 des Bandes, mit der Bronze *Huhn* aus dem Jahre 1955 (abgebildet in Theodor Wiesers Anthologieband *Günter Grass*, Berlin 1968, S. 52) oder auch mit den Graphiken *Brütende Henne* auf Seite 22 und Seite 25 der Sammlung *Gleisdreieck* vergleicht, wird keinen Zweifel an der absichtlichen Ähnlichkeit haben. Allen gemein aber ist ihre Darstellung als Puppen. Die Verpuppung der Grassschen Bilder – in der Graphik, in der Lyrik, im Drama und im Roman – muß als wesentlicher Grundzug ihrer Gestaltung als Inhalt und Form erkannt werden. Auch der Auftritt des Kochs Grün vollzieht eine puppenhafte Identifizierung von Henne und Koch. So ist seine erste Äußerung zu verstehen: »Was müssen das für fürsorgliche Hühner sein, deren Eier, außer dem nahrhaften Dotter, auch gleich die Bratpfannen liefern.« Grass gestaltet sprachliche Bildpuppen, nach dem Prinzip seines Gedichtes »Köche und Löffel«:

Die Puppen überleben sich,
der Hahn stirbt vor dem Koch.

Auf Koch Grüns Bemerkung läßt sich die fast schon zur furchtsamen Gewißheit gewordene Frage des »Blechmusik«-Gedichts beziehen: »war es schon damals der Tod, der so seinen Stempel behauchte?« Auch sein Auftritt zeichnet den Tod als ursprünglichen Bestandteil des Geborenwerdens. (Übrigens propagiert der Trommler Oskar ebenfalls sein Leben als blechernes Signal der Gewalt und Zerstörung.)

Weiter geht die Zauberei mit Petris Trompete. Nach einem nochmaligen Signalblasen wächst aus dem Boden *»ein mannshoher, kegelförmiger Berg«*. Als Grün bemerkt, daß er aus Speisesalz besteht, fragt er seine Mitköche: »Wem wollt ihr die Suppe versalzen?« Es ist der erste Hinweis in dem Stück auf eine Suppe. Vordergründig geht es in diesem Drama um das Rezept einer ganz besonderen Suppe, die nur »der Graf« zu kochen weiß. Was es damit auf sich hat, wird noch im einzelnen zu klären sein. Hier ist wichtig, daß der Koch Vasco, der nicht zufällig einen Entdeckernamen trägt und am Ende des Spiels das Erbe des Grafen antritt, aus eben diesem Salzberg hervorspringt. Sein Auftritt erfolgt aus dem Salz des Lebens. Von Anfang an scheint er etwas mehr zu wissen oder zumindest zu ahnen als die anderen Köche. Schließlich wird er es sein, der das Rezept des Grafen entdeckt. Bereits bei seinem ersten Erscheinen fühlt er sich seiner geheimen Kenntnisse wegen verfolgt: »Nein, nein«, wehrt er mit seinen einführenden Worten ab. »Ich habe euch alles gesagt, bittschön. Mehr als ich wissen kann.« Das Salz, in dem Vasco »bis über die Ohren« steckt, wird, wie schon die Angleichung an die Redewendung erkennen läßt, mit der Liebe identifiziert und damit auch mit dem scheinbaren Gegenteil des Stoffes: mit der Süße. Koch Grün unterstreicht diese widerständliche Beinhaltung, wenn er beim Anblick des salzigen Berges ein Gedicht zu rezitieren beginnt, dessen erste Zeilen wie folgt lauten:

Was ist wohl süßer als Salz?
fragte mich neulich die Ziege.

Die Verse enden mit dem Satz:

Sie schrie und verlangte nach Salz.

In seinen späteren Hänseleien antizipiert Koch Grün den Tod des jungen Vasco und erklärt: »Todtraurig würden wir sein und Tränen weinen, salzige, süße Tränen.« Vasco selber erklärt seine Liebe zu der Krankenschwester Martha als »Mitleid« und »menschliche Sorge«. Das Salz des Lebens scheint also die Würze des Widerspruchs, der Vieldeutigkeit, des Geheimnisvollen zu sein. Das Gedicht »Ausverkauf« schließt mit den Zeilen

einem rohen blutjungen Kotelett
schenkte ich meine Bratpfanne
und gleichfalls mein restliches Salz.

Der Schriftsteller Grass gibt die scheinbar widersprüchliche Vieldeutigkeit den Dingen, dem Leben zurück. Seine gegenständliche Bildersprache ist Ausdruck des Vertrauens in die Eigenlogik all jener Dinge, die wir uns als »Köche« mundgerecht zubereiten. Vasco ist der einzige (noch »blutjunge«) Koch, der nicht das Leben verspeist, es anderen als Gericht vorsetzt, sich von anderen ernährt. Grass verleiht dieser Figur die Eigenschaft, ständig an den Fingernägeln zu kauen. Hierin ist auch ein äußeres Zeichen dafür zu erkennen, daß der Entdecker Vasco sich, besonders als er sich im Besitz des geheimnisvollen Rezeptes weiß, selbst zerfleischt, also wie der Graf an sich selbst zugrunde geht.

Der Auftritt des letzten der fünf Köche wird von Petri durch Händeklatschen herbeigezaubert. Dazu heißt es in der Szenenanweisung: »*im Hintergrund beginnt es an einer Stelle dicht zu schneien. Petri klatscht abermals: der Schneefall läßt nach, hört auf, der Koch Stach löst sich aus den Flocken.*« Der Schnee hat im Werk von Grass schon seiner Kontrastfarbe wegen eine besondere Stellung. Als Element der Verwandlung hat er seine vieldeutigste Gestalt im zweiten Buch des Romans *Hundejahre* gefunden. Der Doppelverrat an Eddi Amsel und

Jenny Brunies wird von Grass in provozierender Ästhetik als Ballett der Gewalt choreographiert. Beide Opfer verwandeln sich durch die Zauberkraft des Erzählers in tänzerische Gestalten. Das Erdulden der Gewalt wird fast ausschließlich durch eine Ästhetik farblicher Kontraste beschrieben, als handle es sich hierbei nur um eine zeichnerische Übung. Im Schnee wird Eddi Amsel von neun vermummten Männern zusammengeschlagen, seine Angreifer sind »die neun schwarzen Lappen«, die einzigen Zeugen seiner Verwandlung in einen Schneemann neun schwarze Krähen. Als ihm die Zähne ausgeschlagen werden, berichtet der fiktive Erzähler Harry Liebenau: »warmes Blut im kalten Schnee, Kindertrommeln, Polen, Kirschen mit Schlagsahne: Blut im Schnee.« In den letzten drei Wörtern scheint das kompositorische Motiv zusammengefaßt. Ähnlich verläuft die Schilderung des Verrats an Jenny durch ihre Freundin Tulla: »Das Gutenbergdenkmal war so schwarz wie Jenny weiß war.« Und: »Die Krähen im Schnee sind schwarze Löcher.« Dann tritt bei beiden eine nochmalige Verwandlung ein: als der Tau einsetzt, schmilzt Jenny zu einem »zerbrechlichen Strich«, zu einer »Puppe«, die »ballettmäßig in erster Position« steht und deren »marionettenhaftes Armführen ... in fließendes Armführen« übergeht. Aus dem ehemaligen Eddi Amsel wird eine Tanzskulptur mit »Standbein und Spielbein«, eine Gestalt, in der Hamlet und Dorian Gray Pose stehen. Auf solche Weise gelingt es Grass, gerade durch graphische Kontrastkompositionen, durch die scheinbar nur ästhetisch reizvollen Übungen die Ungeheuerlichkeit des Ereignisses zu zeichnen. Gegenteiliges akzentuiert Wesen und Charakter einer moralischen Erzählweise; die *Hundejahre* sind das Paradebeispiel dafür, was Grass eine »widerständliche Beinhaltung« nennt.

Solche Kontrastmotive sind ohne Frage bei dem Auftritt des Kochs Stach erneut gegeben. Die Vollzähligkeit der Köche unterstreicht den farblichen Gegensatz zwischen ihren Uniformen, dem »schwarzen Baldachin«, den Benny auf Petris Geheiß als ihren »Himmel« herankrägt, und der Nacht, die sie alle in ihrem Ritualgesang unter dem Baldachin heraufbeschwören. Der Refrain dieser Litanei lautet:

Die Nacht ist voller Köche!
Die Nacht ist voller Köche!

Eine einzige Variation ihres Refrains wird dem hinzugefügt. Sie erweist sich für das Thema des Dramas von großer Bedeutung:

Die Nacht ist eine Suppe!
Die Nacht ist eine Suppe!

Das ist ein erneuter Bezug auf jene »graue Suppe«, deren Rezept die Köche dem »Grafen« Schymanski und später dem »Entdecker« Vasco abzugewinnen hoffen. Unmittelbar nach dem kollektiven Auftritt der fünf Köche unter der Leitung von Petri und seiner Trompete begegnen wir dem Grafen, der zwar kein Schriftsteller ist, aber zumindest als Briefschreiber Bezug auf das Vorangegangene nimmt und den Erscheinungen der Köche eine erste Sinngebung verleiht. Es liegt nahe, in der Gestalt des Grafen eine teilweise Identifizierung mit dem Schriftsteller Grass zu erkennen, vor allem deshalb, weil sich die Problematik, mit der sich die Spielfigur konfrontiert sieht, derjenigen des Erfolgsautors ähnelt. »Jetzt wollen sie das Rezept!« beklagt er und liest seine eigenen Aufzeichnungen. »Dabei habe ich Angst. Sie erschrecken mich, die Art, wie sie auftreten, nimmt mir den Atem und macht mir Mühe, gelassen zu bleiben.« Man denkt an jene Passagen aus dem *Tagebuch einer Schnecke,* in denen Sätze vorkommen wie: »Ruhm ist etwas, das anzupissen Spaß zu bereiten scheint. Die Zahl der Freunde wird, je berühmter man wird, entsprechend geringer. Es läßt sich nicht ändern: Ruhm vereinzelt.« An anderer Stelle die Bemerkung: »Besonders Anna haßt ihn, weil er ihr nachläuft und zweideutige Anträge macht ... Besucher, die glauben, mich zu meinen, blicken sich nach ihm um.« Hier spricht tatsächlich Grass, die schmerzempfindliche Nacktschnecke, die sich verkürzt, sobald sie berührt wird. Auch dieser Seitenblick auf ein biographisches Werk des gleichen Autors wird sich für das Drama *Die bösen Köche* von Bedeutung erweisen. Denn es ist jener Graf (der in »Wirklichkeit« keiner ist), von dem wir erfahren, was die inszenierten Kochbilder zu bedeuten haben. »In jedem Schneefall«, erklärt er, »hinter der Wäsche, ein jedes Weiß, wenn es nur gerade groß genug ist, verbirgt einen Koch. Sehe ich einen Schwan, mißtraue ich ihm; fast war mir dieses Papier verdächtig, als es noch neu war. Ich habe sehr schnell geschrieben!« Der unüberhörbare Bezug auf das Gedicht »Racine läßt sein Wappen ändern« muß hier nicht nochmals hervorgehoben werden. Grass verleiht erneut der kritischen Instanz des Mißtrauens Ausdruck, die der seichten Schönheit das Kopfkissen wegzieht, die erfahren hat, was es bedeutet,

wenn Freunde nach seinem Schwan fragen
aber die Ratte meinen.

Das verdächtige Papier, das noch neu ist, erinnert zugleich an Oskar Matzeraths Bemerkung über »fünfhundert Blatt unschuldiges Papier«, das er seinem Pfleger Bruno Münsterberg zu kaufen aufträgt. Wobei zu bedenken bleibt, daß Oskar als Verpuppung des Autors Grass die Erzählerrolle, eine »verdächtige« Funktion, übernimmt. Das verdächtige Weiß aber, das »einen Koch ... verbirgt«, kennt auch das Gedicht »Askese«, in dem es heißt

Du sollst mit einem spitzen Blei
die Bräute und den Schnee schattieren,
du sollst die graue Farbe lieben

und laut Schlußzeile der dritten Strophe

... Asche auf Geranien streun.

Die vierte Strophe, die man die Koch- oder Rezeptstrophe nennen könnte, endet mit dem Gebot:

aus grauem Topf: so sollst du leben.

Weitere Belege aus der Lyrik ließen sich anführen, so der unüberhörbare Bezug auf das bereits zitierte Gedicht »Ausverkauf«, wenn der angebliche Graf erklärt: »Wenn sie den Kurzsichtigen die Brillen genommen haben, werden sie die besitzanzeigenden Fürwörter enteignen.« Im Gedicht lauten drei Zeilen der zweiten Strophe

Während ich alles verkaufte,
enteigneten sie fünf oder sechs Straßen weiter
die besitzanzeigenden Fürwörter.

Aber die wesentliche Aussage der Szene wird *von* dem Kontrast zwischen Schwarz und Weiß, von der Möglichkeit, sich hinter und in diesen Farben zu verstecken, von der gegenseitigen Bedingtheit ihrer Werte getragen. Das gilt es zu berücksichtigen, wenn der Graf erklärt: »Es steht auf einer Brücke, ist weiß wie eine Braut, nicht ganz so unschuldig« – und den Koch Vasco meint. Der Auftritt des Kochs Stach aus dem Schnee erhält erst seine gezielte Bedeutung, wenn die Erklärung des Grafen hinzugezogen wird: »In jedem Schneefall ... verbirgt sich ein Koch.« Grass und »der Graf« identifizieren sich weder mit dem Schwarz der Nacht noch mit dem Weiß der Köche. (In der *Blechtrommel* waren beide noch im Bild der schwarzen Köchin vereint.) Grass propagiert eine Mystik des Graus, er zelebriert die Messe des *Meissner Tedeum*, den Zweifel, die Zwischentöne, die Vernunft. Wie sehr sich die Gestalt des Grafen und der selbsterklärte Standpunkt seines Autors entsprechen, mag man jener Eigencharakterisierung der Dramenfigur ablesen, die wie eine programmatische Darstellung des Politikers Grass anmutet: »Einfach, schlicht, ein Bürger, der sich Mühe gibt.«

Ehe die zentrale Aussage des Stückes *Die bösen Köche* untersucht werden kann, sollen weitere Rückbezüge und Querverbindungen zum übrigen Werk gezogen werden. Das Rezept, um das es in diesem Spiel geht, gilt der Zubereitung einer »grauen Suppe«. Die Suppe erweist sich bereits in der *Blechtrommel* als ein Motiv der Bedrohung, als die spielerisch versinnlichte Gefahr und der Ekel vor infantil-dämonischen Gewalten. Scheint es im achten Kapitel des Romans (»Fernwirkender Gesang vom Stockturm aus gesungen«) noch eine begrenzte Handlungsepisode zu sein, in der Oskar Matzerath »den Nachstellungen aller Suppenköche« zu entkommen hofft, so läßt der Schluß des Buches keinen Zweifel an der Bezugsweite des Suppen- und Kochbildes: »Sie [die Köchin] warf den Schatten, als ... die Gören auf dem Hof des Mietshauses, Axel Mischke und Nuchy Eyke, Susi Kater und Hänschen Kollin, sie sprachen es aus, sangen, wenn sie die Ziegelmehlsuppe kochten: ›Ist die Schwarze Köchin da? Jajaja! Du bist schuld und du bist schuld und du am allermeisten. Ist die Schwarze Köchin da ...‹ Immer war sie schon da ...« Der gesamte Handlungsverlauf der *Blechtrommel* wird abschließend auf dieses eine Bild reduziert, wobei deutlich wird, daß Grass Suppe und Köchin zu einem allumfassenden Schuldmotiv werden läßt. Er macht Gebrauch von der Redewendung »sich sein Süppchen kochen«, das heißt sich einer Sache voll und ganz zu verschreiben, sie auch ideologisch zu verfechten und zur Lebensaufgabe werden zu lassen. So etwa ist die fünfte Strophe des Gedichts »Der amtliche Tod« zu verstehen:

Es kochte jemand seine Suppe,
nahm Zwiebeln, Knochen, altes Brot,
vergaß das Haar nicht in der Suppe,
und schöpfte schon und rührte mit dem Löffel
die heiße, dann zu kalte Suppe;
denn zwischendurch kam ohne Klopfen
der Tod, der alle Suppen kühlt.

Es zeigt sich, daß das Suppenbild umgangssprachliche Redewendungen über Gebühr strapaziert. Das erweist sich nicht nur in diesen Zeilen; bereits in der Eingangsszene der *Bösen Köche* nascht Koch Grün vom Salzberg, aus dem später Vasco hervorspringen wird, und fragt: »Wem wollt ihr die Suppe versalzen?« Der Gedichtband *Ausgefragt* bezieht das Suppenbild in die politische Lyrik ein. Verheißungsvoll endet das Gedicht »Irgendwas machen« mit der Zeile

Ich weiß ein Rezept; wer kocht es mir nach?

In dem sich auch thematisch unmittelbar anschließenden Gedicht »Die Schweinekopfsülze« empfiehlt Grass noch einmal im Sprachstil eines Rezeptes: [man nehme]

... falls immer noch restliche Wut im Hause,
eine Messerspitze dazu
und gewinne so eine schmackhafte Suppe ...

Aber er verliert die Auseinandersetzung mit der eigenen politischen Ohnmacht. In »Der Epilog« heißt es schließlich:

Ach, mit der Suppe, ohnmächtig, verkochte die Wut.

Fügt man diesen Beispielen aus Roman und Lyrik die Suppenbilder aus dem Drama hinzu, so zeigt sich ihre zentrale Bedeutung und ausgedehnte Bezugsspanne im Werk des Autors. Stach besingt die Nacht mit den Zeilen:

Als könnte man sie rühren,
mit Löffeln sie verführen,
als wäre sie die Suppe,
die Nacht wär' eine Suppe.

Darauf fallen alle fünf Köche in den Refrain ein, der aus dem konjunktivischen Gleichnis einen bildlichen Tatbestand demonstriert:

Die Nacht ist eine Suppe!
Die Nacht ist eine Suppe!

Vasco charakterisiert die Suppe, deren Rezept er vom Grafen zu erhalten hofft, etwas hilflos: »Sie hat eine Farbe, ich weiß nicht wie. Alle nennen sie die graue Suppe ...« Der Graf, der den Gästen einige Male die Suppe gekocht hat, betont: »Ich hab sie nicht so genannt.«

Es sind »die Leute«, die ihr diesen Namen verliehen haben. Der Graf hingegen erklärt: »Sie hat gar keinen Namen. Schön, ich gebe zu, es fällt einem allerlei ein. Novembersuppe, Suppe des Phönix, die graue Eminenz. Ja, stell dir vor, nach dem alten Holstein wollt ich sie nennen, das war ein großer Koch.« Vasco kann dem nur aus Gründen der Ungeduld zustimmen: »Es ist gleich, wie sie heißt. Koch ich mit dem Klang, schmeck ich mit dem Ohr ab?« Nachdem er vergeblich versucht hat, dem Grafen das Rezept mit Gewalt zu entreißen, vollzieht dieser eine Identifizierung der Suppe mit sich selbst. »Nein, nicht mehr Herr Graf«, bestimmt er. »Oder sag, wie du willst, nenn die Suppe, wie du willst ...« Überraschend erteilt er Vasco nähere Auskunft über die Suppe: »Es ist eine Kohlsuppe, eine ganz gewöhnliche Kohlsuppe. Nur tu ich eine ganz bestimmte Menge ganz besonderer Asche daran. – Obgleich nichts Besonderes nötig ist, um zu besonderer Asche zu werden! – Nun geh', Vasco!« Allmählich kristallisiert sich die Bedeutung des Suppenbildes. Das Rezept besteht aus den Einsichten eines alltäglichen Lebens, seine Zutaten sind die Lebenserfahrungen des Grafen. Es sind melancholische Erfahrungen, die der Graf zu einer Suppe kocht, einer aschgrauen Suppe, die aus Vergänglichkeit und Trübsal ihren Charakter gewinnt. Im letzten Akt des Stückes erklärt der Graf: »Ich habe euch oft genug gesagt, es ist kein Rezept, es ist eine Erfahrung, ein bewegliches Wissen, ein Wandel, es dürfte euch bekannt sein, daß es noch nie einem Koch gelang, zweimal dieselbe Suppe zu kochen.« Es stellt sich heraus, daß die Liebe »diese Erfahrung überflüssig gemacht« hat. Der Graf und die Krankenschwester Martha nehmen das Geheimnis des Rezeptes mit in ihren Freitod. Die Liebe macht die bitteren Erfahrungen, die der Graf einst seinen Gästen als graue Suppe aufgetischt hat, vergessen. Das Landhaus und der Garten, wohin sich Martha und der Graf zurückgezogen haben, werden von leuchtenden Farben bestimmt. Die Mauer, die sie von der Außenwelt trennt, »ist zu zwei Dritteln weiß gestrichen, der Rest« ist noch »schmutziggrau«. Der Graf will dieser Mauer »den letzten Glanz« erteilen; er ist Maler geworden; er verwandelt jetzt Grau in Weiß. Wie der Garten ist die Mauer ein ästhetischer Schutzwall gegen die Außenwelt. Aber sie ist nicht hoch genug gegen die Köche, die auf der Mauer erscheinen und dort »wie etwas zu hell geratene Raben« hocken. Die Idylle wird durch den Einmarsch der Köche zerstört. »Alles zertreten sie!« empört sich der Graf. Umsonst beklagt er sich beim Koch Petri, dem einstigen Oberkoch: »Jetzt treten sie die Einfassungen nieder. Rufen Sie Ihre Leute aus dem Garten, Petri!« Die Überlegenheit, im Besitz des Rezepts gewesen zu sein, hat dem Grafen die Liebe der Krankenschwester Martha beschert; das Erlebnis dieser Liebe jedoch hat dazu geführt, daß dieses Rezept überflüssig wurde; er hat es wieder vergessen. Vasco aber, der Martha mehr als zuvor liebt, erbt das Vermächtnis des Grafen, das Rezept. Unmittelbar vor den tödlichen Schüssen erinnert Vasco die Köche daran, daß der Graf seine Mauer »gerne ganz weiß gemacht« hätte. Als der Selbstmord begangen ist, bemerkt Koch Grün: »Nun wird Vasco doch die Wand zu Ende streichen müssen.« Der Entdecker Vasco ist in den Besitz des Rezeptes gelangt. Die Verfolgung des Kochs, der das Geheimnis des Lebens entdeckt hat, setzt erneut ein. »Er weiß es«, ruft Stach aus, »ich seh es ihm an! Was aufgeschnappt hat er!« Auf der Suche nach Erkenntnis bedienen sich die Köche wiederum der Gewalt. Benny spricht die Drohung unverblümt aus: »Das wird sich herausstellen.« Gemeinsam mit Kletterer und Stach überklettert er die Mauer, auf der Vasco, der Entdecker, wohl auch im übertragenen Sinn gesessen hat, und macht sich auf die Verfolgung des Flüchtigen. Über Vasco, den Besitzer des Geheimnis, erklärt Koch Petri: »Rastlos und barfuß wird er tippeln müssen.« Solange er sein Geheimnis bewahrt, wird er ein Verfolgter bleiben. Welche Erkenntnis hat Vasco anläßlich der gewaltsamen Bedrohung des Grafen heimgesucht? Es ist die bittere Einsicht in die Austauschbarkeit von Werten, wie sie Stach und Benny in der Form eines Kinderreimes tanzend verkünden:

Taler, Taler, du mußt wandern,
von dem einen Ort zum andern.
Oh, wie herrlich, oh, wie schön
läßt sich dieser Taler drehn.

Sie beziehen sich damit konkret auf den Vorschlag, dem Grafen das Mädchen Martha wieder zu entziehen, eine Liebe rückgängig zu machen, sie erneut Vasco zuteil werden zu lassen, in der Hoffnung, daß der Graf sich ohne Liebe wieder an das Rezept der aschgrauen Suppe erinnert. Vasco wird Zeuge, wie Liebe durch Gewalt verraten werden soll. Als sich der Graf und Martha erschossen haben, starrt Vasco in das offene Fenster und »wendet sich langsam den Köchen zu«. Noch vom Schrecken seiner Einsicht gezeichnet, stößt es aus ihm hervor: »Das Rezept!« Nur kurz zuvor hatte der Graf betont: »es ist kein

Rezept, es ist eine Erfahrung, ein bewegliches Wissen, ein Wandel.« Vasco hat sie gemacht, diese Erfahrung, er hat sich einem Wandel unterzogen, sein bewegliches Wissen wird sich für den Rest seines Lebens auf der Flucht vor den Köchen befinden. Die Köche werden zum Bild der Verfolgung. Grass hat das Thema des Dramas als eine Demonstration des »Verfolgungs- und Verhörprinzips« bezeichnet. *(Spiegel*, 1961)

Damit sind wir beim Kern des Stückes. Die Suppe, deren Rezept die Köche mit Gewalt dem Grafen zu entreißen suchen, steht in eigenartigem Widerspruch zu einer anderen, leitmotivartig wiederkehrenden Suppe, die insbesondere Vasco und dem Grafen als Erpressungsterror auszulöffeln angedroht wird. Im zweiten Akt treten die Köche aus einem bürgerlichen Kachelofen, Grün ist im Besitz von »neun Tüten«, in denen sich verschiedene Gewürze befinden, Stach erscheint mit einem Löffel und Benny *»klettert geschickt, mit einem Topf und Feuer beladen, aus dem Ofen«*. Die Suppe, die sie gemeinsam kochen, soll als Foltermittel eingesetzt werden. Wie Oskar Matzerath sollen der Graf als Besitzer und Vasco als Entdecker und Erbe einer Lebenserfahrung, die sich Rezept nennt, gewaltsam gefüttert werden. Die Stecknadelsamen-Suppe wird zum Alptraum des jungen Vasco. Er hat eine Vision, wie ihm das Gericht von seinen Freunden unter Beschwörungsformeln, die sich aus Abzählreim und Gebet zusammensetzen, gewaltsam verabreicht wird.

Petri *Der Text ist klar. Also los!* Feierliche Haltung. *Löffelchen?*
Stach *Ist kein Pantöffelchen!*
Petri *Löffelchen kehrt?*
Stach *Ausgeleert!*
Petri *Löffelchen blank?*
Stach *Dem Himmel sei Dank für Speis und Trank!* Alle außer Vasco lachen.

Auch in den folgenden Akten kehrt die Drohung »ein Löffelchen voll« immer wieder. Das Erstrebte wird ständig von seinem Gegenteil bedroht, Wert und Gegenwert scheinen einander zu bedingen. Der Koch ist zugleich das Huhn, jeder ist das Opfer seiner eigenen Gewalt. In dem Gedicht »Köche und Löffel« heißt es:

Hier ist kein Tod, der nicht zum Löffel führt,
und keine Liebe, die nicht ausgehöhlt

an Löffeln leidet und im Löffel bebt,
sich dreht, worum dreht, da sich alles
mit Löffeln nur um Löffel dreht.

Bei Bildern, die wie in diesem Drama bewußt eine Vielfältigkeit an Bedeutung anstreben, wäre es falsch, eine spezifisch enge Auslegung durchzuführen. Andrerseits scheint es nicht minder fragwürdig, wie etwa Jürgen Jahnke *Die bösen Köche* mit Ionescos Vorstellungen über das Theater des Absurden gleichzustellen, um daraus die Schlußfolgerung zu ziehen: »Der Versuch einer Interpretation absurder Dramatik erscheint selbst als absurd, ein Sinngefüge zu suchen, als widersinnig, das kritische Desinteresse gerade an der Dramatik von Günter Grass als verständlich.« (J. J., Günter Grass als Stückeschreiber, in: TEXT + KRITIK, Nr. 1, S. 27) Unmißverständlich wirken Köche und Löffel in dem Stück als Bilder der Gewalt, einer Gewalt freilich, deren vielfältige Manifestationen ausdrücklich mit in das eine Motiv aufgenommen werden.

Im vierten Akt wird die politische Erpressung besonders akzentuiert. Koch Petri spricht da zu seinen Untergebenen im Tonfall eines faschistischen Sicherheitsdienstes: »Ich verlange den sparsamsten Gebrauch der Mittel und eine saubere Motivierung.« Das ist die Sprache von politischen Handlangern, die im Besitz der Macht Gewalt zwar bedauern, keineswegs jedoch vor ihrem Einsatz zurückschrecken. Sie ist der Ausdruck staatlicher Totalität. Petri führt seine Inquisition im Auftrag des stets unsichtbar im Hintergrund bleibenden »Chefs« Schuster aus. Über diesen Herrscher erklärt er in wiederum vertraulich anmutendem politischen Jargon: »Er hat volles Vertrauen und ist durchaus überzeugt, daß es uns gelingen wird, die Verhandlungen in unserem und seinem Sinne zu führen, ganz ohne Überstürztheiten.« Was hier »Verhandlungen« genannt wird, ist die Rechtfertigung der Gewalt als Mittel eines Verhörs, dem nach bekanntem Muster eine nächtliche Entführung vorausgegangen ist. (Der Graf: »Nach solch einem Weckruf und unsanften Transport finde ich Freunde vor.«) In dem sich anschließenden Verhör geht es erneut um das Geständnis des Suppenrezeptes, wobei die Weigerung des Grafen die bekannte Drohung zur Folge hat, die auch schon der junge Vasco erleben mußte:

Benny *Gebt ihm doch'n Löffelchen voll, wenn er was geboten haben will ... Er kann auch zwei haben, wenn er will.*

Benny von der Tür fort. Er holt Dose und Löffel aus der Tasche. *Wie wär's damit! Kalt schmeckt es am besten.*

Als Kletterer, der Führer einer Konkurrenz-Kochbande, die Tür einbricht und sich in die nächtlichen Verhörmethoden mit einschaltet, erkundigt er sich: »Wie heißt denn das Spielchen, dürfen wir mitmachen?« Die Gewalt wird bewußt verniedlicht und verkindlicht; die Macht bleibt in sich selbst verspielt. Die Köche benehmen sich durchaus wie Kinder. »Es soll wohl schnell gehen«, fährt Kletterer fort, »Löffelchen voll, das kennen wir, das macht gesprächig. *Nach hinten.* Seid ruhig, Leute, wir spielen ja mit.« Die Gewalt ist allen Dingen einverleibt, auch unseren Wünschen, Zielen, Hoffnungen und Vorstellungen. Wo etwas erzwungen werden soll, tritt sie am offensten zutage. Die aschgraue Suppe, um deren Rezept es den Köchen geht, soll durch eine andere Suppe mit Gewalt herbeizitiert werden. »In jedem Schneefall, hinter der Wäsche, ein jedes Weiß, wenn es nur gerade groß genug ist«, erklärte der Graf zu Beginn des Stückes, »verbirgt einen Koch.« Dieses Bild wird auch am Ende des vierten Aktes verwirklicht. Als die nächtliche Versammlung der Köche vorbei ist, erscheint die Wäschereibesitzerin Frau Kühlwasser, *»läßt die Wäsche von der Decke und verhängt die Köche«*. Die farbliche Aufhebung signalisiert die Einverleibung der Gewalt auch in scheinbar harmlose Erscheinungen. Diese Immanenz der Gewalt oder, wenn man so will, des Bösen zeigt Grass nicht durch psychologische, philosophische oder theologische Darstellungen verschiedener Einzelschicksale und Gestalten, sondern allein durch die Zeichensprache des inszenierten, vor Augen geführten Bildes. Jürgen Jahnke hat mit Recht über dieses Drama geschrieben, die hier eingesetzte Sprache sei »nicht fähig zum Bewußtsein«. (a. a. O.) Eben deshalb kommt der inszenierten Bildlogik, dem *Spiel* eine besondere Bedeutung zu. Die Reduzierung des Gewaltsam-Bösen auf das Kindliche, also angeblich Unschuldig-Reine muß als Gebärde, als Zeichen einer allseitigen Bedrohung verstanden werden. Die Sprache selbst erweist sich als heimtückisch. Wie der Koch Kletterer spielt sie mit bei der Verniedlichung der Gewalt.

Joachim Kaiser hat darauf hingewiesen, daß enge inhaltliche und thematische »Beziehungen zwischen dem Freundschaftsstück und dem Freundschaftsroman [gemeint sind die *Hundejahre*] aufgewiesen werden könnten.« Damit spielt er auf die »unheimliche Freundschaftsbeziehung zwischen dem ›Grafen‹ und Vasco« an. Wichtig an den von Grass dargestellten Freundschaften aber ist immer wieder der Verrat, der an ihnen begangen wird und zugleich stets ein Verrat der eigenen Person bedeutet. Auch hier entwickelt sich aus dem Guten das Böse, beide sind von Anbeginn Bestandteil der menschlichen Beziehung. Der Wandel tritt in dem Augenblick ein, wo dem Individuum ein Bild vorgehalten wird, das ihn zur Selbsterkenntnis zwingt. In den *Hundejahren* bewirkt das Bild der politischen Vogelscheuche den Verrat der Freundschaft zwischen Walter Matern und Eddi Amsel. Der vorgehaltene Zerrspiegel – übrigens auch da in der Form einer Tanzpuppe – führt unmittelbar zum Rückfall in die Gewalt. In dem Drama *Die bösen Köche* hält der Graf seinem jungen Freund Vasco ebenfalls einen Spiegel vor. Während ihres Gesprächs im ersten Akt gibt Vasco, wenn auch mit negativen Vorzeichen, eine Selbstdarstellung, die ihm vom Grafen auferzwungen wird und die sich im Verlauf des Stückes, wie der gleichfalls antizipierte Verrat, bewahrheiten wird.

Vasco *Was klatschen Sie? Bin ich ein Huhn, das auffliegt, wenn es da klatscht?*

Das von uns bereits dargelegte Motiv der Identität zwischen Huhn und Koch wird hier erneut als Bild der Selbstzerstörung vorgezeichnet. Am Ende des Dramas wird Vasco ja tatsächlich wie ein Huhn von den bösen Köchen, die einstmals seine Freunde waren, verfolgt – wie vor ihm der Graf. Von Anfang an scheint der Graf das Schicksal seines jungen Freundes zu kennen. Vasco erinnert ihn daran, daß auch er ihn mit diesem Namen anruft, obwohl der Graf wissen muß, daß er nicht Vasco heißt. Darauf antwortet ihm der Graf: »Du bist es. Der große Entdecker ...« Trotz seiner Beteuerungen »Koch bin ich, Koch, überall Koch« erweist sich Vasco am Ende als der Entdecker jenes so heiß begehrten Rezepts. Als solcher wird er sogleich wieder von den rezeptlosen Köchen verfolgt. Der Graf erklärt im vierten Akt: »Es handelt sich hier nicht um irgendein x-beliebiges Rezept, sondern um mein armseliges, ganz privates kleines Geheimnis.« Damit bringt er zum Ausdruck, daß das »Rezept« in engstem Zusammenhang zur Person, zum Individuum steht. Als Geheimnis der individuellen Existenz gibt es sich schwer zu erkennen; es liegt – wie der echte Inhalt (vgl. »Der Inhalt als Widerstand«) – auf der Straße, wird als wertlos verworfen und verfolgt doch seinerseits den Menschen, dem es einverleibt ist. Der Graf drückt das so aus: »Auf der Straße, in einem Papierkorb, manchmal läuft es auch, das kümmerliche Geheimnis. Auf drei Beinen, ganz langsam, ein lahmer Hund, so müht es sich von Baum zu Baum und hinterläßt einen dürftigen Abglanz seiner glanzlosen Existenz.« Es ist also sinnlos, einem Menschen nachlaufen und das geheimnisvolle Rezept abnehmen zu wollen. Seine aschgraue Suppe läßt sich nicht nachkochen. Der Lebenslauf als Verfolgungsjagd, das Bild, mit dem Grass seine Zuschauer entläßt, kann nur als Ausrichtung auf »ein angenommenes Ziel« gedeutet und gewertet werden. Leben als grausam-kindliches Spiel, als sinnloser Konkurrenzkampf um etwas, das sich nicht verkaufen, nicht mit Gewalt erreichen läßt: in solchem Vorstellungsbereich wirken »die bösen Köche«, die das, was die anderen anrichten, schließlich selber werden auslöffeln müssen. Das »Böse«, das in diesem Stück gezeigt wird, ist die grundlegende Eigenschaft des Menschen, die alles gegen sich selbst kehrt. Es gibt keine eindeutig beständige Wertskala. Der Graf weiß das; er hält dem jungen Koch Vasco vor: »Muß ich schon wieder plaudern. Was willst du denn hören? Daß du ein großer Koch bist, daß es nichts gibt, was du nicht garkochst, daß du mich rührst. – Doch welcher Löffel rührte mich nicht?« Zumindest Teil seines Geheimnisses gibt er hier preis. Er deutet nicht nur an, daß zwischen Koch und Löffel eine ähnliche Austauschbarkeit besteht wie zwischen Koch und Huhn, daß Mittel und Handwerkszeug zum alles beherrschenden Selbstzweck werden können. Daraus ergibt sich dann erst jene Doppeldeutung von »rühren«, die aus dem Liebenden ein Opfer der Gewalt werden läßt. Diese Einsicht wiederum hat Grass im Gedicht »Köche und Löffel« formuliert. Dessen vorletzte Strophe liest sich wie ein Kommentar zur »unheimlichen Freundschaftsbeziehung« zwischen dem Grafen und Vasco:

Bleib Löffel, geh.
Wem Löffel, Löffel führt wohin.
Wann Löffel, Löffel kam zu spät.
Wer rührt mich, rührt mich und wohin.
Über und über wen balbiert.
Bleib Löffel, geh – und sag mir nicht wohin.

So heißt es denn auch unmißverständlich in der Schlußszene des Dramas, daß es weder um das Rezept noch um die Suppe geht. Beide sind nur ein Vorwand zum Laufen. Das Wandern des Talers, die Austauschbarkeit von Werten erlaubt nicht einmal eine eindeutige Richtung. In allen menschlichen Eigenschaften liegt ihre Umkehrung mit einverleibt, Liebe und Haß, Freundschaft und Verrat sind nur zwei Seiten der einen Münze, die von Hand zu Hand weitergereicht wird. Bitterböse klingt der Kinderreim auf:

Oh, wie herrlich, oh, wie schön
läßt sich dieser Taler drehn.

Die Wandelbarkeit aller Werte aber hat ihren Ursprung in der Gewalt, sie *ist* selber diese Gewalt. Der Mensch steht ihr ohnmächtig gegenüber, er unterliegt ihr immer wieder, er hat sich nicht in der Gewalt. *Die bösen Köche* verkündet die radikale Einsicht, daß es keine Unschuld gibt, – auch in der Liebe nicht. Um sie zu schützen, zu bewahren, begehen der Graf und Martha Selbstmord. Die Gewalt bleibt selbst der Liebe einverleibt. Die tödlichen Schüsse fallen in dem Augenblick, da eine gewaltsame Umwertung der Werte stattgefunden hat: die Liebe, die den Grafen das Rezept vergessen ließ, soll rückgängig gemacht werden. »Im Grunde macht er sich gar nicht so viel aus Frauen«, bemerkt Koch Grün und leugnet damit eine Liebe, die der Graf selber noch vor kurzem als das entscheidende Ereignis seines Lebens bezeichnet hat. Vasco ist der einzige Koch, der an der Austauschbarkeit der Liebe zweifelt, – weil er selber liebt. Ist die Liebe in diesem Stück also wirklich »bloß noch sentimentale Nebensache«, wie Joachim Kaiser meint? Oder wird nicht vielmehr gezeigt, wie auch sie in ein Schema der Gewalt gezwungen, wie ihrer eigenen Gewalt Gewalt angetan wird?

Grass hat mit seinen *Bösen Köchen* wohl das »nihilistischste« Stück geschrieben. Die Frage nach dem »Warum?« des Lebenslaufes wird mit der fast schon infantil anmutenden Einsicht beantwortet: »Es liegt an den Beinen.« Im Klartext bedeutet das: wir leben, weil wir existieren; unser Leben besteht aus der Tatsache, daß wir leben. Es gibt keine anderen Werte, die wir lebend verwirklichen könnten. Indem wir den angenommenen Werten nachlaufen, verändern wir sie mit Gewalt. Wir sind die bösen Köche, die ihr eigenes Gericht anrichten. Der Löffel ist unsere Waffe, mit der wir eine Suppe nachzukochen hoffen, die aus Asche und Alltag besteht, die uns aber die Geschmackslust der Gewalt vermittelt. Die Gewalt, die sich in jedem Koch verbirgt, ist die Gewalt, die uns zum eigenen Opfer werden läßt.

Am Ende des Dramas hat auch die Trompete die Zaubermacht ihres Führungssignals eingebüßt. Benny nennt sie bereits im dritten Akt »das Sprachrohr«. Koch Grün beklagt sich gegen Ende des Stükkes, daß die Gewalt, die sich durch das Signal der Sprache äußert, austauschbar ist: »Heute ist der Chef, morgen ein anderer. Trompete blasen können sie alle nicht.« Als Kletterer die Führung der Köche übernimmt, schwenkt er die Petri abgenommene Trompete und erklärt: »Hier ist die Musik ... Ich bin jetzt der Chef.« Die Geburt aus dieser Trompete ist also eine Geburt in eine gewaltsame Existenz. Der Lebenslauf, der sich von ihr ableiten läßt, kann nur im Zeichen der Austauschbarkeit, der gewaltsamen Wandelbarkeit aller Werte stehen: »Taler, Taler, du mußt wandern.« Als Petri zum Schluß seine von Kletterer im Stich gelassene Trompete aufhebt und sie zu blasen versucht, entdeckt er: »Kein Ton mehr.« Hier scheint die Möglichkeit angedeutet, daß eine Totalherrschaft der Gewalt sich schließlich naturgemäß selbst aufhebt, weil sich der ständige Wandel, der fortwährende Machtwechsel endlich selbst relativiert. »Da laufen sie«, berichtet Petri, und der ehemalige Führer fragt einen seiner Untergebenen, Koch Grün: »Weißt du, warum?« Der Schlußdialog des Dramas zwischen diesen beiden Gestalten zeigt deutlich, daß sich der Einsatz von Macht und Gewalt in diesem, ihrem Lebenslauf weiterhin nach dem Prinzip einer Selbstablösung vollzieht. Wie der Taler muß auch die Gewalt »wandern« und sich dabei selbst verbrauchen.

Grün *Es liegt an den Beinen.*
Petri *Und das Rezept?*
Grün *Ein Vorwand zum Laufen. Kein Mensch frägt mehr danach. Es geht ja auch nicht um die Suppe.*
Petri *Und warum laufen wir nicht?*
Grün *Wir warten noch ein Weilchen. Wenn die dort müde sind und nach neuen, ausgeruhten Schuhen verlangen, dann, – ja dann müssen auch wir einige Anstrengungen machen.*

Das hört sich nicht zuletzt auch wie ein bitterer Kommentar zur politischen Machtergreifung, zum politischen Machtwechsel an. Es wäre eine Klage über Politik, der es nicht um »die Suppe«, das heißt um ein moralisches Anliegen, sondern allein um die Macht geht. *Die bösen Köche* demonstriert mit wenigen leitmotivischen Bildern die Ablösung der Gewalt durch die Gewalt. Wenn Joachim Kaiser meint: »Das Stück kann sich nicht recht entscheiden, ob es Situations-Ballett oder Charakterdrama sein möchte«, so wäre dem hinzuzufügen: Das Stück präsentiert ein Bildballett der sich selbst perpetuierenden Gewalt.

Die Plebejer proben den Aufstand

Um die Verpuppung der Geschichte geht es in jenem Theaterstück, das Günter Grass »ein deutsches Trauerspiel« genannt hat. *Die Plebejer proben den Aufstand* ist nach den Aussagen seines Autors ein Drama über »die Geschichte und ihre Bearbeitung«. Grass hat in seinem Aufsatz *Vor- und Nachgeschichte der Tragödie des Coriolanus von Livius und Plutarch über Shakespeare bis zu Brecht und mir* auf den immanenten Gleichnischarakter der Coriolan-Fabel hingewiesen: »Spiegelungen aktueller Verhältnisse wird sich dieses Stück immer wieder gefallen lassen müssen.« Mit Recht deutet er die Shakespeare-Version als eine zeitgeschichtliche Neufassung des Konfliktes zwischen Plebejern und Patriziern im elisabethanischen England. Shakespeares Stück warnt die Aristokratie *vor* dem Aufkommen der Puritaner. Es wurde zu einer Zeit geschrieben, als die Instanz des Theaters von eben jenen Puritanern konsequent in Frage gestellt wurde. Shakespeare schrieb seinen Coriolanus nicht zuletzt in eigener Sache: das Drama war der Versuch, das Metier zu retten, gegen die Theaterschließungen zu protestieren. Darin erkennt Grass eine gewisse Ähnlichkeit zum (möglichen, angeblichen) Verhalten Bertolt Brechts, das sich in den Ereignissen des 17. Juni 1953 am deutlichsten kennzeichnet. Es geht um das Thema: der Intellektuelle, der Künstler in der Diktatur, sein Verhältnis und das Verhältnis seiner Kunst zur Macht. Grass zeigt, daß die reaktionäre Tendenz des Stückes bei Shakespeare zwar von Brecht progressiv, das heißt proletarisch umpolarisiert wurde, daß damit jedoch das Problem der geschichtlichen Verpuppung auf dem Theater, der Ästhetisierung gesellschaftlicher Realitäten keineswegs gelöst sein konnte. Die nochmalige »Spiegelung« des Coriolan-Themas im Grass'schen Trauerspiel projiziert eine differenziertere Argumentation, als dies bei Shakespeare oder Brecht der Fall sein konnte. Daß die deutsche Kritik bislang in dem Stück vor allem eine Auseinandersetzung mit der Gestalt Bertolt Brechts erkannte, ist eine verständliche Mißdeutung. Indes dient die neuerliche Nachgestaltung des Coriolan-Motivs nicht der Charakterisierung des historischen Brecht. *Die Plebejer proben den Aufstand* darf nicht als geschichtliches oder politisches Dokumentationsstück mißverstanden werden. Brecht, dessen Name denn auch nirgend fällt, wird zur Instanz des Theaters, der Ästhetik, der Kunst überhaupt: »was immer passiert, alles wird ihm zur Szene, ... alles wird ihm zur ästhetischen Frage.« Um die Inszenierung der Geschichte, um die ästhetische Frage, um »die Geschichte und ihre Bearbeitung« geht es Grass, nicht nur darum, eine spezifisch Brechtsche Theaternatur zu verdächtigen. Das Verhalten des Chefs schließt eine kritische Überprüfung der eigenen Position absichtlich ein. Die Identifizierung von Brecht mit Coriolan verleiht dem Stück von Anfang an einen demonstrativen Charakter, der jede persönlichkeitsbezogene Kritik ad absurdum führt. Bereits zu Beginn der ersten Szene heißt es nämlich: »Der Chef will zeigen, daß Coriolan zu ersetzen ist.« Damit wäre die Austauschbarkeit, das Modell- und Gleichnishafte der Gestalt ausdrücklich betont. Das Stück beginnt damit, daß Litthener *»eine Schneiderpuppe mit dem Kostüm des Coriolan auf die Bühne«* schleppt. In der Szenenanweisung heißt es: *»Mit Regiebüchern folgt Podulla. Beide betrachten kritisch die Coriolan-Puppe.«* Beim ersten Auftreten des Chefs *»vor der Coriolan-Puppe«* in der zweiten Szene lautet sein bezeichnender Kommentar: »Zuviel Ornament, immer noch!« Er spottet über ein Volk, das glaubt,

es könne niemand als er selber
ihn, Coriolan, ersetzen, – oh, Personenkult! –
es sei denn, wir ersetzten ihn.

Der Chef macht sich keinerlei Illusionen über die angebliche, paradoxerweise durch Personenkult heraufbeschworene Volkstümlichkeit und politische Wirkungsstätte seines Theaters. Seinen Assistenten des Berliner Ensembles hält er vor: »auch auf versprochener Drehbühne wird mein Theater kein Bauerntheater werden.« Inwieweit eine völlige Identifizierung zwischen dem Chef und Coriolan durchgeführt werden kann, bleibt ohnehin fraglich. Wenn es sich bei dem Stück um Proben einer Selbstinszenierung handelt, so sollte nicht übersehen werden, daß damit keine ungebrochene »historische« Persönlichkeit zur Darstellung gelangt, sondern das Bildnis dessen, der diese analytischen Widerspiegelungen eigens ausprobiert. Grass zeigt den Chef als eine Gestalternatur, die aus der Gegenüberstellung von Theater und (historischer) Wirklichkeit einen dialektischen Wahrheitsbegriff entfaltet.

Die Besessenheit, die der Chef bei allen Dingen, die das Theater angeht, an den Tag legt, hat ihren Ursprung in dieser Wahrheitssuche. Für ihn ist die Erkenntnis ein demonstrativer Verrat. Gesellschaftliches Verhalten besitzt für den Chef einen verräterischen Charakter: es demonstriert und offenbart sich selbst. Insofern ist es durchaus theatralisch. Die Szene wird zum Tribunal. Das (so verstandene) Theater verrät durch Selbstdarstellung und demonstratives Verhalten Einsicht in das Wesen gesellschaftlichen Verhaltens, ermöglicht die Gegenüberstellung mit einem sozialen Ich. Der Enthüllungscharakter des Theaters wird in diesem Stück von der ersten bis zur letzten Szene vor Augen geführt. Daß dabei auch der Chef dieses Theaters zur Selbstdarstellung, zur eigenen Enthüllung gezwungen wird, zeugt von der Konsequenz seiner Wahrheitssuche. So schwingt von Anfang an die Frage nach dem Verrat des Chefs an der historisch-gesellschaftlichen Realität mit, ohne daß sie von einer anderen Instanz als der des Theaters beantwortet werden könnte. Die letzten Sätze des Stückes bezeugen die Dialektik des Theaters als Erkenntnisquelle. Auf leerer Bühne steht der Chef und formuliert seine Einsicht: »Ihr Unwissenden! Schuldbewußt klag ich euch an.«

So ist es verständlich, daß Grass den Verrat und die Schuld zu beständig wiederkehrenden Motiven der Erkenntnisquelle werden läßt. Beim Chef folgt der Erkenntnis seiner Schuld am Ende gar die Schuld der eigenen Erkenntnis. Er leidet unter dem Wissen einer zum Scheitern verurteilten Dramaturgie des Aufstands. Das ist der tiefere Sinn für sein Zögern, sich anders als Theater-Regisseur und Dramaturg an der Revolution der Arbeiter zu beteiligen. Mit konsequenter Logik, die, wie sein Schlußsatz zeigt, ein moralisches Schuldbekenntnis nicht ausschließt, setzt er den Aufstand in ein Theaterphänomen um. Aufschlußreich der Dialog zwischen dem Chef und der Kuba-Nachbildung Kosanke:

Kosanke *Die Wahrheit ...*
Chef *Ist konkret. Es läuft die Probe!*
Kosanke *Was soll Theater, wenn das Volk,*
Regie nicht achtend, Handlung treibt?
Chef *Hör zu: Im Bett, die lust'ge Liebe,*
die Taufe später, mühevoll der Tod,
den Krieg, den Frieden muß man proben,
die Hasenjagd, das Fußballspiel,

sogar das Chaos muß man proben,
den Zufall, Schluckauf, Zaubertrick,
der Heilige muß Wunder proben,
den Aufstand der Plebejer muß man proben.

Mit dem eigenen Verrat demonstriert die Theaterprobe den Verrat der Aufständischen an sich selber. Daß sie von der Macht des Staates verraten werden, ist für den Chef eine voraussehbare Banalität. Er glaubt aber auch zu wissen, daß seine Solidarisierung mit den Arbeitern deren Verrat an sich selber und damit an der Revolution keineswegs unmöglich gemacht hätte. Einerseits ist es möglich und sogar notwendig, dieses Wissen des Chefs als eine individuelle Konfliktsituation tragischen Ausmaßes zu begreifen. Einzige Voraussetzung hierfür bleibt die Annahme, daß es sich hierbei nicht um ein bloß taktisches Verhalten handelt. Andrerseits geht das Dilemma jedoch erheblich tiefer: es schließt die deutsche Misere der unvollständigen, nicht realisierten Revolution ein. »Lenin schlägt vor«, erinnert der Dramaturg Erwin in der dritten Szene des ersten Aktes, »die Revolution wie Kunst zu betreiben«. Der Chef weiß um die Fragwürdigkeit eines solchen Unterfangens. »Also: Lehrstück machen. Publikum klüger machen! Hier! Mit geschulten Volkstribunen den Plebejern zeigen: Wie macht man Revolution, wie macht man keine.« Er ist sich selber zum Zitat geworden. Als Volumnia mit dem Pathos einer klassischen Revolutionsästhetik vom Aufstand der Berliner Arbeiter berichtet, bemerkt er trocken: »Das ist, beste Freundin, alles von mir.« Den glühenden Bericht lyrischer Revolutionsekstase

Sah offne Münder, Augenweiß.
Asphalt erweichte und Basalt zerbarst.
Sah Haut auf Knöcheln platzen, Blut.
Geruch, die Milch der Welt zu säuern.
Sah Staub in Säulen und Geschrei im Stück.
Im Fleisch erwachten totgesagte Maden.
Paläste fielen hart aufs Knie,
und Wut schlug zu mit flacher Hand.

kommentiert er: »Sie war im Kino und sah Eisenstein.« Deutlicher kann die Absage an eine Ästhetisierung der Revolution kaum ausgedrückt werden. Der Gang der Maurer zum »großen Mann, der einen Namen hat« ist bereits der erste Schritt zu einer Ästhetisierung des Aufstandes, der mehr über die Aufständischen und die

Chance ihres Erfolges aussagt, als über die Fragwürdigkeit eines Stückeschreibers und Dramaturgen, der auf seiner Bühne »Ergebnisse von gestern« auf die Probe stellt. Den Verlauf der Handlung vorwegnehmend, kommentiert der Chef bereits bei seinem ersten Auftritt das Verhalten der Proletarier im Spiegel des von ihm inszenierten historischen Schauspiels:

Nichts ist an dieser Folge richtig,
wenn dieser Schwätzer
mit der Bauch- und Gliederstory
den Aufstand, eh er noch recht läuft,
wie eine Amme in den Halbschlaf singt.

So koppelt das Stück die Selbstkritik des Chefs mit einer Kritik an der Gesellschaft in solcher Weise, daß beide sich gegenseitig reflektieren. Der Ausspruch: »Ihr Unwissenden! Schuldbewußt klag ich euch an.« bezieht sich sowohl auf die mangelnde Erkenntnis des Volkes angesichts einer theatralischen Widerspiegelung, einer demonstrativen Inszenierung seines Verhaltens als auch auf die Erkenntnis, daß die Einsicht der Bühne immer nur eine ästhetische Veranschaulichung, keine eigentliche Handlung, sondern allenfalls eine Aufforderung zur Handlung (die das Theater selbst nicht zu vollbringen vermag) vermittelt. Reflexion und Entlarvung also auf beiden Seiten, ohne daß es zu einer praktischen Veränderung der jeweilig offenbarten Widersprüche und Schwächen käme. Die Aufständischen lassen sich von der Ästhetik, genauer: von einem Gleichnis, das der Chef als »Krücken« abtut und zuversichtlich den realistischen Forderungen von »Schweißern und Monteuren« hoffnungslos unangemessen bezeichnet (1. Akt, 2. Szene), in ihrem revolutionären Vorhaben abbringen. Damit sprechen sie ihrem gerechten Anliegen das eigene Urteil aus. Bezeichnenderweise spricht nicht der Chef, wo es um eine konsequente Nichtachtung der Ästhetik, wo es um eine radikale Umsetzung in Handlung geht. Wo sich die Gewalt des Volkes gegen ihn selber wendet, sucht er sich nicht durch Gleichnisreden, Diskussionen oder lehrstückhafte Proben zu retten. Das überläßt er dem Dramaturgen Erwin, der an dieser Stelle buchstäblich um ihr Leben ästhetisiert. Am Ende dieser interessanten dritten Szene des dritten Aktes, nachdem die Ästhetik der Veränderung ihnen beiden die Schlinge aus dem Hals gezogen hat, wendet sich Erwin mit bösem Zynismus an den Chef:

Nun, hat auch dich die Fabel von den Gliedern,
die ihren Bauch berennen, überzeugt?
Hier hat ein Unsinn Tradition
und hält sich frisch, wie Formalin die Leichen.
Drum darf der Fortschritt ihn nicht streichen.

Er erhält auf diesen geheimen Vorwurf keine Antwort. Der Chef sieht sich entlarvt in dem Augenblick, da das Volk sich verrät. Das Verhalten der Arbeiter in den folgenden Szenen wird mehr und mehr zu einem Theater, das nicht im Dienste einer zu verwirklichenden Veränderung steht, sondern selber dem ziellosen, inkonsequenten Wunsch nach Veränderung entsprungen ist. In der folgenden Szene heißt es denn auch über das Verhalten des Chefs: »*Gebannt von der Situation setzt sich der Chef.*« Jetzt machen die ihn um Hilfe bittenden Arbeiter Theater. Der Maurer, der die rote Fahne vom Brandenburger Tor geholt hat, demonstriert dem Chef und seinen Theaterleuten die spektakuläre Handlung. Die schauspielerische Darstellung des Arbeiters, die den Chef »fasziniert«, schließt sogar eine Nachahmung der Gewalt ein. Die Szenenanweisung lautet unmißverständlich: »*Ahmt ein MG nach.*« So einfach ist das. So ungebrochen glaubt der Maurer seinen trotz allem Pathos im Subjektiven steckenbleibenden Aufstand demonstrieren zu können. Marcel Reich-Ranicki hat zu Recht bemängelt, daß »der Held des Dramas ... im Grunde keinen Gesprächspartner findet«. Daß Kosanke in keiner Weise das Gewicht eines echten Gegenspielers besitzt, ist ohne Frage richtig. Ranicki deutet an, aus welchem Bereich sich eine moralische Gegenstimme hätte erheben können, die den Chef zu wesentlicher Selbsterkenntnis zu führen vermöchte: »Eine Gegenstimme hätte sich vielleicht auch unter jenen Arbeitern von der Stalinallee finden lassen, die am 17. Juni den ›Chef‹ um Hilfe bitten. Aber die Arbeiter, die Grass auftreten läßt, reden meist wie Kinder. Und denken können sie offenbar überhaupt nicht.« (M.R.-R., *Literatur der kleinen Schritte,* München 1967, S. 176.) Der Maurer, der dem Chef sein Revolutionstheater vorführt, bleibt der einzige deutliche Ansatz einer solchen Gegenfigur. Bei seinem ersten Auftreten wendet er sich direkt an den Chef des angeblich proletarisch-revolutionären Ensembles; sein demonstrativer Bericht ist eine einzige Herausforderung an das literarische Drama, an die Ästhetik der Dramaturgie. Unter Hinweis auf sein fließendes Blut erklärt der Maurer absichtsvoll:

»Laß doch die Tinte laufen. Hier. Ich habe.« Dann wendet er sich an den Chef: »Und was hast du? Na was? Ich habe!« Die Provokation ist unüberhörbar. Wichtiger noch für die Bedeutung seines Auftritts scheint in diesem Zusammenhang die Gestalt der Friseuse. Zunächst scheint sie verblüfft in der für sie ungewohnten Umgebung: »So sieht das aus – Theater. Da ist die Rampe – *in den Zuschauerraum* – da – da sitzen sie.« Die Betonung der Rampe, mithin der Trennung von Bühnengeschehen und nichthandelndem Publikum, erhält ihren vollen Sinn erst durch die von den »Zuschauern« (Eisenbahner: »Laß ihn erzählen, wie er hat.«) immer wieder unterbrochene revolutionstheatralische Selbstdarstellung des Maurers:

Jawohl! Allein von oben! Was habt ihr?
Ihr alle habt von unten, wie ich oben.

Es geht um zwei Arten des Theaters. Die Friseuse erkennt zwar erst die Schein-Mechanik des Theaters, als sie den Maurer zur Bühne des Chefs begleitet. Drei Szenen später erinnert sie jedoch den Chef daran:

... schon mit siebzehn ging ich ins Theater:
Da, – da hab ich gesessen, als hier oben
die Kattrin auf dem Dach saß, stumm,
und hat getrommelt,
wie ich jetzt schreie: Panzer kommen!

Sie deutet ihre damalige Position »unten« im Zuschauerraum an, während »oben« auf der Bühne Kattrin aus der *Mutter Courage* ihren stummen Protest als Schauspiel demonstrierte. »Oben« und »unten« erinnert an den vorangegangenen Auftritt der Friseuse. In der vierten Szene berichtet sie dem Chef von den Handlungen des Maurers mit folgenden Worten: »Von oben runter, hat vom Brandenburger Tor ...« Die Szenenanweisung dazu lautet: *Sieht nach oben, hält ein.* Als sie nach unten *»in den Zuschauerraum«* blickt, erklärt sie: »da – da sitzen sie.« Ihre nächste Bemerkung gilt erneut dem Chef: »Hier faß mal an. Er hat von oben ...« Der Maurer, der wiederholt die gleiche Terminologie benutzt, faßt schließlich sein eigenes Schauspiel, das dennoch das Volk mit einschließt, in dem Anakoluth zusammen: »Ihr alle habt von unten, wie ich oben.« Daß es sich bei seiner Aktion ebenfalls um ein demonstratives Schauspiel gehandelt hat, bestätigt seine Nachgestaltung: »... doch ich, weil unten ganz Berlin mit Linsen ...« »Unten« stand also »ganz Berlin«, das Theaterpublikum, das dieses Schauspiel mit photographischen Linsen im Bilde festhielt – den Aufstand zur ästhetischen Erscheinung werden ließ, von vornherein als ästhetische Darbietung begriff. Sowohl die Friseuse als auch der Maurer demonstrieren das Herunterholen der roten Fahne vom Brandenburger Tor als nochmaliges Theater. »Er hing, die Füße frei!« versucht sie, ihrem neuen, fachmännischen Publikum klar zu machen. Gestikulierend erläutert sie: »So, sag ich, hing er. Und er zog!« Das von der Friseuse an den Tag gelegte Revolutionspathos ist auch dem Chef nicht gänzlich fremd. Es erinnert ihn an jene frühe »fruchtbare Zeit«, die er gemeinsam mit dem Dramaturgen Erwin als Teilnehmer am Pathos des großen historischen Revolutionstheaters, als »Anarchist, untererernährt mit Guitarre und Talent«, wie Erwin formuliert, erfahren hat. Grass gibt in seinem *Coriolan*-Aufsatz zu bedenken, daß Brechts Revolutionserlebnis der Spartakusaufstand gewesen ist. Der Chef hat also an jenem historischen Welttheater teilgenommen, hat es auf die Bühne gebracht und erkennt nun in den Äußerungen der Friseuse das Pathos und die Gestik seines jugendlichen Revolutionserlebnisses wieder. Er sieht in ihr eine Rückverwandlung des von ihm durchlaufenen Prozesses. Aber der Chef glaubt nicht (mehr) an eine Übersetzbarkeit der Bühnenhandlung in eigenes revolutionäres Verhalten, an die Verwandlung ästhetisch inszenierter Einsichten in die persönliche Mitgestaltung gesellschaftlicher Veränderungen.

Erwin *Die könnt von dir sein, Chef.*
Chef *Fast fürchte ich, sie ist von mir.*

Er erkennt in ihr die Ästhetik des (eigenen) Scheiterns. So treten sie sich gegenüber:

Friseuse *Ich kenn dich gut.*
Chef *Auch du bist mir nicht neu.*

Sie ist in der Tat eine alte Bekannte. In der dritten Szene des zweiten Aktes demonstriert der Chef sein eigenes früheres Verhalten dadurch, daß er die Revolutionsbraut spielt.

Chef *Das bin ich, ja, das bin ich, keusch.*
Für Sozialismus und Gerechtigkeit
stritt sie von früher Jugend an!
So stritt ich, und von Jugend an.

Aber diese Identifizierung wird ausdrücklich zurückgenommen. Seine Dramaturgie, seine ästhetische Inszenierung der Revolution ist Provokation und Bekenntnis zugleich. Er haßt Revolutionäre, die sich scheuen, Gewalt anzuwenden. Er möchte nicht »nackt und weinerlich« um einen Aufstand werben, der im Pathos steckenbleibt.

Chef *Soll ich die Braut abgeben*
mit verstellter Stimme,
und andrerseits den Werber spielen:
Schaut nur, wie keusch sie ist und ohne Knick?

Erneut wird deutlich, daß der Chef zumindest sich selbst gegenüber keine Integrität einbüßt. »Schuldbewußt klag ich euch an.« Der Schlußsatz des Dramas bleibt für das richtige Verständnis seiner Hauptfigur von grundsätzlicher Bedeutung. Verständlich, daß ihm die Friseuse – wie einst Volumnia in der fünften Szene des ersten Aktes – als Selbstzitat erscheinen muß. Auch anläßlich Volumnias lyrisch-ekstatischem Revolutionspathos bemerkt der Chef: »Das ist, beste Freundin, alles von mir.« Dennoch führt ihn die theatralische Wiederbegegnung mit der eigenen Jugend in Versuchung. »Dies Mundstück einer C-Trompete«, erklärt er über das Revolutionspathos der jungen Friseuse, »bläst Wünsche wach, die besser schlafen sollten.« Vorübergehend erliegt er der Werbung der Revolutionsbraut, hängt er dem alten Traum nach. Bewußt erkennt er jedoch in seinem Verhalten eine »Flucht« in die Revolutionsästhetik. Wieder allein gelassen, charakterisiert er diese Schwäche mit den Worten:

Ich, wissend, listig, kühl, allein,
war ein Gedicht lang fast dabei.

Der Wunschtraum revolutionären Handelns wird durch die tatsächlichen Machtverhältnisse jäh unterbrochen. Ausnahmezustand und Kriegsgesetz zwingen zur Rückkehr ins hilflose, machtlose Zuschauen. Gegen dieses Theater vermag die Dramaturgie des Chefs nichts auszurichten. Sein Ensemble wird zum Publikum. »Da kannste machen nix«, resigniert der Straßenarbeiter: »Da mußte gucken zu.« Eine Gegendemonstration, ein Spektakel der Unterdrückung von »oben«, ein Theater der totalitären Macht wird von Staats wegen inszeniert. Die Assistenten des Chefs, Podulla und Lithenner, diskutieren zynisch die Ästhetisierung auch dieser Gewalt.

Die Plebejer siegen also nur auf der Bühne, die demonstrative Ästhetik bleibt. Auf der gleichen Bühne des Theaterchefs bricht der geschichtliche Arbeiteraufstand zusammen. Veränderungen bleiben Proben. Das Theater des Chefs stellt die Gegenprobe zum gesellschaftlichen Handeln auf. Die aufständischen Arbeiter werden auf seiner Bühne zu Schauspielern, zu Demonstranten ihres eigenen Verhaltens. Die Widerspiegelung ihres Dramas in der Neuinszenierung der Tragödie des Coriolanus schließt eine entsprechende Haltung der hilflos Aufständischen und der probenden Dramaturgen ein. Der Chef führt diese Gleichsetzung durch, wenn er gesteht: »Von nun an stehen wir uns im Wege.« Das Bühnenstück hat auch ihn und sein Ensemble verurteilt. Als Litthenner fragt: »Soll das heißen, wir lassen den Coriolan fallen?«, antwortet der Chef: »Er ließ uns. Von oben herab.« Dieses »oben« spielt jetzt nicht nur auf die Theaterbühne und das Schauspiel auf dem Brandenburger Tor an. Das gesamte Ensemble sitzt nunmehr »im Zuschauerraum«, unfähig, das eigene Verhalten, seine inszenierte Selbstdarstellung handelnd zu verändern. Das Scheitern des Arbeiteraufstandes führt den Chef zur Erkenntnis des eigenen Scheiterns. »Erst ihre Niederlage überzeugte mich«, erklärt er dem parteiergebenen Kosanke, »daß wir, zum Beispiel, den Shakespeare nicht ändern können, solange wir uns nicht ändern.«

Diese (wenn auch immer wieder in Frage gestellte) Identifizierung zwischen aufständischen Arbeitern und probenden Schauspielern beruht auf der grundsätzlichen Gleichartigkeit ihres Verhaltens. Beide wollen »arbeiten, ändern, proben«, wie es in der zweiten Szene des vierten Aktes heißt. Beide erfahren das Scheitern des eigenen Willens zur Veränderung. Arbeiter und Schauspieler verraten ihr selbstbestimmtes Anliegen. Sie werden schuldig, weil sie nicht über den Versuch, die Probe einer emanzipierten Existenz hinauskommen. In seinem Brief an Walter Ulbricht erläutert der Chef:

Die Bürger woll'n nur ausprobieren,
ob unsre Straßen breit genug
im Ernstfall für 'nen Aufstand wären.

Ort der Handlung bleibt in diesem Trauerspiel die Bühne, auf der mit dem »Ernstfall« gespielt, geprobt wird. Die Ausgangsfrage des Stückes, ob Coriolan zu ersetzen ist, wird im Grunde bereits am Ende der ersten Szene beantwortet. Schon dort führt die Charakterisierung des Volksfeindes zur Verdächtigung des Chefs: indem Coriolan als Theaterrolle begriffen wird, bieten sich Vergleichsmöglichkeiten nicht mit der Staats- und Parteispitze, sondern mit dem Bearbeiter und Dramaturgen. Erst durch die Theatralisierung des politischen Verhaltens, durch die Inszenierung des Coriolan wird die Dramaturgie eines Volksaufstandes, das Proben der Plebejer zur demonstrativen Selbsterkenntnis in einer historisch konkreten Situation. Über Coriolan heißt es, daß sein Hochmut »völkermitreißend erst nach fünf Aufzügen zu Fall kommt«. Die Kostümierung dieser Theatergestalt erfolgt nach den Anweisungen und Vorstellungen des Chefs. Vor der Coriolan-Puppe spielt sich am Ende der ersten Szene folgender Dialog ab:

Litthenner *Wie sagt der Chef? Es habe des Coriolan Bescheidenheit, was Hemd und Hose angeht, seinen himmelstürmenden Hochmut zu belegen.*

Podulla lachend: *Gewiß! Auch er kleidet sich anspruchslos und wechselt nur notfalls das Hemd.*

Litthenner sieht ihn an. Nach einer Pause: *Du bist doch wohl nicht der Meinung ...*

Podulla *Selbstverständlich bin ich nicht der Meinung.*

Von Anfang an also entsteht der Verdacht, daß sich Coriolan und der Chef in ihrer theatralischen Selbstdarstellung mehr gleichen als die gegenwärtigen Volkstyrannen dem historischen Volksfeind. In der nächsten Szene erklärt der Chef seinem Dramaturgen Erwin (die 1970-Ausgabe der *Theaterspiele* nennt hier, wohl als Druckfehler, den Namen »Erich«, S. 240): »Diese beleidigten Privatiers werden ihn, Coriolan, nicht ersetzen können. Wir werden beide schulen, und das heißt: verändern müssen.« Jetzt wittern die beiden Assistenten ihrerseits eine verräterische Anspielung auf sich. Auch sie übertragen ihre Theaterrolle auf die konkrete gesellschaftliche Situation.

Litthenner sachlich: *Ich hoffe, Sie spielten nicht darauf an, Podulla und ich könnten sich, in ähnlicher Lage, wie Sicinius und Brutus verhalten.*

Podulla *Litthenner und ich stehen eindeutig auf der Seite des Volkes. Mehr noch: Dank Ihrer Anleitung unterhalten wir ein Theater für die Arbeiterklasse.*

Ob ihr Theater »für die Arbeiterklasse« tatsächlich so »eindeutig« auf der Seite des Volkes steht, wird durch den doppelten Aufstand der Plebejer in Frage gestellt. Der Chef selber weist darauf hin: »Seid korrekt! Unterhalten tut es wohl unsere Regierung.« So erweist sich das Verhältnis des Volkes zu seiner Regierung als eine Beziehung, die durch das Theater auf die Probe gestellt wird. Bezeichnend ist, daß auch die Assistenten durch das Proben eines Theaterstückes sich selbst verraten, ihre geheimen Zweifel demonstrieren und damit zu einer ersten Selbsterkenntnis gezwungen werden.

Tatsächlich geht es ja in diesem Stück um die Frage, wer das Volk in seinem Aufstand verrät. Verrat und Schuld sind auch in dem »deutschen Trauerspiel« die zentralen Themen, mit denen sich Grass auseinandersetzt. In seinen Romanen hat er Entsprechendes geleistet. Der Chef weiß um die Begrenztheit seiner Wirkung. Er hat den Konflikt, den die Arbeiter am 17. Juni 1953 ausgetragen, mehrmals zuvor erfahren. Sprache, auch die Ausdruckskraft des Chefs, kann immer nur ästhetisch handeln. Worte stellen dar, sie können allenfalls demonstrieren und provozieren; gegen die handelnde Gewalt jedoch sind sie machtlos. Grass hat diese Erkenntnis in seinem eigenen politischen Handeln angewandt. An die Stelle der Ohnmacht schriftlicher Proteste – ein Thema, mit dem er sich insbesondere in dem Lyrikband *Ausgefragt* beschäftigt hat – setzt er seinen literarischen Ruhm unliterarisch oder, wie er es nennt, »als Begrüßgustav« in gesellschaftlichen und politischen Streitfragen ein. Der Chef seines Stückes ist sich gleichfalls der beschränkten Wirkung literarischer Demonstrationen bewußt; im Gegensatz zu Grass zieht er jedoch daraus nicht die notwendigen Konsequenzen. Darin liegt seine Schuld. Die List seiner Ästhetik ist die schuldbewußte Angleichung an die Macht. »Revoluzzer habe ich genug beschrieben«, bemerkt er. »Maschinengewehre, wenn sie die hören, rennen sie!« Eine solche Wirkung der handelnden Gewalt vermag er mit seiner Bühnenhandlung nicht zu erzielen. Die Weiterführung der Probe dient der Bestätigung dieser Einsicht. »Ein Versuch wird erweisen«, erklärt er Volumnia, die die Fotsetzung der Probe als Verrat an den Aufständischen wertet, »was sie begriffen haben.« Die Theatralisierung des Vorgefallenen dient also keineswegs nur der Einsicht des Chefs; vielmehr will er diese Erkenntnis dem zuschauenden und mitwirkenden Volk zugänglich machen. »Wen willst du prüfen?« erkundigt sich Volumnia. »Jene da? Uns? Oder gilt diese Prüfung dir?« Mit der ihm eigenen List antwortet der Chef darauf: »Das alte Übel, meine Neugierde. Wissen möchte ich, wer am Ende die besseren Noten nach Hause trägt:

die Natur oder mein Theater!« In dieser Äußerung kommt der Grundkonflikt seines Wesens zum Ausdruck: er kann erst ein Freund der Natur und des Volkes werden, wenn sie sich seinen Vorstellungen entsprechend verändert haben. Seine Lehrstücke lassen sich nicht vom Volk diktieren; sie schreiben ihm das Verhalten vor. Das Volk soll, wie er es formuliert, »begreifen« lernen. Der Chef kann den Arbeitern nicht verzeihen, daß sie ihren Aufstand ohne Plan und Führer verwirklichen. Er warnt sie vor der Gewalt, die ihre Demonstration beenden wird. Die streikenden Proletarier aber verhalten sich im wesentlichen nicht anders als der Chef: auch außerhalb seines Theaters »proben« sie »den Aufstand« ohne vorausbestimmten Text, spontan, den Bedingungen und Forderungen des Augenblicks gehorchend. Nicht nur die Probe der Arbeiter schlägt fehl, auch der Coriolan des Ensembles erweist sich als (so) unaufführbar. Das Theater trägt nicht die besseren Noten nach Hause. Nicht nur, weil sowohl die Arbeiter als auch die Schauspieler sich höchst unnatürlich verhalten, sondern weil die Alternative »Natur oder mein Theater« eine falsche ist. Man kann ein Volk nicht mit Hilfe des Theaters »natürlicher« gestalten wollen.

»Verräter sind sie!« kommentiert der Maurer zu Beginn der achten Szene des ersten Aktes. Erwin und Volumnia kommen der Wahrheit näher, wenn sie am Ende des Aktes erklären:

Erwin *Ihr habt ihn nicht überzeugt.*
Volumnia *Und er will überzeugt werden.*

Hier liegt das Dilemma: das Volk soll ihn überzeugen in dem Augenblick, da es sich an ihn wendet, weil es von ihm überzeugt ist. Die Arbeiter sollen »ihm wieder vortanzen«, wie der Maurer erkennt, damit der Chef von dem Theater, von der Demonstration des Volkes überzeugt wird. Er verlangt von den Aufständischen den Nachweis der Eigenständigkeit. In letzter Konsequenz soll ihm das Volk die Nutzlosigkeit, die Überflüssigkeit seines Theaters demonstrieren. Denn wenn es sich so verhält, wie die Dramaturgie des Chefs es für notwendig und richtig erachtet, bedarf es nicht länger der aufklärerischen Schaubühne. Dann wären sie alle aktiv Handelnde, die über ihre geschlossene Gewalt verfügten. Es gäbe keine Zuschauer mehr. Der Aufstand würde nicht mehr geprobt, er würde konsequent und erfolgreich durchgeführt. »Was soll Theater«, fragt Kosanke, »wenn das Volk, Regie nicht achtend, Handlung treibt?« Diese Bemerkung des parteiergebenen Nationalpreisträgers kann im Sinne des Grassschen Stückes nur dialektisch verstanden werden. Die Regie, von der er spricht, ist die vorbestimmte Führung der staatlichen Gewalt. Das Theater ist eine Coriolan-Inszenierung der Staatsdiktatur. Die Dramaturgie des Chefs kommt über eine Veranschaulichung dieses Gewaltaktes nicht hinaus. Sie erhellt die Rollenverteilung des Volkes in einem Drama, das nicht von ihm selbst geschrieben ist. Das frei, geschlossen und konsequent handelnde Volk bleibt Erinnerung und Wunschtraum.

Den Lesern der *Hundejahre* ist die für Grass so kennzeichnende Ästhetik des Verrats – man denke an die Vergewaltigung Eddi Amsels und Jenny Brunies', die in der Form einer tänzerischen Farbkomposition berichtet wird, im zweiten Buch – und damit auch der verräterische Charakter der Ästhetik in eindrucksvoller Erinnerung. In seinem Drama zeichnet Grass ein Volk, das seine Macht des eigenen Handelns »mit Sinn für Sauberkeit vermählen« will. Die Ästhetisierung der eigenen Gewalt führt zur Beschönigung der Gegengewalt. Diesen Erkenntnisprozeß will der Chef auf seiner Bühne demonstrieren.

Chef *Solch reinliches Verhalten wollen wir jetzt proben.*

Der ästhetische Propagandist staatlicher Gewalt Kosanke schaltet sich in diese Probe mit der enthüllenden Bemerkung ein:

Kosanke *Hier spricht der Arbeiter- und Bauernstaat.*
Und wer den heut verrät,
den nenn ich Klassenfeind.

Während er also den Verrat an einer Abstraktion konstruiert, hinter der sich ein volksfeindliches Machtgebilde verbirgt, verspielt das Volk den Aufstand als Demonstration seiner Macht und verkörpert in der Bühnenprobe den Verrat an sich selbst. Für Kosanke ist dieses Volk im Namen seines »Arbeiter- und Bauernstaates« konkret »dies Pack«; für die Arbeiter hingegen ist der Nationalpreisträger »Verräter an der Klasse«. Schließlich aber werden auch der Chef und sein Kollege von ihnen »die Verräter« (3. Akt, 3. Szene) betitelt. Erst als das Volk vom Chef an seine geschichtliche Uneinigkeit erinnert wird, besinnt es sich auf eine Gewalt, die es zuvor nicht anzuwenden suchte. »Das heißt bei mir: Verrat«, empört sich der Arbeiter Wiebe, als der Chef ihm die Fragwürdigkeit einer gesamtdeutschen Einheit vor Augen führen will. Für ihn gibt es nur eine Handlungsmöglichkeit angesichts solcher Enthüllung: »Aufknüpfen, die Verräter. Kurzer Prozeß gemacht.« Bezeichnenderweise können sich der Chef und Erwin nur dadurch retten, daß sie den Aufständischen durch ein klassisches Gleichnis ihre gemeinsame Identität als Staat nachweisen. Durch diese erneute Ästhetisierung – es handelt sich um die dem Coriolanus entnommene Bauch-und-Glieder-Parabel – rechtfertigen sie die Gewaltmacht des Staates und stellen den Aufstand des Volkes in Frage. Für den Dramaturgen Erwin, der das Gleichnis zitiert, hat damit »ein Unsinn Tradition«. Auch er begeht einen bewußten Verrat am Volk.

Schauspieler und Aufständische, Plebejer und Proleten verdächtigen sich gegenseitig.

Straßenarbeiter	*Römische Klamotten. Alles Tarnung.*
Zimmermann	*Wer beweist uns, daß zwischen denen da keine Spitzel?*
Rufus	*Und wer uns, daß in der Maurerkluft wirkliche Maurer stecken und keine Westagenten?*

Der Verdacht der Täuschung, des tarnenden Theaterspiels führt unmittelbar zur Gewalt. Das Handgemenge zwischen Plebejern und Proleten wird zum Bild des selbstzerstörerischen Klassenkampfes. Als die Arbeiter ihren Bericht über den Aufstand geben, bittet sie der Chef interessiert: »Sagt eure Namen dazu.« Aber es herrscht kein Vertrauen zwischen ihnen und dem Dramaturgen, den sie dennoch in ihrem eigensten Anliegen bitten konnten.

Maurer drängt sich vor: *Die tun nix zur Sache.*

Nicht minder lauernd erweist sich das Verhältnis zwischen Kosanke und dem Chef. Das Gespräch wird vom Parteidichter fast immer nur als Verhör geführt. Als der Chef den dialektischen Spruchreim verkündet: »Mich liest der Westen mit Vergnügen; der Osten liest Kosankes Lügen«, verlangt der so Angegriffene sofort: »Das mit dem Westen will ich schriftlich haben.« Mißtrauen, Verrat und Bespitzelung herrschen überall. Das vom Chef benutzte Tonband wird wiederholt als staatliches Abhörgerät mißverstanden. Als schließlich die Panzer anrollen, wird der Verrat die Grundlage für ein neues Theater, ein neues Verstellen, ein neues Trauerspiel.

Damaschke *Nein, ich hab keinem je im Leben was zu Leide,*
Was sag ich? Er hat. Ich hab kaum.
Nichts hab ich zu verbergen. Nichts!
Die sollen von mir wissen, wer bei uns.
Läuft hinaus.

Es geht in diesem Stück um die Inszenierung des Verrats, um die verräterische Selbstdarstellung des Volkes. Insofern ist das Theater hier wie bei Schiller moralische Instanz. Überhaupt hat dieses Drama viel Schillersche Rhetorik. Die Frage stellt sich, ob es unbedingt notwendig gewesen ist, Brecht zur Vorlage der Figur des Chefs zu wählen. Die Verbindung zwischen künstlerbiographischem und zeitgeschichtlichem Schauspiel ist keineswegs besonders glücklich. *Die Plebejer proben den Aufstand* läßt weder Brecht noch dem Ereignis des 17. Juni 1953 Gerechtigkeit widerfahren. Grass hat wohl auch mit seiner Absage an eine Totalästhetisierung der politischen Opposition andere Ziele verfolgt. Die Kritik am Chef wird sicherlich mißverstanden, wenn sie nur als Mißtrauen und Verdächtigung gegenüber Bertolt Brecht gewertet wird. In der Gestalt des Chefs setzt sich Günter Grass mit seiner eigenen politischen Verantwortung als Schriftsteller auseinander. Das »deutsche Trauerspiel« fällt nicht zufällig in die Phase der immer stärker werdenden politischen Aktivität seines Autors. Im Gegensatz zu den vorangegangenen Stücken befaßt sich dieses Drama weniger damit, die eigene Werktheorie bildlich zu inszenieren. Grass greift jetzt in zunehmendem Maße über die Grenzen der Literatur in den gesellschaftlichen Bereich aktiv handelnd ein. Sein Stück *Die Plebejer proben den Aufstand* bemüht sich deutlich, einer wie auch immer politisch engagierten Literatur die praktischen Forderungen einer Politik gegenüberzustellen. Es ist ein Aufruf und Bekenntnis des Schriftstellers Grass, der sich zu dieser Zeit in den Wahlkampf für die Sozialdemokraten einschaltet. Daß es ihm jedoch nicht nur um wahltaktische Manöver geht, hat er später wieder in seiner Auseinandersetzung mit der Verfolgung russischer Intellektueller mit Konsequenz und Mut bewiesen. Welcher Gegensatz zur Gestalt des Brecht nachgebildeten Chefs deutet sich in dem Schlußsatz jenes Briefes an, den Günter Grass als offenes Schreiben an den Botschafter Sahm in Moskau adressiert: »Wir Schriftsteller haben mittlerweile (gewiß verspätet) ein Selbstbewußtsein entwikkelt, dessen besonderen Ausdruck ich hiermit Ihnen und dem Auswärtigen Amt recht undiplomatisch in Form eines offenen Briefes zur Kenntnis gebe.« Zu Grass sind keine hilfesuchenden Bürger im Aufstand gekommen. Hier revoltiert der Schriftsteller, der nicht erst aufgefordert werden muß, sich aktiv in die Politik einzuschalten.

Am besten liest sich das Stück *Die Plebejer proben den Aufstand* als Appell, als Aufforderung zu eigenem Handeln. Grass propagiert eine Parteiergreifung, die Handlung und Ziel aufeinander abstimmt. In seiner Büchner-Preis-Rede über das Selbstverständliche kommt dieser Appell des Staatsbürgers und Moralisten Grass am deutlichsten zum Ausdruck: »Eine Wahl ging über unser Land dahin. Im Chor der Redner vermißte ich Stimmen. Wo sind sie geblieben, denen vor Jahren noch das politische Dauer-Engagement einigen Nachtprogramm-Flair verliehen hatte? Wo, Alfred Andersch, hat Ihre beredte Entrüstung die Milch der Reaktionäre gesäuert? Wo, Heinrich Böll, hat Ihr hoher moralischer Anspruch die bigotten Christen erbleichen lassen?« So gesehen, ist das Theaterstück auch ein Beitrag zum schriftstellerischen Selbstverständnis. Das folgenschwer Neue des Dramas ist unverkennbar. Es signalisiert die Phase des politischen Aktivisten Grass; in seinem Werk nach fünfjähriger Pause das Stadium der Lyriksammlung *Ausgefragt* (1967) mit ihren vorwiegend politischen Themen, die Reden, Aufsätze und offenen Briefe *Über das Selbstverständliche* (1968), die unmittelbar der eigenen politischen Arbeit entnommen sind, die Romane *Örtlich betäubt* (1969) und *Aus dem Tagebuch einer Schnecke* (1972) und das bislang letzte Theaterstück *Davor* (1969). Der Höhepunkt dieser Entwicklung ist ohne Frage das *Tagebuch einer Schnecke,* in dem Grass die Vereinbarkeit der Schriftstellerrolle mit derjenigen des politisch aktiven Bürgers mustergültig aufzeichnet. Es ist völlig unsinnig, in diesem Romanbericht zwischen der privaten und öffentlichen (Handlungs)Sphäre, zwischen der Einbildungskraft des Künstlers und dem Verantwortungsbewußtsein des Bürgers, zwischen fiktivem Roman und dokumentarischen Tagebuchaufzeichnungen zu unterscheiden. Der Konflikt, der die Brechtgestalten des Theaterstücks immer wieder heimsucht, ist hier längst gelöst. Freilich war auch für Grass der Weg lang und keineswegs von Anfang an so selbstverständlich, wie er es zumindest seinen Kollegen gegenüber wahrhaben will. Der Prozeß der eigenen Aktivierung verlief über eine provozierende Ästhetik der Gewalt. Grass' Grundthema der Schuld hat ihn vorübergehend zur Verherrlichung des Abscheulichen, zur kokettierenden

Choreographie der Gewalt geführt. Er las der Dämonie des Verrats, der Schuld und der Gewalt ein schönes Grauen ab. Diese Entwicklung findet mit den *Hundejahren* ihren einstweiligen Abschluß. Mitte der sechziger Jahre gelingt Grass dann der Schritt »über die Rampe«: fortan schließt seine ästhetische Darstellung des Handelns eigenes politisches Handeln ein. Es wird nicht mehr nur veranschaulicht oder bloß demonstriert. Scharfsinnig erkennt Grass, daß auch die politische Demonstration, solange sie sich auf Märsche, Manifeste und Unterschriftenaktionen beschränkt, eine bloße Ästhetisierung machtlosen Handelns bedeutet und insofern dem Demonstrationstheater, der Denkmodellbühne des Chefs durchaus entspricht.

Grass hat in einem Interview mit Heinz Ludwig Arnold bestätigt, daß »die Schuld als Motivation des Handelns« ein Grundthema seines Schreibens bedeutet. (*Text + Kritik*, 1/1a, 4. Aufl. 1971, S. 11) Das trifft auch auf die Schauspieler, Figuren und Gestalten des *Plebejer*-Stückes zu. Vordergründig scheint die Schuld nicht immer ihre eigene zu sein. Die Normenerhöhung beispielsweise ist ein Verschulden des Staates an der Arbeiterschaft. Aber die sich daraus ergebende Handlung führt dann doch immer wieder auf das Motiv einer eigenen Schuld zurück. Das zentrale Thema der neuen Grass-Dramaturgie ist die Dialektik des Handelns. Sie ist, wie wir angedeutet haben, zugleich eine Auseinandersetzung mit der eigenen Position als Schriftsteller und Bürger in einer Gesellschaft, die unmittelbares Eingreifen und Mitgestalten als demokratisches Selbstverständnis immer noch und immer wieder lernen muß. Grass veranschaulicht in seinen beiden letzten Stücken die Abhängigkeit des Handelns von Vorstellungen, von Überzeugungen, von Motiven. Er zeigt, daß sich eben diese Konzepte ändern können, nicht zuletzt im Prozeß des Handelns selbst. Umgekehrt setzt eine veränderte Vorstellung eine Änderung in uns voraus, wobei es problematisch bleibt, ob sich solche Wandlung ohne Bewußtsein, gleichsam als äußere Handlung, als Ereignis, als »Geschichte«, vollziehen läßt. Die Rückkehr zum Status quo, die die Niederlage der aufständischen Arbeiter bedeutet, läßt den Chef sinnieren: »... daß wir, zum Beispiel, den Shakespeare nicht ändern können, solange wir uns nicht ändern«. Die Vorstellung – auch die theatralische – einer Veränderung kann allein ihre Verwirklichung nicht herbeiführen. Sie wird erst durch den Konflikt verschiedener Handlungen und Handlungsgruppen bewirkt und zugleich neu motiviert. Eben das meint Grass, wenn er von einer Dramaturgie spricht, »die offiziell nicht hoch im Kurs steht, da sie Spannungen nicht aus dem unmittelbaren Handlungsablauf bezieht, sondern eben aus dialektischen Verhältnissen der Handelnden oder Handlungsgruppen zueinander«. (a. a. O., S. 16) Entwicklungen lassen sich nicht einseitig entweder durch Ideologie oder durch unreflektiertes Handeln vorantreiben. Grass nennt sich gern einen »Revisionisten«, der vom »produktiven Zweifel« lebt. Die Neubestimmung eines Konzeptes, einer Vorstellung, einer Vision wird durch eigenes und fremdes Handeln unaufhörlich gefordert. Der Revisionist entgeht der Starre des Dogmas, der Ideologie. *Die Plebejer proben den Aufstand* ist das »deutsche Trauerspiel« eines Revisionisten. Es durchleuchtet die Abhängigkeit von Handlung – Einzel-, Teil- und Kollektivhandlung – und Vorstellung – eigene, fremde, selbstentworfene und diktierte. Der immanente Widerspruch des Dramas rührt daher, daß es trotz spektakulärer Ereignisse (die bezeichnenderweise jedoch kaum gezeigt werden) auf einer Spekulationsebene spielt, die keine Spannung aufkommen läßt. Handlung gerinnt zu demonstrativer Formulierung. Die Motivation der handelnden Arbeiter jedoch, vom wichtigen Chef eine Erklärung ihres Handelns einzuholen, bleibt selber unerklärlich. Das Stück scheitert denn auch an der Unglaubwürdigkeit des Verhaltens seiner Aufständischen. Das mußte sich bei einem Drama, das sich die Motivation des Handelns zum Inhalt genommen hat, fatal auswirken. Nicht die Gestaltung des Chefs nach dem Vorbild Bertolt Brechts, nicht das Thema des 17. Juni 1953 also machen *Die Plebejer proben den Aufstand* zum faszinierenden Mißerfolg. Das Stück richtet sich vielmehr gegen die Logik der eigenen Aussage. Nicht der Aufstand, sondern das Theater wird auf die Probe gestellt.

Indes ist nicht zu verkennen, daß dieses Stück Ausdruck einer Entwicklung seines Autors ist, wie es sie bislang in der deutschen Literatur kaum gegeben hat. Ein deutscher Schriftsteller von der Bedeutung eines Günter Grass, der sein künstlerisches Schaffen zwar unter Spannung, aber mit Überzeugung und Konsequenz staatsbürgerlichen Pflichten und gesellschaftspolitischem Engagement komplementär an die Seite zu stellen vermag, hat immer noch den Charakter einer Ausnahmeerscheinung. Wie in der vorangegangenen Phase erfüllt das Theater in seinem Fall die Rolle einer Selbstbefragung, einer Dialektik aus Vorstellung und Handlung. Waren manche seiner früheren Stücke inszenierte Veranschaulichungen Grass'scher Werktheorie, so kommt diesem Drama durchaus die Bedeutung eines Wendepunktes in der kritischen Selbstbetrachtung seines Autors zu. Die Eigenständigkeit der Theaterspiele, ihre Wirksamkeit als Bühnenstücke ist zwar immer wieder von der Kritik in Frage gestellt worden. Dennoch haftet ihnen allen die Präsenz einer eigenen Identität an. Auch Joachim Kaiser muß über *Die Plebejer* gestehen: »Eine Kraft, ein unauslöschlicher Impuls scheint von ihm auszugehen. Große Theater – zumal solche, die sich sehr zieren, wenn es um Stücke von Brecht selbst geht – spielten es nach.« (a. a. O., S. 64) Bei allen Schwächen ist der Zuschauer und Leser stets von der Radikalität der inszenierten Problematik überzeugt. Er spürt, daß das Theater des Günter Grass in seiner kritischen Selbstanalyse ständig neue Entwicklungen heraufbeschwört, daß wo die volle Verwirklichung eines Konzeptes auf der Bühne nicht gelungen ist, ein Roman, ein Gedicht oder die Konsequenz des eigenen Handelns die Gültigkeit der Theaterprobe erweisen kann. In diesem Sinne bleibt auch das Stück *Die Plebejer proben den Aufstand* inszenierte Theorie.

Davor

Das bislang letzte Theaterstück von Günter Grass wurde am 14. Februar 1969 im Berliner Schiller-Theater unter der Regie von Hans Lietzau uraufgeführt. Es ist das auf der Bühne unwirksamste Spiel seines Autors. Die Gründe hierfür werden in der Szenenanweisung mitgeliefert. »Das Requisit wird sparsam verwendet«, heißt es zu Beginn des Stückes, »und macht dem Spiel Platz. Die Stillage des Dialoges wechselt; er ist direkt, indirekt, trotz Partner partnerlos, er wird nahbei oder über Distanzen geführt.« Diesen Ausführungen folgt der erstaunliche Satz: »Die Wirklichkeit ist die Wirklichkeit der Bühne.« Im Gegensatz zu Max Frischs Probe-Stück *Biografie* aber, das gleichfalls die Bühne zum Schauplatz der Handlung werden läßt, besitzt *Davor* überhaupt keinen Bezugspunkt zur Bühne. Hier wird nicht wie bei Frisch Ich-Theater gemacht, hier geht es auch nicht um das Puppenspiel einer gesellschaftlichen Rollenfunktion, einer Inszenierung vorgefaßter Machtrelationen wie in der *Chinesischen Mauer;* was Grass mit seiner Anweisung eines wechselhaften, partnerlosen und nicht lokalisierbaren Dialogs bewirkt, ist vielmehr ein Maß an Abstrahierung, das das angebliche Bühnenstück in Wahrheit zu einem Spiel der Stimmen, mithin zu einem Hör- und keinem Sehspiel werden läßt. Mehr noch als im vorangegangenen Drama *Die Plebejer proben den Aufstand* wird in diesem Stück das Theater selbst auf die Probe gestellt. Grass hat in seiner legitimen Absicht, eine Dramaturgie zu schaffen, die »Spannungen nicht aus dem unmittelbaren Handlungsablauf ... sondern eben aus dialektischen Verhältnissen der Handelnden« bezieht, ein solches Maß an Stilisierung nicht nur in der Präsentation, sondern bereits in der Konzeption des Konflikts angewandt, daß *Davor* ein bloßer Gedankenaustausch, ein Schattenboxen von Formulierungen und Einfällen geworden ist. Das Abwenden vom Theater als einer Anstalt, »auf der Konfliktfälle unmittelbar ausgetragen werden«, muß keineswegs theaterfeindlich sein. Nur muß, wer Wesen und Wirkung der Bühne umfunktionalisieren möchte, einen Bezug zu dieser Bühne, und sei es auch ein negativer, ein in Frage stellender, ein illusionsenthüllender, hergestellt haben. Das heißt: wo der Anspruch erhoben wird: »Die Wirklichkeit ist die Wirklichkeit der Bühne«, darf man erwarten, daß das Theater jene dialektischen Spannungen sichtbar machen hilft, die Grass als Grundlage seiner Dramaturgie versteht. Sie müssen sich nicht erst durch ihre Sichtbarmachung entzünden, wohl aber zu ihrem Ausdrucksmedium in einem wesentlichen Verhältnis stehen. Verständlich, daß Grass sein Theater nicht zur Illustration, zur sinnlichen Veranschaulichung dialektischer Denkprozesse reduzieren will. Instinktsicher hat er in den *Hundejahren* die dramatische Dimension, die Komponente des Theaters in der Diskussion erkannt. Die neue Dramaturgie, die Grass seit den *Plebejern* verfolgt und die sich so entschieden von den vorangegangenen vier Theaterstücken unterscheidet, hat ja ihren Ursprung in jenem viertletzten Kapitel des Romans, jener »öffentlichen Diskussion«, die er als »Goldmäulchen«-Einakter dem Münchner Werkraumtheater zur Uraufführung überließ, das aber auch bezeichnenderweise als Hörspiel gesendet wurde. Im Gegensatz zu Joachim Kaiser sollte man deshalb der Meinung sein, daß die Bühnenadaption dieser Diskussion von Rechts wegen und zum Vorteil des Lesers in die Ausgabe der gesammelten *Theaterspiele* gehört hätte. Ohne den Rückbezug auf diesen Diskussions-Einakter ist der Wandel von der frühen Bildchoreographie zum rhetorischen Stimmenspiel, das an die Stelle der Handlung ein dialektisches Spannungsverhältnis von Handlungsmotiven setzt, nur schwer erklärbar und scheint abrupter, als er in Wirklichkeit vor sich gegangen ist.

Interessant ist, daß der Roman *Hundejahre* ein Höhepunkt in Grass' Entwicklung des sprachlichen Bildballetts gewesen ist. Zugleich aber setzt er sich durch eine konstruierte Rhetorik des Erzählstils von den beiden anderen Büchern der Danzig-Trilogie deutlich ab. Hinzu kommt, daß *Hundejahre* (auch nach Grass' eigenem Empfinden und Urteil) der bis dahin politischste Roman seines Autors gewesen ist. Übrigens ist er für Grass auch »wahrscheinlich ein politischerer Roman als *Örtlich betäubt*«. Das Gruppenverhalten, um das es Grass in seiner Darstellung geht (nicht neuerdings, sondern immer schon gegangen ist), läßt sich plötzlich nicht mehr bildchoreographisch aufzeichnen. In der *Blechtrommel* schlägt Oskar den Takt, nach dem die Leute um ihn tanzen. Die Sicht seines Bildes, die Bildperspektive der rollenhaften Erzählerpuppe bleibt in ihrer Verzerrtheit geschlossen. Gleiche Ereignisse werden nicht von anderer Warte aus betrachtet. In der Novelle *Katz und Maus* herrscht diesbezüglich schon eine größere Ausgewogenheit. Der Erzähler dominiert die Geschichte des »großen Mahlke« keineswegs so, wie der Zwerg Oskar seine Darstellung bestimmt. Im Gegenteil: Heini Pilenz muß gestehen, daß er die Ereignisse um seinen Schulkameraden Mahlke erzählerisch kaum erfassen kann. Das Erzählobjekt entgleitet ihm immer wieder. In den *Hundejahren* schließlich erzählt ein Autorenkollektiv, das im Vergleich zu Oskar Matzerath nicht konstruierter und gekünstelter erscheinen mußte. Aber die Aufspaltung in drei Erzähler signalisiert eine neue Denk- und damit Erzählweise. Aufschlußreich in diesem Zusammenhang scheint uns die Erklärung Grass', die sich freilich auf die gesamte Danzig-Trilogie bezieht: »Alle drei Ich-Erzähler in allen drei Büchern schreiben aus Schuld heraus: aus verdrängter Schuld, aus ironisierter Schuld, im Fall Matern aus pathetischem Schuldverlangen, einem Schuldbedürfnis heraus.« Auch die »öffentliche Diskussion« der hundertsten Materniade wird in der Absicht durchgeführt, ein öffentliches Schuldbekenntnis zu erzwingen. Walter Matern wird dabei ausschließlich als »Diskussionsgegenstand« bezeichnet. Mit anderen Worten: das Gegenständliche im Werk des Autors Günter Grass wird hier zum ersten Male qualitativ und formal neu beinhaltet. Schon immer galt bei Grass das Gegenständliche als widerständliche Beinhaltung. In diesem Sinne war auch der Erzähler Oskar Matzerath eine Geschichtsverpuppung zum Zwecke der Vergegenständlichung. In der »öffentlichen Diskussion« der *Hundejahre* jedoch, die übrigens als eine Hörspielproduktion des

Westdeutschen Rundfunks ausgewiesen wird, bedeutet die Darstellung des Gegenstandes (und damit im Sinne der neuen Dramaturgie Günter Grass' die gegenständliche Darstellung) eine Einkreisung von Stimmen, ein totales und totalitäres Verhör – und eine Ausflucht vor der Tat. »Wir handeln nicht«, erklärt der Diskussionsleiter, »wir diskutieren!« Refrainartig ergänzt der Chor der Diskutanten seine programmatischen Verkündigungen:

Diskussionsleiter: *Wir sterben nicht ...*
Diskutantenchor: *Wir diskutieren den Tod!*
. . . .
Diskussionsleiter: *Wir lieben nicht ...*
Diskutantenchor: *Wir diskutieren die Liebe!*

Allein die Bereitwilligkeit zur Teilnahme an solcher Diskussion wird als Tatbestand, als Handlungsersatz gewertet. So kommentiert der Diskutantenchor, eine historisch »verfremdete«, ironisierte Version des antiken Chorus:

Diskutantenchor: *Sagt Matern: ich bin gewillt!*
ist ein Tatbestand erfüllt.

Schuld wird erstmals nicht in geschichtlicher und erzählerischer Eigenständigkeit als bildlich verzerrte Sprachchoreographie gezeichnet, sondern als Motivation einer Handlung in ein dialektisches Spannungsverhältnis gesetzt, bei dem die Ideologie einer doktrinären Rhetorik ein öffentliches Bekenntnis vorausbestimmt.

Die von den Diskutanten selbstherrlich ritualisierte »Form der öffentlichen dynamischen Diskussion« wird von Grass unter zeitkritischem Seitenblick auf einen »Seminar-Marxismus«, einer Akademisierung politischer Auseinandersetzungen deutlich ironisiert. Er sieht in der vorausbestimmten konzertierten Rollenverteilung von Stimmen (Diskutanten) ein Spiel, das dem Handlungskonzept des herkömmlichen Theaters widerspricht, das aber einer neuen Dramaturgie gleichkommt, die er (wie es im Interview mit Heinz Ludwig Arnold heißt) »für entwicklungsfähig« hält. Die Genesis und Rechtfertigung dieses neuen Theaters läßt sich an dem Aufbegehren des »Diskussionsgegenstandes« Walter Matern ablesen. Sein Einwand liest sich in der Tat wie eine vorweggenommene Zusammenfassung der Kritik, die der neuen Grass-Dramaturgie, insbesondere auch dem Stück *Davor*, zuteil werden sollte.

Matern *Was soll das alles? Warum stehe ich hier an Stelle des Johannes Gutenberg? Warum heißt dieses öffentliche Verhör: Öffentliche Diskussion. Warum dynamisch, wenn ich, dem dynamische Schrittweise angemessen wäre, zwischen Säulen stillhalten muß. Denn ich, als Schauspieler und Phänotyp, als Karl Moor und Franz Moor: »Pöbelweisheit, Pöbelfurcht!« verlange nach Gängen hin und her, nach Auftritten plötzlich und unerwartet, nach Worten, von der Rampe zu schleudern, und nach Abgängen, die neuen schrecklichen Auftritt erwarten lassen: »Aber ich will nächstens unter Euch treten und fürchterlich Musterung halten!« – Statt dessen Statik und Fragespiele.*

Dem sollte gleich eine Erklärung des Autors Grass folgen, die sich mit eben jenem Vorwurf der Theaterfeindlichkeit auseinandersetzt. Im besagten Interview gibt er zu bedenken: »Ja, da kommt es darauf an, was man unter Theater versteht. Wenn Theater als eine Anstalt verstanden wird, auf der Konfliktfälle unmittelbar ausgetragen werden, dann ist das natürlich theaterfeindlich; oder auch dann, wenn man Theater reduzieren will auf operettenhaft-dekoratives Verhalten – und da gibt es ja eine ganze Reihe Stücke, die sich so aufputzen lassen.« (a. a. O.) Grass identifiziert sich sicherlich nicht mit den von den Diskutanten gegebenen Gründen und Rechtfertigungen. Sie sprechen von ihrer Diskussion als dem »Schichtungsmodell angewandter Soziologie«. Oder sie verkünden selbstbewußt: »Diskussion heißt Daseinsbewältigung!« Andere theologisieren: »Wir leben, um zu diskutieren«, oder: »Am Anfang war das Gespräch!« Wieder andere betonen das gesellschaftliche Zusammenspiel von Stimmen: »Wir diskutieren, um nicht monologisieren zu müssen« und: »Denn hier, nur hier ergeben sich unsere Sozialbezüge. – Hier ist niemand einsam!« Die Diskussionsmethode wird von ihnen allen ideologisiert. Grass hat nicht erst seit seinen Wahlreisen durch die Bundesrepublik solchen Diskussionsfanatismus kennengelernt. Zwar erklären die Diskutanten in den *Hundejahren:* »Wir verachten alle Gewalt«, was sie jedoch nicht davon abhält, wenn es nötig sein sollte, »zur Zwangsdiskussion« zu schreiten. Hier hat sich die Gewalt nur einer anderen Methode einverleibt. Grass spielt damit nicht nur auf die im Dienste einer Staatsideologie stehende Methode der »Zwangsdiskussion« in der DDR an; er erkennt die dem Verfahren immanente Vergewaltigung auch in den Ansprüchen faschistischer Philosophen. »Neulich haben wir den Philosophen Martin Heidegger, Mensch und Werk, diskutiert«, informiert ein Diskutant Walter Matern. Der Rückbezug auf Heidegger ist unverkennbar, wenn es nur wenig später zur Rechtfertigung der Diskussionsmethode heißt: »Wir diskutieren, um die Existenz des Diskussionsgegenstandes zu beweisen; schwiegen wir, es gäbe keinen Diskussionsgegenstand Walter Matern mehr!«

Obwohl sich Grass auf solche und andere Weise vor einer derartig totalitären Dogmatik in der Methode des Erkenntnisprozesses und der Selbstdarstellung durch aggressive Satire ausdrücklich distanziert, wählt er die Diskussion – konkret die »Öffentliche Diskussion« des Romans *Hundejahre* – als Grundlage für seine neue Dramaturgie. Wie in der Instanz des Theaters sieht er auch in der Selbstdarstellung durch das Gespräch die Möglichkeit unfreiwillig-verräterischer Enthüllungen, die im Widerspruch zum bewußt gewählten Rollenspiel wesentliche Aussagen über die »Motivation des Handelns« mitteilen. Auch in seinem Stück *Davor* macht er sich »die dynamische Gegenüberstellung als diskussionsförderndes Mittel« zunutze. Nur daß in diesem Spiel das Gespräch als vielfaches Monologisieren entlarvt wird. Die Vorgabe einer Diskussion erweist sich als Theater. Es kommt zu keiner rechten Verständigung, damit auch zu keinem echten Dialog. Die Stimmen der fünf Personen verhalten sich zueinander wie eine Fuge. Oft wird eine vom Autor konstruierte Aussage allein durch falschen Bezug erreicht. Ein Beispiel von vielen: In der ersten Szene werden zwei isolierte Äußerungen vom Zahnarzt und von Scherbaum aufeinander abgestimmt.

Zahnarzt *So, lieber Freund, die Brücken im Unterkiefer sitzen.*
Scherbaum *Da mach ich lieber was anderes Richtiges, das auch hinhaut.*

Wenn Walter Matern als »Diskussionsgegenstand« der *Hundejahre* schließlich erklärt: »Macht mal weiter. Ich weiß jetzt ziemlich Bescheid und spiel mit, hemmungslos«, so gestaltet Günter Grass in *Davor* ein Spiel mit Stimmen, Formulierungen und Meinungen, die er, wie einst das gegenständliche Sprachbild, choreographiert, inszeniert und in diesem Sinne zueinander Stellung beziehen läßt. Ähnlich ist er bereits in dem vorangegangenen Drama *Die Plebejer proben den Aufstand* vorgegangen, an dem Joachim Kaiser zu Recht gerügt hat, daß der Chef ohne rechten Gesprächspartner bleibt, an dem er seine Dialektik beweisen könnte. Nicht minder aufschlußreich in diesem Zusammenhang Kaisers Einwand, daß Grass den Figuren »keinerlei Gelegenheit [ließ], sich zu finden«. Der wichtigste Satz jedoch scheint uns folgender zu sein: »Er [Grass] spießte ihre Ansichten auf Dialog-Spitzen, wie ein Sammler Schmetterlinge auf Nadeln.« (a. a. O.) Diese gelungene Analogie behält auch für das Stück *Davor* ihre definitive Gültigkeit. Fugenhaft läßt Grass weiterhin Stimmen, die ein Gespräch vortäuschen, als ganz und gar künstliche Verpuppungen tanzen. Der werktheoretische Aufsatz *Die Ballerina* behält also auch für die neue Dramaturgie seine Gültigkeit. Von einem abrupten Bruch in der Entwicklung des Dramatikers – wenn eine solche Isolierung des Grass'schen Werkes überhaupt statthaft wäre – kann nicht die Rede sein. Übrigens findet sich die Grundlage für dieses neue Stimmenballett (erwartungsgemäß) ebenfalls in den *Hundejahren.* Die Figuren der beiden letzten Theaterstücke haben viel Gemeinsames mit den »merkwürdigen und menschenähnlichen Maschinen«, die der Ballettmeister Haseloff in seinem Kelleratelier bastelt. Brauxels Bericht endet ja mit der Demonstration eines Höllenballetts menschlicher Eigenschaften. Die Erzählung der *Hundejahre* schließt mit dieser tänzerischen Verselbständigung, aber auch Isolierung von Stimmen. »Der Orkus ist oben ... Jeder badet für sich.« Die ganz und gar künstliche Puppe, von der der Aufsatz *Die Ballerina* spricht, ist durch das inszenierte Schein-Gespräch zur isolierten Stimme geworden, die sich allenfalls in eine fugenhafte Choreographie einreihen läßt. Diese Stimme wird gleichsam zum Zitat. Sie verfügt über sämtliche literarische Gattungsformen. Im Diskussionsspiel der *Hundejahre* warnt der Diskutantenchor:

Schreib keinen Brief.
Brief kommt ins Archiv.
Wer den Brief schreibt,
unterschreibt,
was von ihm einst übrigbleibt.

Es gibt zahlreiche Verse dieser Art in der »Öffentlichen Diskussion«. Der Leser wird in ihnen unschwer den Ton des »Kinderliedes« aus dem Lyrikband *Gleisdreieck* (1960) wiedererkennen:

Wer lacht hier, hat gelacht?
Hier hat sich's ausgelacht.

Wer hier lacht, macht Verdacht,
daß er aus Gründen lacht.

Aber die gleiche Stimme kann sich als Bericht getarnte Erzählung geben. Das kann in der *Hundejahre*-Diskussion noch entweder als Einzelstimme oder als Stimmenchor geschehen. (Im Theaterstück *Davor* kommt es dann nur noch durch falschen Bezug zum sich ergänzenden Stimmenchor.) So kann Walli S. folgende Geschichte als »Fakten aus dem Diskussionsarchiv« erzählen: »Im Zwinger des ehemaligen Reichskanzlers Adolf Hitler fiel unter mehreren Schäferhunden ein schwarzhaariger Schäferhund namens Prinz auf ...« Dem schließt sich eine ausführliche Berichterstattung durch die Einzelstimme an. Oder mehrere Stimmen ergänzen sich zu einem Erzählchor, dem Autorenkollektiv der *Hundejahre* nicht unähnlich. Auch hier nur ein Beispiel:

Diskussionsleiter:	*Und hier ereignet sich folgendes:*
Walli S.:	*Am zwanzigsten April neunzehnhundertfünfundvierzig ...*
Diskutant:	*An einem Tag also, da der Erbauer der Reichsautobahn und unser Diskussionsgegenstand Walter Matern ihren Geburtstag feiern ...*
Walli S.:	*Während der Gratulationscour, an der sich der Generalfeldmarschall Keitel, Oberstleutnant von John ...*
Diskutant:	*Korvettenkapitän Lüdde-Neurath ...*
Diskutant:	*die Admirale Voss und Wagner ...*
Diskutant:	*die Generale Krebs und Burgdorf ...*
Walli S.:	*Oberst von Below, Reichsleiter Bormann, der Gesandte Hewel vom Auswärtigen Amt ...*
Diskutant:	*Fräulein Braun!*
Walli S.:	*SS-Hauptsturmführer Günsche und SS-Obergruppenführer Fegelein ...*
Diskutant:	*Dr. Morell ...*
Walli S.:	*und Herr und Frau Dr. Goebbels mit allen sechs Kindern beteiligen, während also noch gratuliert wird, entläuft der schwarzhaarige deutsche Schäferhund Prinz seinem Herrn.*

Das Stück *Davor* charakterisiert sich bereits mit seinem ersten Satz als Diskussionstheater. Auf offener Bühne fragt der Studienrat Starusch seinen Zahnarzt: »Sagen Sie, Dokter, was halten Sie eigentlich vom Rätesystem?« Es soll also diskutiert werden. Genauer: das Gespräch dient zur Ablenkung (ähnlich wie der Fernsehschirm im parallelen Roman *Örtlich betäubt*) und möglichen Überwindung von Schmerzen. Auch Joachim Kaiser charakterisiert das Stück als einen »Diskussionsvorgang«. Das Problem stellt sich, ob und wie die Sprache selbst zur Bühne gemacht werden kann. Peter Handke hat dazu seine Version vorgelegt. Günter Grass bietet in seinen beiden letzten Stücken eine ausschließlich sprachliche Auseinandersetzung mit Problemen, die von sich aus keineswegs für die Bühne im herkömmlichen Sinne geeignet zu sein scheinen. Ein Zahnarztbesuch, Reflexionen über Pädagogik und Überlegungen zum Zeitgeschehen machen kein Theater, von dem man Handlung und Spannung erwartet. Gerade diese Erwartungen möchte Grass jedoch enttäuschen. Unverständlich bleibt darum, weshalb sowohl in den *Plebejern* als auch in *Davor* immer wieder eine Scheindramatik angestrebt und vorgetäuscht wird. Es wäre allzu billig, wollte man diese Inkonsequenz als bewußtes Kontrastelement des Grass'schen Sprechstückes begreifen. Zu Recht beklagt sich Joachim Kaiser: »warum dann dieser geradezu lächerliche, dauernde Telephonievorwand, diese Ohrfeigendramaturgie?« Die eigentliche Aussage des Stückes ergibt sich aus sprachlicher Spannung, aus der Beweglichkeit gegenseitig ausgespielter Formulierungen, Definitionen, Denkmodelle. Das folgende Beispiel veranschaulicht, wie durch eine ausschließlich sprachliche Manipulierung eine Aussage beinhaltet wird.

Zahnarzt	*Wie Sie den Unterschied zwischen Lehrenden und Lernenden aufheben wollen, so werden wir den Unterschied zwischen Arzt und Patient endgültig abbauen – und zwar systematisch.*
Starusch	*Und zwar systematisch.*
Zahnarzt	*Doch nun wollen wir Ihre Degudentbrücken einsetzen.*
Starusch	*Brücken einsetzen.*
Zahnarzt	*Ihre Zunge wird sich bald an die Fremdkörper gewöhnen.*
Starusch	*Gewöhnen.*

Durch die sprachliche Reduzierung verändert sich der Sinn der Aussage in solchem Maße, daß die ursprüngliche Erklärung in Frage gestellt und zugleich ein Teil ihrer Stimme unter veränderter Bedeutung mit übernommen wird. Starusch konstruiert aus der sprachlichen Abkürzung eine Zeichensprache. Das heißt, daß trotz Ermangelung eines echten Dialoges Aussagebeziehungen zwischen den einzelnen Stimmen bestehen, ja, daß häufig eine gegenseitige Bespiegelung der parallel verlaufenden Äußerungen stattfindet. Auf solche Weise gelingt es Grass, seinen Stimmverpuppungen Reflexionen abzugewinnen, die die Moral des traditionellen Dramas ebenso wie das Lehrstück des epischen Theaters ersetzen sollen. Formal allerdings ist die neue Dramaturgie ebenso demonstrativ wie vorangegangene Muster (einschließlich des Brecht'schen Lehrstücks). Aus der Entlarvung einer angeblichen Diskussion als theatralisches Monologisieren sucht Grass dennoch einen Sinn- und Kommunikationszusammenhang zwischen den einzelnen Stimmen zu veranschaulichen. Wie Brecht verfremdet er eine Illusionserwartung, die sich in seinem Fall jedoch nicht auf Vorstellungen vom Theater beschränkt, sondern die Mitteilung als Motivation des Handelns überhaupt betrifft. Ein Stimmenbeispiel aus der ersten Szene:

Scherbaum	*Keine Zeit.*
Starusch	*Soll man das ernst nehmen?*
Zahnarzt	*Stellen wir zuerst fest: es soll etwas geschehen.*
Vero Lewand	*Wir machen Mehrwert heut abend.*

Ohne ihre Designierung zu einzelnen Personen ließe sich aus diesen Zeilen überhaupt kein Sinn ablesen. Joachim Kaiser schreibt über den Text des Stückes: »... plötzlich mischt sich in einen vermeintlichen Monolog eine andere Ansicht aus dem Quintett ein.« Man könnte bei den *Plebejern* wie bei *Davor* von einem Dialog sprechen, der nicht greift. Leider wird diese Wirkungslosigkeit der Diskutiererei aber nur formal, oder aber – was noch widersprüchlicher und unverbindlicher scheint – realpsychologisch als Generationenkonflikt begründet. Das Problematische an der neuen Dramaturgie des Günter Grass scheint uns hier zu liegen: wenn Joachim Kaiser unrecht hat mit seiner These »Philipp scheitert an sich selbst. Ein riesiger Monolog hätte genügt« (Ähnliches wäre über den Chef zu sagen), dann muß das Arrangement der Begleitstimmen seine eigene, von der Motivation dieser Person unabhängige Bedeutung haben. Wir können die Frage etwas anders aufwerfen, indem wir eine von Günter Grass abgegebene Erklärung über den gleichzeitigen Entstehungsprozeß des Romans *Örtlich betäubt* und des Theaterstücks *Davor* in unsere Betrachtung miteinbeziehen. Es hat Grass »beim Schreibprozeß gereizt, auf der einen Seite diesen Kursivtext der Prosa zu benutzen und im Konjunktiv zu bleiben und dieses sparsame Milieu mit einzubeziehen und auf der anderen Seite es davon zu lösen und diesen langsamen dialektischen Prozeß nur auf den Dialog zu stellen«. (a. a. O.) Unüberhörbar hebt Grass die größere Unmittelbarkeit und die Reduktion in der dialoghaften Darstellung einer dialektischen Handlungsmotivation hervor, die ihm das Theater zu bieten scheint. Das Konzert von Stimmen dient einer Handlungsanalyse, die sich mehr auf den ihnen gemeinen Autor als auf ihre Verhältnisse untereinander bezieht. Der vorgetäuschte Diskussionsdialog ist in Wahrheit ein Stimmenarrangement, mit dem Grass eine politische Selbstanalyse betreibt. Als Monolog des Autors faßt die Textfuge durchaus. Grass inszeniert das Für und Wider von Handlungsmotiven mit verteilten Rollen. Daß es in diesem Stück um die Motivation des Handelns geht, beweist die Besessenheit aller Stimmen, die Gesinnung einer nie vollbrachten Tat vorauszubestimmen. Der Schüler Scherbaum meint: »So etwas darf man nur machen, wenn man Angst hat.« Sein Lehrer Starusch argumentiert: »Philipp, wenn jemand sich fürchtet, etwas zu tun und es trotzdem tut, dann bringt er ein Opfer. Dann opfert er sich, indem er sich überwindet.« So sieht er die Gesinnung der angekündigten Handlung als Opfertat, von der allerdings auch Scherbaum meint, »die Sache« müsse »absolut sauber sein«. Ganz entsprechend verkündet Irmgard Seifert: »Wenn es eine Lösung gibt, dann muß sie absolut rein sein und eindeutig.« Vero Lewand warnt ihren Lehrer vor »unsauberen Machenschaften«. Auch der Zahnarzt engagiert sich: »welche Kraft, welch Opfermut, wie viel blitzblanke Begeisterung ließe sich nützlich umleiten!« Dazwischen taucht leitmotivartig der Seufzer der Irmgard Seifert auf: »Man sollte was tun. Irgendwas tun.« Und Starusch, die dem Autor am nächsten verwandte Figur, hält sich wiederholt vor: »Mach doch was. Mach doch was. Irgendwas. Mach doch was.« Spätestens hier erkennt der Leser den Ton wieder. Es ist unverkennbar die Stimme der politischen Gedichte aus dem Lyrikband *Ausgefragt*, deren gemeinsames Thema die Ohnmacht des Handelns ist.

Irgendwas machen

Da können wir doch nicht zusehen.
Wenn wir auch nichts verhindern,

wir müssen uns deutlich machen.
(Mach doch was. Mach doch was.
Irgendwas. Mach doch was.)

Nun, bekanntlich kommt es in dem Stück nicht zu der angekündigten Tat. Insofern hat Grass auch inhaltlich das Spiel mit keiner Handlung versehen. Also doch, wie Matern bedauert: »Statt dessen Statik und Fragespiele?« Die Szenenlogik und Stimmenkonkordanz läßt sich in dem folgenden Beispiel anschaulich belegen:

Starusch *Ich bin zufrieden mit mir. – Bin ich zufrieden mit mir? –* Er läßt sich in seinen Stuhl fallen. Der Zahnarzt tritt auf. Starusch legt die Hand aufs Telefon. *Was meinen Sie, Dokter?*

So etwa ließe sich die Ausgangssituation für das Stück denken. Eine Selbstbefragung weitet sich aus, nimmt andere Stimmen mit in die Analyse auf, ohne daß es zu einem echten Dialog mit dem Partner käme. Entscheidend bleiben die eigenen Probleme, die eigenen Überlegungen, die eigenen Antworten. Die Willkürlichkeit des Auftritts anderer Figuren unterstreicht ihren Charakter als Selbstzitate, als herbeigerufene, miteinkalkulierte Einwände, als Stimmen im Konzert des eigenen Konflikts. »Fragespiele« also werden durchaus zum Theater, zur Bühne, zur inszenierten Vorstellung eines greifenden Monologes. »Statisch« jedoch wird man das Herbeizitieren von Stimmen und die Konstruktion einer Motivationsphase »Davor« kaum bezeichnen können. So wie es in den *Plebejern* um die gegenseitige Verdächtigung der Handlungsmotivationen gegangen ist, so ist der widerständliche Inhalt dieses Stückes das Stadium der Selbstanalyse *vor* der Tat.

Grass hat bestätigt, daß für ihn »Theater-Schreiben« etwas ist, »was ich brauche«. Eine Grundthese unserer Untersuchungen besteht darin, daß das Grass'sche Theater in allen Phasen der Werkentwicklung eine anschauliche Inszenierung der Werktheorie bietet. Auch in diesem Sinne »braucht« Grass das Theater als Dramaturgie der künstlerischen Selbstanalyse. Von allen Gattungen tritt ihm seine gegenständliche Muse am sinnlichsten auf der Bühne gegenüber. Selbstverständlich schließt das die Freude am einzelnen Stück, den handwerklichen Ehrgeiz an der Verwirklichung eines Dramas nicht aus. Aber die Art, wie Grass trotz schärfster Kritik seine Theaterstücke verteidigt, mag ein Indiz sein dafür, daß die Bühne ihm immer wieder entscheidende Selbstanalysen, Begegnungen mit der Entwicklung seiner eigenen Einbildungskraft beschert hat. »Wenn mir wieder eine Mischung aus Stoff und Form entgegenkommt, die mir so auf die Nerven geht, daß ich der Meinung bin, sie ließe sich am besten im Theater realisieren«, erklärt Grass in seinem Interview mit Heinz Ludwig Arnold, »dann werde ich trotz schlechter Erfahrungen sicher auch wieder diese Form strapazieren«. (a. a. O.) Eine »Mischung aus Stoff und Form« wird auf der Bühne ausprobiert. Es wäre falsch zu glauben, daß allein die Parallelität von *Örtlich betäubt* und *Davor* den Versuch der künstlerischen Selbstanalyse auf dem Theater belegen könnte. Für die Fortentwicklung seines Werkes haben die Ballettlibretti und Theaterspiele von Günter Grass eine ganz entscheidende Bedeutung. Das belegen nicht zuletzt auch die werktheoretischen Schriften, die auf der Bühne in der Form eines keineswegs statischen »Fragespiels« veranschaulicht werden.

Wenn Starusch sich selber als einen liberalen Marxisten kennzeichnet, »der sich nicht entscheiden kann«, so verbietet sich eine völlige Identifizierung dieser Spielfigur mit Grass von selbst. Grass hat sich entschieden; längst hat er die Krise schriftstellerischer Handlungsunfähigkeit überwunden. Den »Epilog« aus der Sammlung *Ausgefragt*

Stimmlos, weil nicht beschlußfähig,
vertagen wir uns auf morgen

hat er zum Nachruf auf die eigene Ohnmacht werden lassen. Mehr als jeder andere deutsche Gegenwartsautor ist sich Grass seiner Stimme bewußt und hat diese (auch politische) Stimme in die Tat umgesetzt. Die ironische Distanz, die bei allem vordergründig pädagogischen Engagement auch das Theaterstück *Davor* kennzeichnet, ist noch immer die gleiche, die Grass bei der Aufzeichnung der »Öffentlichen Diskussion« in den *Hundejahren* bekundet. Gerade die Aufgabe einer politischen Bewußtseinsbildung begreift er als »recht kontinuierliche und beharrliche Arbeit gegenüber einem zähen Stoff«. (*Text + Kritik*, a. a. O.) Politisches Verhalten heißt für ihn Konkretisierung der eigenen Überzeugung durch gesellschaftliches Handeln. Es ist keine politische Entscheidung, wenn »sich ein Schriftsteller verbal« für etwas ausspricht »und dann diesen hohen Anspruch nur durch ein Minimum an Gegenleistung deckt«. (Eben diesen Vorwurf macht er seinem Kollegen Martin Walser.) Programmatisch verkündet Grass, daß »die Zeit der Unverbindlichkeit vorbei sein sollte« und appelliert vor allem an die Schriftsteller, »daß politische Betätigung etwas anderes ist, als versuchsweise Ideen im Nachtprogramm starten zu lassen«. (a. a. O.) So ist die Figur des Studienrates Starusch auf ihre Weise nicht minder fragwürdig als die des Brecht nachgebildeten Chef im vorangegangenen Stück. Denn dieser Starusch macht nicht nur freigebigen Gebrauch von der Biographie seines Autors (»Ich habe früher ... in der Zementindustrie gearbeitet.«), sondern erweist sich vor allem auch dessen Sprache mächtig (»Und einen Gedanken, nicht wasserlöslich, einen, dem Blaulicht Vorfahrt schafft, einen kopfneuen, der den verzahnten Mief grundsätzlich teilt, damit wir alle ... die Rückwärtsschieler und Bodensatzschwenker über die Rollbahn, durch das gestapelte, links rechts gestapelte Rote Meer ... heimkehren dürfen ...«). Es scheint, als habe Grass hier zumindest Teilansichten seiner selbst in der Spielfigur zur Stimmverpuppung werden lassen, um sie sodann im Verhältnis zu anderen Meinungsstimmen auf die Probe zu stellen, sie in einem dialektischen Verhältnis zu ihnen als »Fragespiel« zu inszenieren.

Der Umstand, daß es sich dabei nurmehr um ein vorgetäuschtes Dialogspiel handelt, daß das simultane Monologisieren eben auch keine echte Einwirkung auf die jeweiligen Meinungen ermöglicht, verleiht dem Stück fast den Charakter einer Komödie. Wie die junge Vero Lewand es einmal sagt: »Alles interpretieren und nichts verändern.« Der Vorwurf ließe sich auf das gesamte Spiel beziehen. Die immer wieder verhinderte Handlung des Schülers Scherbaum ist komisch. Denn die Tat scheitert ja keineswegs an intervenierenden Handlungen anderer Personen, sondern allein an der Diskrepanz zwischen – wie Grass es nennt – »Anspruch« und »Gegenleistung«. Joachim Kaiser faßt es in dem einen Satz zusammen: »Philipp scheitert an sich selbst.« Nicht minder komisch sind die anderen Figuren des Spiels: ein Seneca zitierender Zahnarzt, der an die Stelle politischer Systeme eine globale Krankenfürsorge setzen möchte, eine Mao zitierende Pubertärmarxistin, deren »Protest« schließlich darin besteht, daß sie ins »Kempinski« geht und sich dort an Sahnenußtorte überißt, ein Liebespaar Irmgard Seifert/Eberhard Starusch, dessen »Verhältnis sich durch leidenschaftliche Mäßigkeit auszeichnet«, dazwischen einige rechtshändig und linkshändig geschlagene Ohrfeigen an die beiden Damen (»So lächerlich eine Ohrfeige ist, ist sie doch immerhin eine Tat«). Im übrigen gilt, was die Studienrätin Seifert scharfsinnig erkennt: »Wir sind doch nur mit dem Sprechwerkzeug anwesend.« Hatte Grass also bei seinem Stück *Die Plebejer proben den Aufstand* hintergründig von einem »deutschen« Trauerspiel gesprochen, so scheint es uns angebracht, sein bislang letztes Spiel *Davor* als nicht minder deutsches Lustspiel zu bezeichnen.

»Sie glauben nicht an das Wort. Sie wollen Aktion. Die Tat in der Öffentlichkeit.« Obwohl Starusch seinen Schüler begreift, gelingt es ihm, die öffentliche Tat auf eine »öffentliche Diskussion« zu beschränken. Das Stück zehrt von den Erfahrungen, die Grass mit dem Studentenprotest und der außerparlamentarischen Opposition in der Bundesrepublik gemacht hat. Sicherlich geht es in dem Spiel wie in den politischen Gedichten des Bandes *Ausgefragt* auch darum, »die eigene Position in Frage zu stellen«. Ein mit verteilten Stimmen monologisiertes Sichinfragestellen vermag allenfalls dem eigenen Zweifel Ausdruck zu verleihen. So bemängelt Starusch am Ende des Stücks die von Vero Lewand ausgehändigten Flugblätter: »Zu viele Ausrufzeichen. Kein Fragezeichen.« Es bleibt die Geste, das Zeichen der Ohnmacht, so wie die geballte Faust auf dem Umschlag des Lyrikbandes *Ausgefragt*.

In Büchern steht, wie es sich besser machte.
Ich meine, was hast du getan?
Ich war dagegen. Immer schon dagegen.
Und wurdest schuldig? – Nein. Ich tat ja nichts.
Und hast erkannt, was sich erkennen ließ?
Ja. Ich erkannte Gummi mit der Faust.

Grass sieht jedoch nicht nur in dem Protestgebaren der Schüler Scherbaum und Lewand jene ohnmächtige Geste. Auch der bloß verbale, interpretierende Versuch einer Veränderung, die öffentliche Diskussion oder veröffentlichte Selbstbefragung erweist sich als eine Ausflucht vor der Tat. Auch als Scheindialog eines dialektischen Erkenntnisprozesses sind sie von unfreiwilliger Komik, einer Komik freilich, die in ihrer Ohnmacht »Zorn, Ärger, Wut« mit einschließt. Der Eigendialog des Titelgedichtes seiner letzten Lyriksammlung hat Grass, so meinen wir, auch die Ausgangsposition für das Stück *Davor* geliefert. Das auch hier mit verteilten, vorgetäuschten Stimmen inszenierte Dialoggedicht endet mit der Zeile

Soll ich noch fragen? – Frag mich aus.

Dieses Ausfragen bleibt eine mehrstimmige Selbstbefragung. Im Stück ergibt sich die Spannung aus den widersprüchlichen Konzepten eines »Davor« als Prophylaxe der Tat und einer Tat als »aktive Resignation«. »Ausgefragt« wird der Zahnarzt von seinem Patienten, der zugleich (zuweilen) die Rolle des Berichterstatters, des Erzählers übernimmt; ferner dieser Patient als Studienrat und Mentor von seinem Schüler Scherbaum; schließlich der Schüler selbst von allen anderen Stimmen. Das ganze Frageritual auf der Bühne jedoch soll einer Bewußtseinsbildung nicht der inhaltlichen Gestalten des Stückes dienen (von denen die Erwachsenen bereits eine feste Meinung vertreten, während die Jugendlichen ihre ursprüngliche Meinung ändern, ohne dabei den Eindruck zu erwecken, daß ihre neue von größerer Dauerhaftigkeit und Glaubwürdigkeit sein wird als die vorangegangene), sondern Grass will den dialektischen Spannungsprozeß zweier Handlungsgruppen zwischen Motivation und Tat veranschaulichen. So wie er in seinem *Tagebuch einer Schnecke* vom Stillstand im Fortschritt spricht, wie er dort die Melancholia und Utopia – also den Motivationskonflikt zwischen dem Studienrat Starusch und seinem Schüler Scherbaum – als allegorische Zwillingsschwestern begreift, so geht es ihm in dem Theaterspiel *Davor* um die Dynamik sich bedingender, nur scheinbar widersprüchlicher und isolierter Handlungskonzepte und Bewußtseinsstufen. Am deutlichsten kommt die Stimmenanalyse dieser Dialektik in dem Ausspruch des Zahnarztes zum Ausdruck: »Schon im Davor beginnt das Danach.« Der Kampf gegen die Resignation, der in dem Stück verloren wird, ist in Grass' politischem Engagement gewonnen worden. Aber die Dialektik der Handlungsmotivation wird auf der Bühne zuweilen im Ton des verbitterten Wahlkämpfers vorgetragen. In den folgenden Ausführungen des Studienrates geben sich eigene bittere Erfahrungen des Autors Günter Grass zu erkennen:

Ich will nicht mehr. Vorgeschmack überlappt den Nachgeschmack. Alles schmeckt gleichzeitig und widerspricht sich. Ich kenne meine Taschen. Die Worte rasten ein und öffnen Kästchen, in denen Worte liegen, die darauf warten, Kästchen zu öffnen, indem sie einrasten. Ich verstehe alles. Bevor die Satzaussage auftritt und geschwollen die Rampe besetzt, nicke ich: Jadoch. Jadoch. –

Unmißverständlich spricht Grass hier in eigener Sache. Die Versinnlichung der Dialektik kann nicht darüber hinwegtäuschen, daß die

Worte einrasten, eine neue Sprache in den Prozeß der Bewußtseinsbildung eingreift, die Satzaussage geschwollen die Rampe besetzt. Ein direkter Kommentar des Autors zu seiner Stimmen- und Formulierungsdramaturgie? Gewiß ist, daß die Kritik fast ausnahmslos den Verlust einer formal herausgearbeiteten Bildhaftigkeit seiner Sprache und ihre zunehmend rhetorische Funktion innerhalb dieser neuen Dramaturgie bedauert hat. Grass selbst hat, so scheint es, diesen Einwand vorweggenommen und ausdrücklich mit in sein Spiel der Bewußtseinsbildung einbezogen. Das Dilemma seiner neuen Sprache liegt vor allem darin, daß sie Definitionen und damit gedankliche Entwicklungsstufen auszudrücken hat, die ihrerseits nur verbal und intellektuell ausprobiert werden. Da kommt es denn zu Formulierungen, die bei genauerem Lesen über ihre eigene konzeptuale Bildhaftigkeit durchaus verfügen. Einige Beispiele aus der vierten Szene mögen das verdeutlichen. Dort werden Gedankenbilder, Begriffsanalysen und Formulierungseinheiten präsentiert, die ein hohes Maß an intellektueller Einbildungskraft verraten und durch eben diese Präzision einer gedanklichen Vorstellung Dialog, Handlung und Personen im herkömmlichen Sinne auf der Bühne vereiteln. Da vertritt der Zahnarzt eine These, die auch als solche formuliert wird: »Die Tat als Ausflucht. Irgendwas muß geschehen.« Starusch versucht sich mit einer kühnen Definition: »Ist die Tat etwa aktive Resignation?« Auch die folgende Äußerung ist eine auf Stimmen verteilte Selbstbefragung des vom Autor Grass vertretenen politischen Fortschritts- und Vernunftkonzeptes:

Zahnarzt *Schauen Sie: etwas will sich entwickeln und bewegt sich minimal. Da kommt der Täter und schlägt die Fenster zum Treibhaus ein.*

Starusch *Also leugnen Sie, daß frische Luft – Frischluft – eine Wohltat ist.*

Zahnarzt *Durch ihre angebliche Wohltat wurde ein Entwicklungsprozeß unterbrochen, dessen Vorergebnisse immerhin hoffen ließen.*

In dieser Gegenüberstellung begrifflicher Handlungsmotivationen werden noch weitere Verhaltenskonzepte probeweise formuliert. Dem Vorschlag des Zahnarztes, »eine Tat ohne Erkenntnis« bedeute »Dummheit wird tätig«, schließt sich sogleich eine neue Definition des Täters an, die dem Formuliersüchtigen eine weitere Charakterisierung der Motivation zum Handeln ermöglicht: weil »der Täter langsame Abläufe überhüpft, das hemmende Wissen als Ballast abwirft, leichtfüßig und faul ist«, wird »die Faulheit als Sprungbrett der Tat« begriffen. Starusch seinerseits erkennt: »Täter raten zur Muße«; er charakterisiert das von Grass vertretene Fortschrittskonzept »Vernunft, Lernen, Zögern, Arbeit, Fleiß, Zweifel, Neubeginn, Verbesserung, Entwicklung Schritt für Schritt« als »eine lächerliche Springprozession« und sucht diese Wendung durch neuerliche Formulierungen psychologischer Beweggründe zu ergänzen: »Angst: die Entwicklung, so scheint es, kann nicht mehr abgelesen werden, kein Zeiger schlägt aus und meldet den kleinen alltäglichen Fortschritt.« So lautet seine Einsicht: »Angst treibt zur Tat.« Der Zahnarzt schließt diesen Wettbewerb der Formulierungen, Definitionen und Gedankenbilder mit der Bemerkung: »Sie kennen meine These: Gespräche verhindern Taten.«

Das sind Vorübungen für jene Dialektik, die Grass in seinem *Tagebuch einer Schnecke* anschaulicher gestaltet. Er setzt sich dort mit dem Thema »Vom Stillstand im Fortschritt« in einem entstehungsgeschichtlichen und werktheoretischen Anhang gesondert auseinander, nachdem es bereits zum Form- und Inhaltsprinzip des Romans geworden ist. Dadurch liefert Grass die Grundlage zur Interpretation des Werkes mit. Aber menschliches Handeln »als Zusammenhang und Widerspruch« zu begreifen, war bereits die erklärte Absicht auch der neuen Dramaturgie des Autors. Günter Grass, der in seinem bislang letzten Roman für die Melancholie, wenn auch nicht für die Resignation spricht, hat sich in der Gestalt des Studienrates Starusch zumindest teilweise vorgezeichnet. Auch der schmerzempfindliche Patient des Zahnarztes spricht wie die schmerzempfindliche menschgewordene Nacktschnecke vom »kleinen alltäglichen Fortschritt« einerseits und dem »Stillstand und Leerlauf« andrerseits. (4. Szene) Starusch spricht melancholisch von der »Unempfindlichkeit bei peniblem Verständnis aller Schmerzen« (12. Szene) oder negiert eine »Erlösung ... zu Lebzeiten« mit der Feststellung »Nur Arantil gibt es, das Spezialanalgetikum gegen Zahn- und Kieferschmerzen.« (2. Szene) im *Tagebuch einer Schnecke* wird dialektischer argumentiert: »Es gibt keine Schmerzen, nur Mittel gegen Schmerzen.« (17. Kapitel) Man wird also sagen dürfen, daß Grass in seinem Theaterstück eine Vorstufe der dialektischen Präzisierung gesellschaftlicher Handlungsmotivationen erreicht. Die Ironisierung der Formvorlage einer »öffentlichen Diskussion«, wie sie erstmals in den *Hundejahren* praktiziert wird, führt zur Stimmen- und Formulierungsdramaturgie, die aus dem fugenhaften Arrangement simultaner An- und Absichtserklärungen in komischer Manier eine Entwicklung vortäuscht. Es ist, als ob der Zahnarzt nicht nur seinem Patienten, sondern auch dem Publikum die Logik des Stückes erläutern wollte, wenn er sagt: »Schauen Sie: etwas will sich entwickeln und bewegt sich minimal. Da kommt der Täter und schlägt die Fenster zum Treibhaus ein.« Wir wissen, daß die Ankündigung einer Tat im Spiel unerfüllt bleibt. Dramaturgisch ist die Erklärung des Zahnarztes als ein Plädoyer gegen Handlung als Spannungsmoment zu verstehen. Wie in den *Plebejern* werden auch in *Davor* Motivationen und Beweggründe, die zur Tat führen, analysiert. Im Gegensatz zum vorangegangenen Stück jedoch wird die Bühne nicht mehr dazu benutzt, die Tauglichkeit einer Gesinnung, die Motivation einer Handlung durch die Inszenierung eines theatralischen Experiments auf die Probe zu stellen. Meinungen, Ansichten, Überlegungen: in *Davor* werden sie rhetorisch komponiert und im melancholischen Fragespiel versuchsweise erwogen. Schauplatz ist nicht die Bühne, sondern das gesellschaftspolitische Bewußtsein des Autors, der sich nicht ohne Koketterie und keineswegs humorlos, doch schließlich – im Spiel – recht unverbindlich einer gedanklichen Selbstanalyse unterzieht. Wie bezeichnend, daß Joachim Kaiser seine Analyse der Theaterstücke des Günter Grass mit der Feststellung schließt: »Spannender als alle seine Dramen ist das Drama, das der Schriftsteller Günter Grass selber vorführt.«

Örtlich betäubt

Der Roman *Örtlich betäubt,* 1969 parallel zum Theaterstück *Davor* erschienen, belegt einen entscheidenden Wendepunkt im Entwicklungsprozeß des Schriftstellers Günter Grass. Im Gegensatz zur vorangegangenen Danzig-Trilogie setzt er erstmals einen Roman in der Gegenwart an, um von ihr aus einen Rückblick auf die Vergangenheit zu werfen. Bislang mündete seine Schilderung der Vergangenheit in eine perspektivierte Darstellung der Gegenwart.

Nun wäre es ganz sicherlich falsch, *Örtlich betäubt* als einen politischeren Roman zu bezeichnen als etwa seinen Vorgänger *Hundejahre,* nur weil er sich vordergründig unmittelbarer der aktuellen Gegenwart zuwendet. Ein solches Urteil setzt eine Auffassung von politischer Aktualität voraus, die in ihrer Kurzsichtigkeit auch moralisch fragwürdig wäre. Im *Tagebuch einer Schnecke* definiert der politische Autor Grass: »Ein Schriftsteller, Kinder, ist jemand, der gegen die verstreichende Zeit schreibt.« (15. Kapitel) Die entsprechende Einsicht lautet im Roman *Örtlich betäubt:* »Schon im Davor beginnt das Danach.« (3. Buch) Naturgemäß lassen sich geschichtliche Vorstellungen von politischen Auffassungen nicht trennen, bei Günter Grass als repräsentativ deutschem Autor am allerwenigsten.

Für ihn besteht *Örtlich betäubt* »fast nur aus Zwischentönen und gebrochenen Konflikten«. (*TEXT + KRITIK,* a. a. O.) Der Roman steht in keinem sinnlichen Bezug mehr zu einer bestimmten Landschaft, wie das bei der Danzig-Trilogie so eindrucksvoll der Fall gewesen war. Statt dessen zeichnet Grass die Figur des Studienrats Starusch in einer sterilen Umgebung, Schule und Zahnarztpraxis, die geographisch austauschbar ist. Bereits von daher wird ersichtlich, daß es bei diesem Roman um eine wesentlich andere Darstellung geht. Grass kommt es nach eigener Aussage darauf an, den »Fremdkörper Starusch in seinem Hin und Her, seinen Ideen, seinen Einbildungen, seinen Fiktionen, in seinem ziemlich erfolglosen Bemühen aufklärend zu wirken, zu zeigen«. (ebd.) Das bedeutet, daß an die Stelle politischer Spannungsverhältnisse im Kleinbürgertum ein Dialog über gesellschaftliches Gruppenverhalten tritt. *Örtlich betäubt* ist die erzählerisch inszenierte Diskussion über Gewalt als politisches Kampfmittel, ein geheimer Eigendialog des Autors Grass, der sich in einem entscheidenden Stadium seines politischen Engagements auf diese

Weise über die Studentenunruhen, Proteste und Demonstrationen, über sein eigenes Verhältnis zur Macht äußert. Die politischen Gedichte des Bandes *Ausgefragt* »Zorn Ärger Wut« nehmen unmittelbarer auf die politische Erfahrung und Entwicklung ihres Autors Bezug. Sie belegen die kritische Haltung, die Grass der Protestliteratur gegenüber einnimmt.

Ohnmacht legt Platten auf: ohnmächtige Songs.
Ohne Macht mit Gitarre. –

So definiert das Gedicht »In Ohnmacht gefallen«, und in »Irgendwas machen« deckt Grass peinliche Zusammenhänge zwischen politischer Gewalt und literarischer Ohnmacht auf:

Wie Stahl seine Konjunktur hat, hat Lyrik ihre Konjunktur.
Aufrüstung öffnet Märkte für Antikriegsgedichte.

Vor allem weiß Grass:

Die Herstellungskosten sind gering.

Der Sinnlosigkeit einer solchen Dichtung möchte er entrinnen. Grass hat den besonders in den fünfziger und sechziger Jahren gängigen Terminus ›engagierte Literatur‹ nicht nur für sich abgewiesen, sondern prinzipiell in Frage gestellt. Für ihn ist selbstverständlich, daß der Schriftsteller mit seinem Werk Stellung bezieht, bewußt oder unfreiwillig. Wenn er in seinem Roman politisch etwas demonstrieren will, so bedarf es dazu einer besonderen Fähigkeit literarischer Gestaltung. Zweifelsohne ist die Form des Romans *Örtlich betäubt* als Versuch zu werten, der beabsichtigten politischen Aussage eine ihr angemessene literarische »Demonstration« zukommen zu lassen, die Herstellungskosten nicht zu gering zu belassen, den Zwischentönen und gebrochenen Konflikten eine verbindliche Ausdrucksform zu verleihen.

Deutlicher als je zuvor übernimmt in diesem Roman das Bild die Funktion des Erzählens. Zahnarzt und Patient ergänzen einander als kompositorische Kunstfigur. Gemeinsam inszenieren sie einen erzählerischen Dialog. Als das sie verbindende Erzählprinzip wirkt der Fernseher in der Praxis des Zahnarztes. Er wird gleich zu Beginn des Romans als tonloser Bilderzähler definiert. Die Bildfunktionalität wird auch in diesem Roman zum Gegenstand der Handlung. Die Geschichten des Arztes erscheinen dem Patienten als Film, der den Fernsehstreifen seiner eigenen Vergangenheit immer wieder unterbricht. »Während er mit seinem elfmal summenden Handgerät meine Zähne erfaßte und dabei plauderte – ›Ich könnte Ihnen Geschichten aus der Vorzeit der Zahnmedizin erzählen ...‹ – sah ich auf milchiger Wölbung viel, zum Beispiel Neufahrwasser, wo ich einen Milchzahn, dem Holm gegenüber, in der Mottlau versenkte. Sein Film fing anders an: ›Man muß bei Hippokrates beginnen. Er empfiehlt Linsenbrei gegen Abszesse im Mundmilieu.‹ Und mein Muttchen schüttelte den Kopf auf der Mattscheibe.« Die Leiden des Deutsch- und Geschichtslehrers Starusch erweisen sich als ein Leiden an der deutschen Geschichte, die von ihm als persönliche Vergangenheit erfahren wird. Dagegen versucht der Zahnarzt, ihn für einen Geschichtsverlauf zu interessieren, dessen Orientierung nicht individuell beschränkt bleibt. Ohne rechten Erfolg. »Wenn mein Zahnarzt in historischen Lehrsätzen sprach«, berichtet Starusch, »... sprach mein Muttchen inmitten unserer Wohnküche ...« Wie in seinen politischen Reden und Aufsätzen wendet sich Grass erneut gegen geschichtliche Abstraktionen, freilich nicht im Sinne einer völligen Identifizierung mit der Gestalt des Studienrates. Das Erzählprinzip bleibt auch in *Örtlich betäubt* widersprüchlich, antithetisch; der Selbstbezug des Autors Grass begreift sich als formale Synthese. Übrigens ist Starusch seinerseits nicht nur Studienrat und Kunsterzieher, sondern zugleich, wenn auch in bescheidenem Maße, Schriftsteller. Seine Fiktion wird mit der Wirklichkeitsauffassung des Zahnarztes konfrontiert. Ihr Wechselgespräch kann als politische und geschichtliche Bewußtseinsübungen verstanden werden. Sie unterscheiden sich vor allem in ihrem Verhältnis zur Tat: Der Arzt flüchtet nicht wie Starusch in die Fiktion, er behandelt die Wirklichkeit der Gewalt, seine hoffnungsvolle Vorstellung gilt der Prophylaxe, einer vorbeugenden Maßnahme gegen den Schmerz, und so bestimmt sich sein Geschichtsinteresse an einem daraus resultierenden Fortschrittskonzept, der Fähigkeit des Menschen, die Gewalttätigkeit zunehmend örtlich zu betäuben. Starusch hingegen wird nur zum Täter in seinen Geschichten, die parallel zum Dialog mit dem Arzt als Selbstbefragung, als Suche nach der eigenen Identität zu gelten haben. Dieser fiktiven Geschichte, die zur individuellen Schmerzüberwindung das Ich selber zur Erfindung werden läßt, setzt der Arzt einen historischen Fortschrittsverlauf in der Behandlung von Gewalt und Schmerz entgegen. »Mein Zahnarzt befand sich mittlerweile im elften Jahrhundert«, berichtet Starusch, während er sich mit ichbezogenen Geschichten des Ursprungs seiner eigenen Leiden entsinnt. Da die Vorstellungen des Arztes und seines Patienten meist gleichzeitig erzählt werden, laufen sie kontrapunktisch nebeneinander her. Es kommt zu keiner rechten Verständigung. Die eher gesellschaftsorientierte Geschichte der zahnärztlichen Heilkunde wirkt als unliebsame Unterbrechung einer biographischen Selbstinszenierung des Patienten. Von der erzählerischen Form des Romans her sollen sich beide Geschichtsauffassungen gegenseitig ergänzen. Indes zeigt auch der Arzt nur geringes Interesse an den Eigendarstellungen einer bloß individuellen Vergangenheit. So beschwert sich Starusch: »ich ... konnte meinen Zahnarzt doch nicht bewegen, Anteil zu nehmen: ›Nun, Doktor, wie heißt meine kleine Produktion? – Die geretteten Milchzähne.‹« Zweifelsohne sucht Grass in seinem Roman durch die Konstruktion einer bildkompositorischen Erzählsituation beiden historischen Vorstellungen gerecht zu werden. Doch die Synthese einer gesellschaftsgeschichtlichen Gegenwart bleibt ihrerseits formales Bild. Wie in den vorangegangenen Romanen gestaltet eine bildfiktive Erzählsituation die gesellschaftspolitische Auseinandersetzung mit der eigenen Vergangenheit. Erneut manifestiert sich im erzählfunktionalen Gegenwartsbild das historische Bewußtsein des Autors Günter Grass.

Die kontrapunktische Darstellung sich widersprechender Geschichtsanalysen bleibt die Logik des Erzählstils. »Wie das so zugeht, Doktor: lange lagerten meine Milchzähne; denn was einmal gerettet wird, geht so schnell nicht wieder verloren ... Doch machen wir uns nichts vor: gegen Zahnstein gibt es kein Mittel ... Als der Sohn die Eltern suchte, wurde ihm ein Seesack zugestellt ... Deshalb wollen wir heute den Zahnstein oder den Feind Numero eins bekämpfen ...« Der Widerspruch wird unter Beibehaltung der Spannung aufgehoben, die falschen Bezüge erweisen sich als Struktur einer erzählerischen und erzählten Gegenwart in ausdrucksbedingter Abhängigkeit. Das gleichzeitige Sprechen ist im Rahmen der gewählten Erzählform eine bildfunktionale Bestimmung der widersprüchlichen Gegenwart. In Handlung übersetzt heißt das: Der Fernseher wird auf Raumbild umgeschaltet, »gleichzeitig wird in der Praxis und auf dem Bildschirm in Zimmerlautstärke gesprochen«. Die örtliche Betäubung der Gegenwart ist nicht nur Bild einer Beherrschung der Gewalt, sondern zugleich auch Ausdruck des erzählerischen Zusammenfalles unterschiedlicher Konzepte ihrer Bewältigung.

Der Flucht des Schriftstellers Starusch »in immer neue Fiktionen«, die sich als persönliche »Vorgeschichte« auszuweisen suchen, setzt die Erzählfigur des Arztes den »Irrtum des Teilerfolges«, die Prophylaxe und das Bekenntnis an einen stufenweisen Fortschritt entgegen. Es ist kein Zufall, daß Grass zu Beginn des dritten Buches das Verhältnis der beiden Erzählgestalten noch einmal zur Sprache bringt. »Ich sagte nicht, was Sie hören wollten«, erklärt der Zahnarzt seinem Patienten, »sondern erlaubte Ihnen, mich sagen zu lassen, was ich als richtig erkannt und so gut wie ausgesprochen hatte. Selbst Ihre nachträglich gesetzten Korrekturen – Sie ändern ja gerne – sind meine mißverstandenen Einfälle.« Auch vom Inhalt und von der Handlung her werden die entgegengesetzten Erzählperspektiven – und damit die (nicht nur formale) Synthese der Romanstruktur – immer wieder hervorgehoben. »Ich ließ mir die Einfälle meines Zahnarztes gefallen und korrigierte dann einige Details«, reagiert Starusch auf die Darstellung seiner persönlichen Vorgeschichte durch einen Gegenerzähler. »Hübsch, Ihre Erfindung«, kommentiert er seine vom Arzt dargelegte Biographie, um sogleich zu einer neuerlichen Gegenversion auszuholen. Es kommt zwischen dem Studienrat und dem Zahnarzt, diesen beiden Fürsorgegestalten, die sich mit der Gewalt der Gegenwart als einem Leiden an der Geschichte auseinandersetzen, zu einem regelrechten Wortgefecht, zu einem Wettbewerb der Meinungen und Geschichten. Darin liegt dann auch wieder das spielerische Element der Grass'schen Erzählform. So ist es denn der Autor Grass, der rollenhaft berichtet: »Der erste Behandlungstag verlief unentschieden. Von Zahn zu Zahn und zwischen den Zähnen reihten Arzt und Patient ihre einander widersprechenden Geschichten und Theorien.«

Dazwischen, im zweiten Buch des Romans, entfaltet Grass die Geschichte des Schülers Philipp Scherbaum, eine Erzählung, an die er »den Studienrat Eberhard Starusch« und »den Zahnarzt« erst durch allmähliche Annäherung teilnehmen läßt. Der Übergang von den neutral gekennzeichneten Gestalten »der Studienrat« und »der Schüler Scherbaum« (S. 169) zur fiktiven Erzählfigur Starusch, die dem Zahnarzt, der in diesem Stadium die Rolle des Zuhörers übernimmt (die Behandlung ist für vierzehn Tage unterbrochen, und der Kontakt zwischen Arzt und Patient beschränkt sich auf Telefongespräche), in der subjektiven Darstellungsform von »Ich« und »Er« berichtet, dieser Wechsel vollzieht sich bezeichnenderweise mittels einer Diskussion über die Rolle, die Zahnarzt und Studienrat in der Literatur gespielt haben. Starusch bezieht sich auf die Vielzahl »literarischer Lehrerfiguren«, von denen er auch seine Identität ableiten zu müssen glaubt. Der Zahnarzt gibt zu, daß Vertreter seines Berufsstandes »in der Literatur kaum, nicht mal in Lustspielen« vorkommen. Als Grund hierfür gibt er an: »Wir geben nichts her. Oder: Heute geben wir nichts mehr her. Allenfalls Nebenrollen. Wir arbeiten zu schmerzlos unauffällig. Die Lokalanästhesie hindert uns, Originale zu werden.« Damit wird unmißverständlich auf die fiktiven Erzählerrollen hingewiesen, die beide in diesem Roman ausüben. Der Übergang zum rollenhaften Erzähl-Ich findet im unmittelbaren Anschluß an die Einsicht des Studienrates Starusch statt: »Der Lehrer ist eine Figur.« Als solche literarisch und gesellschaftlich vorbestimmte Gestalt sucht er, auch seinen erzählerischen Gegenspieler, den Zahnarzt, zu einer entsprechend vorbelasteten Figur werden zu lassen. Erstmals spricht Starusch wieder in eigener Person, als er sich erinnert, »wie ich vor meinen Schülern von einem Zahnklempner sprach, als ich meinem Zahnarzt einen sadistischen Anstrich geben wollte«. Noch deutlicher wird diese Entwicklung der Erzählerrolle Staruschs und der Spannung der erzählerischen Rollenfunktion, die er gemeinsam mit dem Zahnarzt ausübt, in dem unmittelbar folgenden Nachsatz: »(Als wir noch miteinander plauderten, ließen wir den Klempner, den Pauker dahingestellt sein, ohne unter diesen groben Klassifizierungen zu leiden.)«

Interessant ist, ob und wie nun die Geschichte des Schülers Scherbaum als handelnde Gestalt in die erzählkompositorische Synthese des »Autorenkollektivs« eingereiht wird. Strukturgemäß erscheint die politische Aufklärung, die der Roman betreibt, als funktionales Rollenbild eines fiktiven Zweifels. Scheinbar widersprüchliche Erzähl- und Handlungskonzeptionen bleiben gerade auf Grund ihrer gegenseitigen Infragestellung aufeinander bezogen. Die Übung des fiktiven Streitgesprächs zwischen dem Arzt und Studienrat vergegenständlicht in der Form unterschiedliche Versionen einer konfliktreichen Gegenwart. Der Roman als Ganzes erlangt durch die Einbeziehung entgegengesetzter Handlungsmotivationen und sich daraus ergebender Darstellungsverfahren eine kritisch bewußte Gesamtperspektive des Erzählens. Er ist Ausdruck einer »Revision«, wie Grass sie in seinen politischen Schriften erläutert, hier bereits in der Erzählform sich selbst gestaltender Figuren. Die Kritik hat die ersten drei Prosawerke eine »Trilogie des Leidens« genannt (John Reddick, *TEXT + KRITIK*, a. a. O.) und von den folgenden Arbeiten scharf getrennt. Nun sind aber gerade der Roman *Örtlich betäubt* und *Aus dem Tagebuch einer Schnecke* Leidensbücher geworden, dem Schmerz und der Melancholie gewidmet. *Örtlich betäubt* endet mit einem Hinweis auf die schriftstellerische Arbeit des Geschichtslehrers. Auf dessen Schreibtisch, so erfahren wir, liegt das Manuskript mit dem Titel »Die Geste des Durchhaltens«. Es geht um die Fähigkeit, Leid zu ertragen. Vordergründig scheint die Lösung des Scherbaum-Konfliktes, der auch der Konflikt zwischen Arzt und Patient ist, in ihrer Bedeutung offenkundig. Staruschs Schüler, der die Gegenwart mit gesellschaftlichem Bewußtsein und moralischem Anspruch erfährt, sie zunächst auch durch eine Demonstration strategisch begrenzter Gewalt (darin jedoch widerwillig-unbewußt dem Verhalten seiner politischen Gegner im Vietnam-Krieg entsprechend) verändern möchte, dieser verhinderte Demonstrant wird gleichfalls zum Patienten, ja, er entschließt sich endlich gar, selber Medizin zu studieren. Also Resignation oder eine »langsame und realistische Politik der ›Kleinen Schritte‹«, wie es in der Wahlrede »Loblied auf Willy« heißt? Patient und Autor wissen: die zahnärztliche Behandlung erweist sich nur als teilweise erfolgreich. Es wird zu einem neuen Eingriff kommen. Mit den Sätzen: »Nichts hält vor. Immer neue Schmerzen.« entläßt Grass seinen Leser. Das ist bereits die Melancholie, der Stillstand im Fortschritt, von dem das *Tagebuch einer Schnecke* ausführlicher berichtet. *Örtlich betäubt* ist kein politischer Bildungsroman; man täte ihm unrecht, sähe man in der Entwicklung des Schülers Scherbaum ein oberflächlich didaktisches Anliegen des Autors Grass. Die Definition des Zahnarztes durch Starusch liest sich zwar wie eine Wahlrede des Politikers Grass: »Er ist richtig. Er hat das Maß in der Tasche. Seine Prognosen müssen nicht stimmen. Sein Irrtum heißt Teilerfolg. Seiner Sache ist er relativ sicher.« Aber es gilt, auch diese Äußerung im Rahmen der erzählerischen Gesamtkonzeption des Romans zu verstehen und zu begreifen, daß die Einsicht »Schon im Davor beginnt das Danach« sowohl den Fortschritt, den kleinen, als auch die Melancholie, die große, in sich schließt.

Aus dem Tagebuch einer Schnecke

Im *Tagebuch einer Schnecke* sind Melancholie und Fortschritt für Grass zwei Erfahrungskonzepte des einen gesellschaftspolitischen Prozesses. Im März 1969 wird er von der Stadt Nürnberg eingeladen, sich mit einem Vortrag am Dürerjahr 1971 zu beteiligen. Frühzeitig entscheidet er sich für eine Auseinandersetzung mit Dürers Kupferstich »Melencolia I« aus dem Jahre 1514. Die Vorarbeiten zu dieser Rede fallen in die Monate erneuter Wahlkampfreisen des Schriftstellers. Als ihm ein Jahr später in einem Interview die Frage gestellt wird, ob er auf diesen Wahlreisen auch literarisch tätig sei, antwortet Grass: »Ich schreibe auch, ich mache Notizen ...« Zur Präzision gedrängt: »Notieren Sie ständig? Führen Sie Tagebuch?«, erklärt er unter Bezug auf das bereits im Entstehen begriffene *Tagebuch einer Schnecke:* »Ich kann nicht sagen, daß ich Tagebuch führe, das ist mehr so ein Sudelbuch, und nicht auf meine Person, die ich nicht für so interessant halte, sondern mehr auf das bezogen, was ich vorhabe oder vorhaben könnte oder was ich festhalten will.« Aus solchen gelegentlichen Notizen zum Wahlkampf und Dürervortrag entwickelt sich dieses »Sudelbuch« zu einem romanähnlichen Tagebuch, in dem die autobiographischen Angaben keine Intimität, sondern ein gesellschaftliches Rollenbild projizieren. Persönliches Verhalten gewinnt repräsentative Bedeutung, freilich immer so, daß der einzelne Mittelpunkt bleibt. Grass propagiert mit seiner rollenhaften Selbstdarstellung ein soziales Ich. Rolf Kellermann schreibt in seinem Beitrag zu Günter Grass und Alfred Döblin (in: *Grass: Kritik – Thesen – Analysen,* a. a. O.): »Grass als Individualist, der sich zum Repräsentanten deutschen Geistes gemausert hat, sieht Geschichte individuell – ›privat‹. ›Hegelscher Weltgeist‹ soll vertrieben werden, die Besinnung auf das Ich, auf das Selbstbegreifen soll diese Aufgabe wieder leisten. Das Ich gibt Zeichen.« In dieser Darstellung wird die soziale Verpflichtung des Grass'schen Ich doch wohl etwas unterschlagen. Nur unterschwellig klingt sie an in der richtigen Erkenntnis, daß die biographische Selbstgestaltung des Erzählers zur Zeichensprache wird.

Grass setzt dem Bild der Dürerschen Melancholie das eigene Bild der Schnecke entgegen. Das Ich wird zur Fiktion, es gibt Zeichen. Die Bildidentifizierung mit der Schnecke ist für den Schriftsteller Grass ein gesellschaftspolitisches Bekenntnis zum Schneckenprinzip der geschichtlichen Aufklärung. Thema seines Romans ist der Schneckenprozeß Fortschritt oder, wie es in der Überschrift des dem Tagebuch zugehörigen Vortrags am Ende der Aufzeichnungen heißt, »Vom Stillstand im Fortschritt. Variationen zu Albrecht Dürers Kupferstich ›Melencolia I‹.« Grass erkennt in Dürers Bild »ein übertragbares Muster«. Er überträgt es zunächst auf seinen Roman als Allegorie gesellschaftlichen Verhaltens. Die im Vorläufer *Örtlich betäubt* gestellte Frage nach der befreienden Tat wird durch die politische Handlungsmöglichkeit des Schriftstellers Grass beantwortet. In seinem der Fiktion mit einbezogenen Bericht eigener gesellschaftspolitischer Tätigkeit zeichnet er sich als schneckenhaften Aufklärer. Indem er von der »Schneckenkarriere Willy Brandts« spricht (5. Kapitel), erweitert er die Zeichensprache, in deren Spannungsverhältnis aus ichbezogener Fiktion und gesellschaftlichem Modellverhalten das *Tagebuch* abgefaßt ist. »Meine Kriechspur zeichnete eine Gesellschaft«, berichtet der solchermaßen rollenhafte Grass-Erzähler, »an deren Rändern sich Gruppen verzweifelt extrem zu verhalten begannen; resignativ oder euphorisch.« Für den Schriftsteller gilt es, bereits in der Form seiner Darstellung zwischen Utopie und Melancholie zu vermitteln. Grass bezeichnet den Stillstand im Fortschritt eine die Neuzeit prägende Erfahrung und fügt hinzu: »bei Dürer wird sie zum Bild«. Dem hält er die politische Einsicht gegenüber, daß Stillstand im Fortschritt zwittrig Fortschritt aus Stillstand zeugt und gebiert: in seiner Schnecke wird dieser langsame Fortschritt zum Bild. Als übertragbares Muster bezeichnet es auch die schrittweise Fortschrittspolitik der Sozialdemokraten unter Willy Brandt.

Bald lassen sich im »Sudelbuch« die wahlpolitischen Anmerkungen und die Notizen zum Dürervortrag nicht mehr voneinander trennen. Das biographische Bild verselbständigt sich zum Ausdruck einer gesellschaftsorientierten Rollenfunktion des Erzählens, der Fiktion überhaupt. »Da die Stichworte zum Dürervortrag in meinem Sudelbuch zwischen Notizen stehen, die Hermann Ott oder Zweifel meinen, eure und meine Ausrufe konservieren, fortlaufend die Bewegungsart der Landlungenschnecken festzuhalten versuchen und die Absonderungen des Wahlkampfes als Miefkürzel sammeln, gleiten Zweifel in seinem Keller, ihr, die wachsenden Kinder, Anna und ich mehr und als Dauerregen den Horizont; schon wird der Stillstand im Fortschritt akut; schon hat die Schnecke in den Kupferstich gefunden:

es wächst sich die Niederschrift eines Vortrages ... zum Tagebuch einer Schnecke aus.«

Der Dürerschen Allegorie »Melencolia« setzt Grass seinen Zweifel als gegenständliche Figur und fiktiv versinnlichtes Realitätskonzept entgegen, der als handelnde Person Hermann Ott deutsche Geschichte innerhalb des Romangeschehens konkretisiert. Als allegorische Bildfiktion wird Zweifel sowohl Ausdruck einer politischen Grundhaltung, zu der sich Grass bekennt, als auch das geschichtliche Erzählprinzip des Tagebuch-Romans. »Als Zweifel sich aufzuheben versuchte«, erklärt der Rollenautor Grass in neuerlicher Absage an Hegel, »nahm ich ihn unter Vertrag: abhängig schreibt er mir vor.« In solcher Dialektik wird das Tagebuch des schneckenhaften Fortschritts vom geschichtlichen Zweifel diktiert. Auch das ein Beitrag zur erzählerischen Rollenfunktion, eine Selbstdarstellung der gegenständlichen Fiktion, des widerständlichen Inhalts.

Handlungsmäßig stellt Grass eine Verbindung zwischen der Bildfigur des Fortschritts und der Allegorie seines sozialen Geschichtsbewußtseins her, indem er als doppelsinniges Bild Zweifel Schnecken sammeln läßt. Daß dieser Zweifel als Lehrer Hermann Ott gezeichnet wird, betont die aufklärerische Rolle, die Grass seinem verbildlichten Erzählprinzip zuspricht. In der Darstellungsform des Tagebuchs verbindet Grass die Dürersche Allegorie mit der eigenen erzählerischen Bildgestaltung. Im ersten Kapitel wird berichtet, daß er auf seinen Wahlreisen immer wieder »Dürers Tagebücher« zitiert. Das eigene Tagebuch entsteht aus der Verwandlung des Wahlkampfes in ein Dürerbild: »Also sah ich, während wir einer Drahtstraße im Hüttenwerk Oberhausen folgten, strenge und selbst im Faltenwurf steife Grafik.« In der Sprache des abschließenden Vortrags, der gerade auch von seiner (Entstehungs)Form her mit in das *Tagebuch* gehört, lautet das so: »Vom 5. März bis zum 28. September war ich unterwegs auf Wahlreise und gleichwohl auf der Suche nach Stoff für meinen Dürervortrag.« Als mindestens ebenso wichtig erweist sich aber die Verwandlung in umgekehrter Richtung, die Tagebuch-Gestaltung des Wahlkampfes im Zeichen des Dürerbildes »Melencolia I«. Grass nennt diesen bildlichen Doppelbezug »ein Sprachwechselbad«. Übrigens führt auch die Allegoriegestalt Zweifel als handelnde Erzählfigur ein Tagebuch. »Jeden wichtigen Schneckenfund«, heißt es über den Lehrer, »hielt er in einer Kladde fest, die auch seine Warumsätze sammelte und nach Lichtenbergscher Überlieferung ... Sudelbuch genannt wurde.« Hier spiegelt Grass das eigene literarische Sudelbuch in der bildperspektivierten Fiktion des *Tagebuch einer Schnecke* wider. Auch seine Aufzeichnungen halten »jeden wichtigen Schneckenfund«, Anzeichen eines schneckenhaften Fortschritts fest.

Das Tagebuch ist also sowohl Bild als auch literarische Form für die Auseinandersetzung mit der Geschichte. Die Fiktionierung des Tagebuchs dient der Geschichts- und Wirklichkeitsgestaltung, dem historischen und politischen Bewußtsein seines Autors. Das Tagebuch ist selbst Thema, Gegenstand des Darzustellenden. Nicht eine intim biographische Berichterstattung des Schriftstellers Günter Grass ist Sinn oder Ziel des Buches. Seine literarische Form erweist sich vielmehr als Ausdruck jener Spannung, die Grass darin erkennt, daß »der Fortschritt nach Schneckenmaß bemessen wird«. Mit diesem schneckenhaften Fortschrittsbericht beschreibt Grass »gleichzeitig ... die Melancholie«, verleiht ihr eine angemessene Ausdrucksform. »Ich habe sie in Variationen von heute sein lassen«, erläutert er Sinn und Form seines Tagebuchs, »damit sie uns nicht mehr fremd und verdächtig, damit sie uns gegenständlich ist.« Der schneckenhafte Fortschritt führt in der Geschichte sein eigenes Tagebuch. Diese geschichtliche Realität kann für Grass durch kein philosophisches System begreiflich gemacht werden – daher der Glossentitel »Vom Bewußtsein der Schnecken – oder wie Hegel überholt werden wird« am Ende des 5. Kapitels –, er versucht ihr durch eine geschichtlich konkrete Fiktion beizukommen, sie durch die Form seines Ausdrucks zu vergegenständlichen. Grass nennt die Geschichte »ein schneckenbewohntes Gelände«. Erzählerische Bildstruktur und geschichtsmoralischer Anspruch werden weitgehend identisch.

Der Band *Mariazuehren*, der, im Oktober 1973 erschienen, Lyrik und Graphik auf glückliche Weise vereinigt, veranschaulicht die Dominanz des Schneckenmotivs in der gegenwärtigen Phase des Künstlers Günter Grass. Wieder einmal hat sich gezeigt, von welch außerordentlicher Bedeutung die Lyrik und das gezeichnete Bild für die Entwicklung dieses Werkes von Anfang an gewesen ist. (Das älteste Bild des Bandes stammt aus dem Jahre 1955, das jüngste von 1973.) Das *Tagebuch einer Schnecke* übt als Bild mehrere Funktionen zugleich aus. Zunächst verfügt es in seiner bildlichen Eigenständigkeit über eine entsprechend provokative Logik wie der Titel des ersten von Grass veröffentlichten Buches *Die Vorzüge der Windhühner*. Als Titelbild eines romanhaften Diariums, eines vielschichtigen Protokolls signalisiert es – wie das Titelgedicht des ersten Lyrikbandes – Erzählkonstruktion und Inhalt. Darüber hinaus kann das Bild selbständig handeln und damit die Form gemäß den werktheoretischen Erörterungen widerständlich beinhalten: Die Schnecke schafft nicht nur die Fiktion als Vergegenständlichung der Wirklichkeit, als ihr formal verdinglichter Ausdruck, sie nimmt an ihr als handelnde Gestalt teil. Der Einzug der Schnecke in die Ostpreußenhalle zu Beginn des Tagebuchs ist ein deutliches Beispiel. Das gleiche Bild kann jedoch auch in Verbindung mit einer anderen Erzählfigur der Handlung einverleibt werden. Das Schneckentagebuch des Hermann Ott ist eine solche inhaltliche Variation des Titelbildes. Immer schon war das eigenständige Auftreten eines Grass-Bildes zugleich Ausdruck einer Erzählperspektive, formales Zeichen einer Ausdruckslogik. Insofern hat sich seit der *Blechtrommel* nicht viel gewandelt. Was sich allenfalls verändert hat – und auch dies eher auf die frühe *Windhühner*-Lyrik bezogen, weniger auf die vorangegangenen Prosawerke –, ist der markantere Anspruch des Bildes, geschichtliche und politische Prinzipien zu beinhalten. Die Schnecke »zeichnet in geschichtliche Landschaft«, heißt es im *Tagebuch*, »ihre rasch trocknende Gleitspur«. Die Sozialdemokraten verlangen sich »mittelfristige Kriechdisziplinen« ab. Die Schnecke wird zum Bild des eigenen politischen und geschichtlichen Selbstverständnisses. Sie zeichnet ihre eigene Spur, ist Urheber des eigenen Bildes.

Die Entwicklung auch des literarischen Werkes findet ihren Ausdruck im Bild. Seine Vielschichtigkeit hat der Bildhauer, Graphiker, Schriftsteller und Librettist Günter Grass beständig aufs neue demonstriert. Diese Vielseitigkeit seiner Gestaltungskraft aufzuteilen und zu trennen, hieße das grundsätzliche Wesen seiner gegenständlichen Muse mißverstehen und mißachten. Die Kohlezeichnung *Puppe im Geäst* (1972) führt sicherlich nicht zufällig das Bildkonzept der Schnecke und Puppe zusammen, so wie auch im Gedicht »Mariazuehren« keineswegs willkürlich auf beide Bezug genommen wird: »Schau, wie das laufende halbe Schwein die Schnecke rittlings beschleunigt« und »Schau die Puppe, nachdem der Besuch ging.« Sie verkörpern die gegenständliche Präsenz, das fiktive Selbstverständnis der Grass'schen Bilder. Unter ihrer formgebenden Gewalt verwandelt sich ein privates Sudelbuch in das Tagebuch einer Schnecke. Die Aufklärung, die sich im Bild artikuliert, wirkt gleichermaßen als Ausdruck ihres Wesens und Funktion ihres Ausdrucks. So läßt Grass das Bild der Schnecke nicht nur Zeichen des Fortschritts werden, sondern leitet aus der Bildeigenständigkeit darüber hinaus die besondere Erzählstruktur des Tagebuches ab. Literarische Form und moralischer Anspruch entsprechen einander. Der Fiktionsprozeß einer Konkretisierung geschichtlicher und politischer Beweggründe, von Grass anderenorts mit der einer Bildbeschreibung einverleibten künstlichen Puppe, der Marionette verglichen, steht im Dienst der moralischen Haftbarkeit des Gegenständlich-Individuellen. Persönlich-Biographisches, Subjektiv-Individuelles verdinglicht Grass im Bild.

Sein bislang letztes Buch, jene Marienchronik, über die Dieter E. Zimmer zu Recht behauptet hat, sie zeige Grass »endlich wieder einmal ganz auf seiner Höhe« (*Die Zeit*, Nr. 42, 12. 10. 1973, S. 9), ist ja nichts anderes als ein Hommage an seine neue – alte gegenständliche Muse. Gemeint ist dabei sicherlich nicht nur die Berliner Fotografin Maria Rama, sondern auch die Jungfrau Maria des Novellenbandes *Katz und Maus*, der der »Große Mahlke« einen Altar der Dinglichkeit errichtet, der er in sehr weltlicher Weise hörig ist und zu deren Ehre er sich mit Gegenständen verschiedenster Art zum Schutze seiner Verwundbarkeit behängt und umgibt. Die »menschgewordene Schnecke« Günter Grass ist in ihrem Tagebuch in verteufelt humaner Weise verwirklicht worden. »Manchmal bin ich fertig allein und möchte in etwas weich warm Feuchtes kriechen, das unzureichend bezeichnet wäre, wenn ich es weiblich nennen wollte. Wie ich mich schutzsuchend erschöpfe.« Wie seine Gestalt Joachim Mahlke steht der Künstler Grass in einem fiktiv-erotischen Verhältnis zur Musenjungfrau Maria. Das Gedicht »Mariazuehren« ist in seiner Programmatik nur mit »Diana – oder die Gegenstände« aus dem Band *Gleisdreieck* zu vergleichen. Wie sein Vorgänger feiert er die Mystik der Dinghaftigkeit. Es gewährt Rückblick und Einblick in das Grasssche Gestaltungsverfahren:

Ich setze ein Zeichen und lösche es mit dem nächsten.
Die Hühner, die Nonnen, die Vögel, die Scheuchen ...

Es äußert sich zur eigenen Arbeit – und erkennt darin das Selbstverständliche. Was vor zwölf Jahren noch als Ausflucht ins Nursubjektive verstanden wurde, jener Individualismus, der Grass im Aufsatz *Das Gelegenheitsgedicht* sagen ließ: »Meine Gelegenheiten sind nicht die Gelegenheiten eines anderen Gelegenheitsdichters«, das präsentiert sich jetzt unmißverständlich als die Fähigkeit, sinnlich zu begreifen, gegenständlich zu denken, dinglich zu verwirklichen:

mit raschem Pinsel getuscht
und mystifiziert ... (Das ist Anschauung, Ausbeutung;
von Kunst quasselt nur das Gewerbe.)

Wie sich eine solche Einbildungskraft entzündet, auf welche Weise sie sich konkretisiert? Günter Grass bringt es in seinem bekenntnishaften Gedicht auf drei Zeilen:

Was sich engfügt häuft lagert.
Was seinen Raum einbringt.
Jetzt bin ich fünfundvierzig und noch immer erstaunt.

Vor allem diese Fähigkeit des Noch-Staunen-Könnens erlaubt Grass, am Gegenständlichen haften zu bleiben, der Schnecke im Tagebuchroman ihren Raum einbringen zu helfen, der Musengöttin weiterhin Liebeserklärungen zu machen. Denn was immer er auch gestaltet und formt, ein Ballett, eine Skulptur, ein Gedicht, eine Zeichnung, ein Drama oder einen Roman, stets bleibt seine Darstellung:

Mit Sorgfalt leichthin: Mariazuehren.

Inhalt